금관악기의 씩씩한 팡파르가 새로 개관한 콘서트 홀에 울려 퍼졌다.

연주하는 오케스트라 앞에서 지휘봉을 휘두르는 사람은 요시노였다.

높은 지휘대 위에서 작은 몸을 흔들며 열심히 지휘를 계속했다.

이세계는 스마트폰과 함께. 28

브륀힐드에
워터파크가
개장!!

흰 이브닝드레스를 입은 유미나가

미소를 지으며 나에게 손을 내밀었다.

「서방님. 일이 끝났다면 저와 댄스 한 곡

부탁드려도 될까요?」

「어…… 아들만큼 댄스 실력이

좋진 않지만, 그래도 괜찮다면.」

이세계는 스마트폰과 함께. 28

후유하라 파토라 illustration ■ 우사츠카 에이지

캐릭터 소개

모치즈키 토야

하느님의 실수로 이세계로 가게 된 고등학교 1학년(등장 당시). 기본 적으로는 너무 소란을 피우지 않고 흐름에 몸을 내맡기는 스타일. 무 의식적으로 분위기 파악을 하지 못 한 채, 은근히 심한 짓을 한다.
무한한 마력, 모든 속성 마법을 가 지고 있으며, 무속성 마법을 마음 대로 사용하는 등, 하느님 효과로 여러 방면에서 초월적. 브륀힐드 공국 국왕.

유미나 벨파스트 에르네아

벨파스트의 왕녀. 열두 살(등장 당 시). 오른쪽이 파란색, 왼쪽이 녹색 인 오드아이. 사람의 본질을 꿰뚫 어 보는 마안의 소유자. 바람, 흙, 어둠이라는 세 속성을 지녔다. 활 이 특기. 토야에게 한눈에 반한 후, 무턱대고 강하게 다가갔다. 토야의 신부.

에르제 실레스카

토야가 구해 준 쌍둥이 자매의 언 니. 양손에 곤틀릿을 장비하고 주 먹으로 싸우는 투무사. 직설적인 성격으로 소탈하다. 신체를 강화하 는 무속성 마법 【부스트】를 사용할 줄 안다. 매운 음식을 좋아한다. 토 야의 신부.

린제 실레스카

쌍둥이 자매의 여동생. 불, 물, 빛이 라는 세 속성을 지닌 마법사.
빛 속성은 그다지 특기가 아니다. 굳이 따지자면 낯을 가리는 성격으 로, 말이 서툴지만 가끔 대담해진 다. 단 음식을 좋아한다. 토야의 신 부.

코코노에 야에

일본과 비슷한 먼 동쪽의 나라, 이 센에서 온 무사 소녀. 존댓말을 사 용하며 남들보다 훨씬 많이 먹는 다. 진지한 성격이지만 어딘가 어 긋나는 면도 있다. 본가는 검술 도 장으로 유파는 코코노에 진명류(眞鳴 流)라고 한다. 겉으로는 잘 모르지 만 의외로 거유. 토야의 신부.

루시아레아 레굴루스

애칭은 루. 레굴루스 제국의 제3 황녀. 유미나와 같은 나이. 제국 반 란 사건 때 자신을 도와준 토야에 게 한눈에 반했다. 쌍검을 사용하 는 유미나와 사이도 좋다. 요리 재 능이 있다. 토야의 신부.

오르트린데 스우시에르네아

애칭은 스우. 열 살(등장 당시). 자 객에게 습격당하고 있을 때 토야가 구해 주었다. 벨파스트 국왕의 조 카. 유미나의 사촌. 천진난만하고 호기심이 왕성하다. 토야의 신부.

미니스 레스티아 힐데가르드

애칭은 힐데. 레스티아 기사 왕국 의 제1 왕녀. 검술에 능하며 '기 사 공주'라고 불린다. 프레이즈에 습격당할 때 토야에게 도움을 받고 한눈에 반한다. 긴장하면 말을 더 듬는 습관이 있다. 야에와 사이가 좋다. 토야의 신부.

린

전(前) 요정족 족장. 현재는 브륀힐 드의 궁정마술사(장관). 어려 보이 지만 매우 오랜 세월을 살았다. 자 칭 612세. 마법의 천재. 사람을 놀 리기를 좋아한다. 어둠 속성 마법 이외의 여섯 가지 속성을 지녔다. 토야의 신부.

사쿠라

토야가 이센에서 주운 소녀. 기억 을 잃었지만 되찾았다. 본명은 파르네제 포르투네스. 마왕국 제노 아스의 마왕의 딸이다. 머리에 자 유롭게 뻗어낼 수 있는 뿔이 나 있다. 감정을 겉으로 잘 드러내지 않지 만, 노래를 잘하고 음악을 매우 좋 아한다. 토야의 신부.

폴라

린이 【프로그램】으로 만들어 낸 곰 인형으로, 마치 살아 있는 것처 럼 움직인다. 200년 동안 계속 움 직이고 있다. 그사이에도 개량을 거듭했다. 그 움직임은 상당한 연 기파 배우 수준.
폴라…… 무서운 아이!

코하쿠

토야의 첫 번째 소환수. 백제라고 불리는 서쪽과 큰길의 수호자로, 짐승의 왕. 신수(神獸). 보통은 새끼 호랑이 크기로, 최대한 눈에 띄지 않으려 한다.

산고&코쿠요

토야의 두 번째 소환수. 두 마리가 한 세트. 현제라고 불리는 신수. 비늘의 왕. 물을 조종할 수 있다. 산고가 거북이, 코쿠요가 뱀.

코교쿠

토야의 세 번째 소환수. 염제라고 불리는 신수. 새의 왕. 침착한 성격이지만, 외모는 화려하다. 불꽃을 조종한다.

루리

토야의 네 번째 소환수. 창제라고 불리는 신수. 푸른 용의 왕. 비꼬기를 잘하며, 코하쿠와는 사이가 나쁘다. 모든 용을 복종시킬 수 있다.

모치즈키 카렌

정체는 연애의 신. 토야의 누나를 자처하는 중. 천계에서 도망친 종속신을 포획한다는 대의명분으로 브륀힐드에 눌러앉아있다. 느긋한 캐릭터, 꽤 게으르다.

모치즈키 모로하

정체는 검의 신. 토야의 두 번째 누나를 자처한다. 브륀힐드 기사단의 검술 고문에 취임. 늠름한 성격이지만 조금 천연스럽다. 검을 쥐면 대적할 상대가 없다.

세계신(世界神)

실수로 사망하게 만든 토야를 이세계로 전생시킨 장본인. 현재는 세계의 운영을 토야에게 맡겼다. 하계에 내려올 때는 토야의 할아버지를 자처하는 마음씨 좋은 노인. 의외로 장난기가 많다.

시공신(時空神)

시간을 관장하는 심급신으로, 평소에는 시공의 일그러짐을 복구하는 등의 활동을 한다. 하계에 내려올 때는 토야의 할머니를 자처하며, 아이들도 '할머니'라고 부르며 잘 따른다.

프란체스카

바빌론의 유산 '정원'의 관리인. 애칭은 세스카. 메이드복을 착용. 기체 넘버 23. 입만 열면 야한 농담을 한다.

하이로제타

바빌론의 유산 '공방'의 관리인. 애칭은 로제타. 작업복을 착용. 기체 넘버 27. 바빌론 개발 청부인.

벨플로라

바빌론의 유산 '연금동'의 관리인. 애칭은 플로라. 간호사복을 착용. 기체 넘버 21. 폭유 간호사.

프레드모니카

바빌론의 유산 '격납고'의 관리인. 애칭은 모니카. 위장복을 착용. 기체 넘버 28. 입이 거친 꼬마.

프레리오라

바빌론의 유산, '성벽'의 관리인. 애칭은 리오라, 블레이저를 착용. 기체 넘버 20. 바빌론 넘버즈 중 가장 연상. 바빌론 박사의 밤 시중도 담당했다. 남성은 미경험.

파메라노엘

바빌론의 유산, '탑'의 관리인. 애칭은 노엘, 체육복을 착용. 기체 넘버 25. 게슈 잔다. 먹고 자기만 한다. 기본적으로 게으르고 뭐든 귀찮아하는 성격.

이리스팜므

바빌론의 유산, '도서관'의 관리인. 애칭은 팜므, 세일러복을 착용, 기체 넘버 24. 활자 중독자. 독서를 방해하면 싫어한다.

리루루파르셰

바빌론의 유산, '창고'의 관리인. 애칭은 파르셰, 무녀 복장을 착용. 기체 넘버 26. 덜렁이. 게다가 자각이 없다. 깜빡하고 저지르는 실수가 잦다. 잘 넘어진다.

아틀란티카

바빌론의 유산, '연구소'의 관리인. 애칭은 티카, 흰옷를 착용. 기체 넘버 22. 바빌론 박사 및 넘버즈의 유지보수를 담당하고 있다. 극심한 어린 여자아이 취향.

레지나·바빌론 박사

고대의 천재 박사이자 변태. 공중요새 '바빌론'를 비롯한 다양한 아티팩트를 만들어 냈다. 모든 속성을 지녔다. 기체 넘버 29번의 몸에 뇌를 이식해, 5000년의 세월을 넘어 부활했다.

에르카기사(技師)

뒤쪽 세계에서 고렘 기사로 다섯 손가락 안에 드는 실력자. 호기심이 왕성하며, 죽이 잘 맞는지 바빌론 박사와 함께 다양한 실험과 개발에 힘쓴다.

쿠온

토야와 유미나의 아이로 현재 유일한 아들. 온화하고 할 때는 하는 성격으로, 강한 의지는 아버지에게 물려받은 모양. 전투 시에는 여러 개의 마안을 적절하게 활용하는 기술도 선보인다. 취미는 디오라마 제작.

에르나

토야와 에르나의 아이로 여섯째 딸. 어머니인 에르제보다 오히려 린제를 닮아 얌전한 성격. 전투 시에는 주로 마법을 사용한다. 어머니가 쌍둥이라서인지 린네와 사이가 좋다.

린네

토야와 린제의 아이로 일곱째 딸. 린네도 어머니인 린제보다 오히려 에르제를 닮아 기가 세고 활동적이다. 전이 직후에 무술 대회에 출전하는 등, 말괄량이 같은 면도 있다. 전투 시에는 주로 건틀릿을 사용한다.

야쿠모

토야와 야에의 아이로 장녀. 야무진 성격으로 어린 동생들을 잘 돌본다. 【게이트】를 사용할 수 있어, 과거로 전해질 왔을 당시에도 언제든지 브런힐드로 돌아갈 수 있었기 때문에 수련을 위한 여행을 떠났다.

아시아

토야와 루시아의 아이로 다섯째 딸. 요리가 특기로, 먹야를 위해 요리하는 게 삶의 낙. 아빠 사랑이 넘쳐나 어머니인 루시아와 아웅다웅하지만 사실 사이 자체는 양호한다.

스테파니아

토야와 스우시의 아이로 여덟째 딸, 막내라 애교가 넘친다. 아직 어려서 무작정 돌진하는 성격, 자신에게 【프리즌】을 둘러 돌격하는 '스테프 로켓'이라는 기술을 잘 사용해, 토야를 까무러치게 만들기도 한다.

프레이가르드

토야와 힐다의 아이로 차녀. 느긋한 성격이지만 정의감이 강하고 기사도 정신을 동경한다. 【스토리지】에 넣어둔 다종다양한 무기를 사용해 싸우기 때문에 실제로 활용도할 겸 취미로 무기를 모은다.

쿤

토야와 린의 아이로 셋째 딸. 마공학에 매우 관심이 많아서 과거의 초월적인 기술이 발견되면 현지 조사도 마다치 않는 활동적인 면모를 보이기도 한다. 폴라와 비슷한 고렘 '파라'를 제작했다.

요시노

토야와 사쿠라의 아이로 넷째 딸. 자유분방한 성격으로 예술, 특히 음악 분야에 뛰어난 재능을 보인다. 노래도 좋아하지만, 연주를 더 좋아해 온갖 악기를 자유자재로 다룬다.

엔데

이계를 전전하는 촌뜨기로 프레이즈의 왕을 찾았었다. 드디어 프레이즈의 왕인 메르와 재회해 결혼. 브륀힐드에서 행복한 생활을 보내고 있지만, 무신(武神)이 마음에 들어 해 어느덧 무신의 권속이 되어 버렸다.

메르

프레이즈의 왕이었으나 지금은 오랜 시간을 거쳐 재회한 엔데와 결혼생활을 즐기고 있다. 브륀힐드에 온 뒤로 미식(美食)에 눈을 떠, 다양한 음식을 먹으며 즐겁게 지내고 있다.

아리스테라

엔데와 메르의 딸. 왈가닥으로 토야의 아들인 쿠온을 무척 좋아한다. 쿠온의 색시가 되기 위해 열심히 신부 수업에 힘쓰고 있다. 애칭은 아리스.

지금까지의 줄거리

하느님이 특별히 마련해 준 스마트폰을 들고 이세계에 오게 된 소년, 모치즈키 토야. 두 세계가 휘말렸던 사신과의 싸움은 막을 내렸다. 토야는 세계신에게 그 공적을 인정받아 하나가 된 두 세계의 관리자가 되었다. 언뜻 보기엔 평화가 찾아온 것처럼 보이는 세계. 하지만 세계에는 아직도 혼란의 씨앗이 남아 있었으며, 세계의 관리자가 된 토야는 거듭 말려드는데……

이세계는 스마트폰과 함께.
세 계 지 도

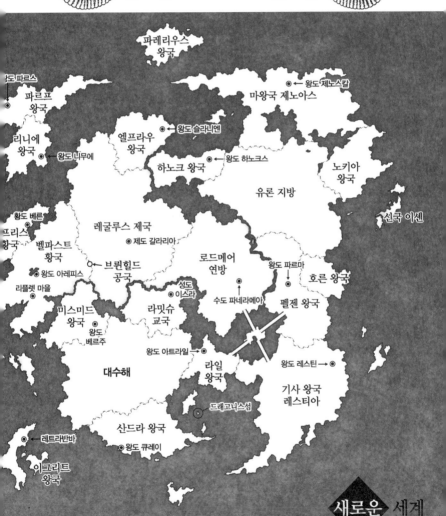

파레리우스
왕국

왕도 파르스 →

파르프
왕국

리니에
왕국

왕도 니무에 →

◎ 왕도 제노스칼

마왕국 제노아스

엘프라우
왕국

◎ 왕도 슬라니엔

하노크 왕국 ← 왕도 하노크스

노키아
왕국

유론 지방

선국 이센

황도 베른

프리스
황국

벨파스트
황국

왕도 아레피스

리플렛 마을

레굴루스 제국

◎ 제도 갈라리아

브륀힐드
공국

성도
이스라

로드메어
연방

◎

수도 파네라메아

왕도 파르마
◎

호른 왕국

펠젠 왕국

미스미드
왕국

왕도
베르주

라밋슈
교국

왕도 아트라일 →

대수해

라일
왕국

◎ 드래고니스섬

왕도 레스틴 →◎

기사 왕국
레스티아

산드라 왕국

◎ 왕도 큐레이

◎ 레트라반바

이그리트
왕국

새로운 세계

표지 · 본문 일러스트
우사츠카 에이지

　무사히(?) 쿠온과 약혼하게 된 아리스는 다음 날부터 숙녀 교육을 받느라 바쁜 나날을 보내야 했다.

　예의범절, 교양, 댄스, 사교술 등을 철저히 몸에 익히게 된 것이다.

　선생님은 주로 유미나였지만, 거기에 루, 힐다, 스우와 같은 왕족 출신도 추가되었고, 미스미드의 외교 대사를 맡았던 린도 외교의 교섭술을 지도했다.

　다들 참. 너무 한꺼번에 다 가르쳐 주려고 할 필요 없지 않나? 아리스가 가여워. 나는 그런 걱정을 했지만, 놀랍게도 아리스는 스펀지가 물을 흡수하듯이 순식간에 왕비에게 필요한 지식과 기술을 습득했다.

　"아리스의 적응력이 얼마나 뛰어난지는 이미 알고 있었어요. 일단 하겠다고 마음먹으면 반드시 해내는 아이니까요."

　쿠온이 약혼자가 된 아리스를 그렇게 설명해 주었다. 천재란 말인가? 그런 점은 아빠인 엔데를 닮은 건가?

　부차적으로 생긴 좋은 효과를 꼽자면, 아리스에게 질 수 없다는 듯이 린네와 스테프까지 덩달아 숙녀 교육에 적극적으로 참여하게 됐다는 것이었다.

"너희의 성격을 바꾸라는 의미가 아니야. 다만 공개적인 자리에서는 전환할 필요가 있어. 전투 중에도 자신이 가지고 있는 수단을 쉽게 보여주지 않잖아? 상대의 방심을 유발하고 빈틈을 엿보기 위해 숙녀란 갑옷을 입어야 하는 거야."

린이 비유하며 설명하자, 이해하기 쉬웠는지 린네와 스테프도 아리스만큼은 아니지만 올바른 매너를 몸에 익히게 됐다.

이렇듯 아이들이 열심히 노력하는데 아빠인 나도 노력해서 본보기가 되어야지.

신기(神器)를 제작하는 데 필요한 '신핵(神核)'을 만들기 위해, 나는 아침부터 내가 지닌 신의 기(氣)를 압축하는 데 힘썼다.

"크오오오오……!"

신의 기 덩어리를 조금씩, 조금씩 압축해 작게 만들었다. 서둘러서는 안 된다. 괜히 서두르다가 이상한 힘이 더해지면 압축한 신의 기가 순식간에 터져 버린다.

간신히 소프트볼 크기까지 압축했지만, 이것보다 더 작게 만들기는 역시 힘들지 않을까?! 그런 생각이 들 만큼 신의 기가 더는 작아지지 않았다.

아주 조금만 작게 만들려고 해도 지금까지 들였던 노력보다 두 배 이상의 부담이 걸린다.

오늘은 여기까지! 라며 게임을 세이브하듯이 저장할 수만 있다면 얼마나 좋을까.

"앗."

그런 한심한 생각을 해서 그런지 신의 기로 만든 구슬이 터져 빛의 알갱이가 사방으로 퍼져나갔다.

하아. 또 실패인가. 이게 대체 몇 번째 실패인지. 그리고 동시에 엄습하는 이 강렬한 피로감. 풀 마라톤을 뛴다 해도 이만큼 피곤하지는 않을지도 모른다는 생각마저 든다.

"아버지!"

"크윽?!"

기력과 체력이 다 떨어졌는데 갑자기 옆에서 태클을 받은 나는 완벽하게 날아가 지면에 쓰러지고 말았다. 지금 나, 'ㄱ' 자 모습이 되진 않았겠지?

통증이 엄습한 옆구리에 스테프가 생글거리며 들러붙었다.

"스테프…… 【액셀】로 달려들지 말라고 그렇게…….'

"아버지! 스테프, 바다에 가고 싶어!"

"바다?"

욱신거리는 옆구리를 문지르면서 나는 스테프가 왜 그런 말을 하는지 의아해 그렇게 되물었다.

왜 바다에?

"린네 언니한테 들었어! 스테프도 자라탄을 만나고 싶어!"

"자라탄? 아, 그 자라탄 말이구나."

아이들과 마룡을 퇴치하기 위해 대수해(大樹海)에 갔을 때, 집단 폭주(스탬피드)가 벌어졌는데, 그 원인이 잠에서 깬 거대한 거북이 마수인 자라탄이었다.

거수(巨獸)처럼 상상을 초월할 만큼 거대한 마수지만, 그래도 거수는 아니라고 하니 정말 엄청난 존재다. 카리나 누나의 얘기로는 아주 얌전한 마수라는데, 그런 크기여서는 걷기만 해도 재앙급의 피해를 일으킬 수밖에 없다.

"바다에 간다고 꼭 자라탄을 만날 수 있다는 보장은 없어."

"쿤 언니가 아버지라면 찾을 수 있다고 했어!"

크윽. 물론 찾으려고 한다면 찾을 수야 있지만……. 그래도 심해에 있으면 나도 어쩔 수 없어. 고래형 오버 기어 바르 아르부스를 사용하면 심해에도 갈 수 있지만, 그건 지금 사신의 사도를 탐색하는 데 동원하고 있으니 가능하면 그런 일에 사용하고 싶진 않았다.

그래도 일단 찾아보기는 하자고 세계지도를 스마트폰으로 공중에 투영하고 자라탄을 검색해 보았다.

"꽤 많네."

전 세계로 범위를 넓히니, 자라탄의 숫자는 의외로 꽤 많았다.

많다고 해봐야 30마리도 안 되는 듯했지만. 아니지. 그런 짐승이 30마리나 있으니 상당한 숫자이긴 한가.

바다에 사는 개체도 있었고 육지에 사는 개체도 있었다. 육지에 있는 개체는 우리가 만났던 개체처럼 겨울잠을 자는 중인 걸까? 무려 1000년 단위로 겨울잠을 잔다니까.

육지에 있다면 자는 중이라 볼 수 있으니 보려면 바다에 가야 하는데, 바다에 있다 해도 심해에 있어선 보러 가기 힘들다.

심해에 있는 개체를 제외하고 한 번 더 검색.

"어? 이그리트 왕국 근처에 한 마리 있어. 혹시 이거 우리가 만났던 자라탄 아닐까?"

위치를 본다면 충분히 그럴 수도 있다. 대수해에서 멀지 않은 섬나라, 이그리트 왕국에는 사람들이 수호신이라며 친근하게 대하는 시 서펀트가 있다. 시 서펀트는 텐터클러의 대량 번식으로 인해 크게 다쳤지만, 이미 부활해 이그리트 바다의 평화를 지키고 있었다.

제아무리 시 서펀트라도 자라탄은 당해낼 수 없겠지만, 자라탄은 얌전하니 다툴 일은 없으리라 본다.

아무래도 이그리트 왕국에 가면 이 자라탄을 볼 수 있을 듯했다.

전에 아이들이 다 모이면 해수욕을 하러 가자는 말도 했으니, 겸사겸사 그 약속도 지키도록 할까.

"좋아. 자라탄, 보러 갈까?"

"야호!"

스테프가 기뻐서 펄쩍 뛰었다. 기분만 따지면 해수욕을 가는 김에 고래 관광도 하는 느낌이다. 정말로 고래가 등장하면 해수욕을 하고 있을 상황이 아니겠지만.

아이들을 데리고 해수욕……. 오오, 행복하고 사이좋은 가족 같지 않나?

하지만 린네가 아리스도 데리고 가고 싶다고 할 가능성이 크고, 그렇게 되면 아빠인 엔데도 따라오겠지? 아리스랑 쿠온이 약혼했으니, 사실상 가족이나 마찬가지인가?

카렌 누나랑 모로하 누나도 같이 가자고 할 듯했다. 박사랑 바빌론 멤버들은 안 가려고 하겠지만.

아예 비번인 기사단 사람들도 데리고 갈까? 휴양도 할 겸.

그러기 전에 먼저 이그리트 국왕 폐하한테 허가를 받아야겠지?

다 같이 바다! 라며 잔뜩 신이 난 스테프를 타이르면서 나는 어떻게 절차를 밟을지를 생각했다.

"바다다~!"

【게이트】를 연 순간, 【액셀】을 사용해 모래사장으로 힘차게 달려가는 튜브를 든 스테프. 로켓 대시냐.

"어이구야, 스테프! 기다리게!"

그 뒤를 다급히 쫓아가는 어머니 스우와 '금색' 왕관 골드. 힘이 넘치네…….

이미 우리 나라에서 수영복으로 갈아입은 모두가 우르르 이 그리트 왕국의 프라이빗 비치에 발을 들였다.

둥그렇게 바위에 둘러싸여 마치 은신처 같은 해변이다. 왕 족이 사적으로 방문해 놀기에는 이상적인 곳이었다.

이그리트 왕국은 기꺼이 이 해수욕장을 사용해도 좋다고 허 가해 주었다. 그 대신이라고 하기엔 뭐하지만, 만약 자라탄이 이그리트 방향으로 오는 사태가 벌어지면 내가 해결하기로 약속하게 됐다.

"해수욕은 참으로 오랜만입니다."

"아이들이 온 뒤로 여러모로 매우 바빴으니까요."

야에와 힐다가 그런 말을 하며 해변을 걸었다.

"우리도 바다는 오랜만이지?"

"미래에선 아버지랑 어머니들이 바빠서 몇 년간 바다에는 가지 못했으니까."

그 뒤를 이어 야쿠모와 프레이의 대화를 듣고, 스테프가 왜 그렇게 좋아했는지 절로 이해되었다. 으음, 미래의 나 대신 사과할게.

야에와 야쿠모, 힐다와 프레이는 색이 같은 수영복을 입었 다. 네 사람뿐만이 아니라, 다른 아내들도 모두 자신의 아이 들과 같은 색 계열의 수영복을 입고 있었다. 해수욕을 간다고 하니, 모두 자낙 씨의 옷 가게에 서로 짝이 맞는 수영복을 주문했다고 한다.

아니구나. 쿠온은 흰 바탕에 검은 라인이 들어간 버뮤다 팬츠다. 아무리 여자아이 같은 모습이라지만, 유미나도 남자용으로 잘 골라준 듯했다. 당연한 얘기지만.

카렌 누나도 수영복으로 갈아입고 바다로 걸어갔다. 모로하 누나도 들떠 있는 기사단에 여러 가지로 주의할 점을 전달했다.

바캉스를 가자며 기사단 사람들을 초대했는데, 모로하 누나가 있으니 꼭 해병대 훈련대처럼 변해 버릴 것만 같다. 왜 그럴까?

"메르 님. 이 수영복이란 옷을 꼭 입어야 하나요?"

"다들 입고 있으니…… 그게 이 세계의 규칙이라면 따라야죠."

"아리스가 부탁했으니 입을 수밖에."

이어서 아리스의 어머니인 프레이즈 3인방이 아리스를 데리고 해수욕장에 들어섰다. 네 사람은 각각 색이 다른 원피스를 입었다. 아리스도 메르와 같은 아이스블루 원피스였다.

세 사람은 【미라주】가 부여된 펜던트 덕분에 피부는 인간과 똑같아 보였다.

예전에는 옷까지 【미라주】로 환영을 만들어 둘렀던 세 사람이지만, 그래서는 누가 갑자기 접촉하면 살결의 딱딱한 질감

이 전해지기 때문에, 【미라주】로 피부를 위장하고 그 위에 옷을 입는 방식으로 바꾸었다.

다만, 수영복을 입기는 처음인 듯, 살짝 당혹스러운 모습이었다.

"엄마들도 아주 잘 어울려! 아빠, 그렇지?"

"으, 응. 잘 어울려."

엔데도 그런 모습이 신선했는지, 왠지 모르게 싱숭생숭한 모습이었다. 중학생도 아니고.

"앗, 쿠온! 어때? 내 수영복 차림!"

"근사하네요. 아리스한테 잘 어울려요. 귀여워요."

"에이, 쿠온도 참. 립서비스는~."

"사실을 말했을 뿐인데요?"

쿠온의 말을 듣고 얼굴이 새빨개져 몸을 마구 비비 꼬는 아리스.

"큭. 저렇게 야무지다니! 정말 토야네 아들 맞아?! 토야라면 '뭐가?' 라고 말했을 텐데……!"

"시끄러."

나는 쓸데없는 소릴 하는 엔데를 노려보았다. 나도 잘 어울린다는 말 정도는 건네거든? 그 정도로 눈치가 없진 않아. …… 않을 거야.

그런 대화를 하는 사이에 기사단 사람들이 척척 해수욕장에서 지내기 편하도록 텐트를 치고, 타프를 치고, 파라솔을 펴고, 의자를 놓는 등, 하나하나 세팅을 하기 시작했다.

비치발리볼 네트까지 세우는데, 아주 놀려고 작정을 했구나. 물론 비번이고 휴양 겸해서 온 거니 놀아도 아무 상관 없지만.

"산고, 코쿠요. 혹시 모르니 주변을 경계해 줄 수 있을까?"

《알겠습니다.》

《알았어~.》

오랜만에 바다에 와서 산고와 코쿠요도 기쁜지, 즐겁게 둥실둥실 떠올라 바다로 나아갔다.

이그리트 왕국 근해는 수호신인 시 서펀트의 구역이니 이상한 마수는 없겠지만 만약을 위해서다. 또 텐터클러 같은 생물이 등장해선 곤란하니까.

동생들이 바로 바다에 들어가려고 했지만, 언니들이 준비운동을 하고 들어가라고 주의를 주자 순순히 따랐다. 우리 아이들은 다들 언니가 하는 말을 순순히 따르는 편이라, 그런 점에선 도움이 되었다.

준비 운동을 마친 아이들이 일제히 바다를 향해 달려갔다.

자라탄을 보고 싶다고 말을 꺼낸 스테프가 제일 먼저 바다로 뛰어들었다. 자라탄이야 나중에 봐도 충분하지 뭐. 앞바다에서 움직이지 않고 가만히 있는 모양이니.

다른 사람들도 각자 마음 가는 대로 놀기 시작한 듯했다.

기사단 사람들은 해수욕장에서 비치발리볼을 시작했고, 아내들은 타프 아래에서 다과회를 열었다.

자, 나는 뭘 하면 좋을까.

"토야. 여기로 와, 여기."

멍하니 있자, 비치파라솔 아래에 있던 카렌 누나가 손짓을 하며 날 불렀다.

모래사장 위에 돗자리를 깔고 각각 어울리는 수영복을 입은 신들이 다 함께 술잔치를 벌이는 중이었다. 술의 신인 스이카는 벌써 얼근하게 취한 모습이다. 취한 채로 바다에 들어가면 안 된다?

가끔은 신들이랑 함께 지내도 좋겠다 싶어서 나도 돗자리에 같이 앉았다. 무슨 마수의 가죽으로 만든 듯한 돗자리는 달아오른 모래 위에서도 열전도를 막아 뜨겁지는 않았다.

토키에 할머니랑 타케루 삼촌은 결석인가. 토키에 할머니는 현재 차원진(次元震)의 여파로 고정된 어떠한 일그러짐이 타임 터널이 되지 않도록 감시하는 중인 듯했다. 또 타케루 삼촌은 모로하 누나 대신 남아 기사단을 감독하느라 오지 못했다. 그 사람이 오면 엔데가 쉬질 못하니 오히려 잘됐을지도 모르지.

"오~. 토야 오빵~. 자자, 늦게 온 벌로 석 잔은 마셔야겠지?"

"아니, 안 마신다니까. 미성년자잖아."

"아직도 그런 상식에 얽매여 있어? 애까지 만든 몸이면서."

애를 만들었든 안 만들었든 미성년자는 미성년자잖아? 그리고 아직은 애도 안 만들었거든?

지구 나이로 따지면 아직 스무 살이 되지 않아 나는 술을 마시지 않는다. 어쩌다 보니 몇 번인가 마시긴 마셨지만, 일단은 내 나름대로 결정한 일이다.

스이카가 나에게 내밀었던 유리잔을 직접 꿀꺽 마시니, 표정근이 풀려 해롱거리는 모습이 되었다. 정말 행복하게 마시네. 살짝 결의가 흔들릴 만큼.

그 옆에서 음악신 소스케 형이 우쿨렐레로 하와이풍의 음악을 연주했다. 이건 다이아몬드 헤드를 노래한 음악으로, 하와이에선 흔하게 들을 수 있던 음악이었던가?

여기는 하와이 같은 풍경은 아니었지만 나쁘진 않았다.

"그런데 토야. 그 신기 제작은 잘되고 있습니까?"

"아니요. 그냥저냥……?"

농경의 신인 코스케 삼촌의 질문에, 나는 우물쭈물 대답하며 시선을 돌리고 말았다.

신기의 동력원이라 할 수 있는 '신핵'조차 아직 만들지 못했다. 원래 쉽게 만들 수는 없다곤 하지만, 자꾸 실패하니 자신감이 떨어지네…….

"신기는 그리 쉽게 만들 수 있는 물건이 아니야. 보통은 100년에 걸쳐 만들어야 하니, 너무 서두르지 말고 차분히 만들어."

카리나 누나가 위로하듯 그렇게 말했지만, 나한테는 그럴 수 없는 이유가 있다.

'사신(邪神)의 사도'를 해치우려고 해도, 나는 신족이라 신의 힘을 사용할 수 없었다. 그런데 상대는 사신의 힘을 사용할 수 있는, 어처구니없는 상황이다.

그런 상황을 타파하기 위해서는 신의 힘을 사용할 수 있게 해 주는 신기를 만들어 지상의 누군가가 사용하도록 조처해야 한다.

그런데 현재 그 물건을 사용할 유력한 후보들이 우리 아이들이란 말이지…….

예를 들어 내가 만든 칼을 야쿠모가 사용한다면 사신이 부활해도 소멸시킬 수 있을지도 모른다.

단, 능력이 그것 하나뿐이어선 그때그때 상황에 따라 알맞게 대처하기 힘들지도 모른다. 어쩌면 좋을지…….

"참고가 될지 모르겠지만 소스케의 악기도 신기입니다."

"네?!"

코스케 삼촌의 말을 듣고 나는 무심코 하와이안 뮤직을 연주하던 소스케 형을 응시했다. 정확히는 손에 들고 있는 우쿨렐레를.

"저 우쿨렐레가 신기라고요?"

"우헤헤. 소스케 오빠의 신기는 '천변만화(千變萬化)'라고 해서, 어떤 악기로도 변하게 만들 수 있어~."

스이카가 한 말을 증명하듯이 소스케 형이 들고 있던 우쿨렐레가 순식간에 기타로, 밴조로, 시타르로, 샤미센으로, 월금으로, 빠르게 변화했다.

　현악기뿐만 아니라, 드럼, 피아노, 트럼펫, 플루트 등, 다양한 악기로 변화하더니, 마지막에는 손바닥에 올라갈 정도의 작은 무언가로 변화했다.

　그것은 은은한 빛을 발하는 은색의 음표였다. 금속 같지만 금속은 아닌, 신비한 질감이었다.

　신의 기를 품은 빛이었다. 이게 소스케 형의 신기 '천변만화'의 원래 모습인가.

　"지상에 사는 사람에겐 상상을 초월한 물건일지라도, 신들에게 신기란 편리한 도구에 불과합니다. 다들 각자 자신만의 신기를 가지고 있으니까요."

　"네? 그래요?"

　코스케 삼촌의 말을 듣고 나는 주변 사람을 돌아보았다. 다들 자신만의 신기를 가지고 있었어?

　"네. 예를 들면 저는 농경 관련 신기를, 카리나 씨는 수렵 도구를, 스이카 씨는 술잔이나 술병을 가지고 있습니다."

　"카렌 누나랑 모로하 누나는요?"

　"물론 난 검을 가지고 있어. 지상에서 썼다간 대륙이 순식간에 날아가 버리니 사용하지 않지만."

　대륙이 날아가 버린다니……. 무시무시한 신기다. 모로하 누나의 신기는 너무 강력해 지상의 사람은 도저히 사용할 수 없다고 한다.

"카렌 누나는요?"

"음~. 난 백은의 활과 황금 화살이야. 그거에 꿰뚫리면 눈 앞의 사람을 사랑하게 되는 물건이지. 젊은 혈기에 만들었지만, 지금은 신계의 창고에 던져두고 봉인해 뒀어. 역시 연애 감정이란 자연히 솟아나야 가치가 있으니까."

사랑의 감정이 싹트는 활과 화살이라면, '큐피드의 화살' 같은 건가?

그런데 신기도 참 다양하구나. 소스케 형의 신기처럼 상황에 따라 변화하는 신기도 괜찮을지 모른다.

파도 소리를 들으면서 나는 그런 생각을 해 보았다.

"쿠온, 그 고기는 이미 다 구워졌으니 먹어도 돼요. 앗, 프레이 언니. 그건 덜 익었어요!"

지글지글 맛있는 소리를 내며 익어가는 고기 꼬치를 아시아가 척척 뒤집으면서 이리저리 지시를 내렸다.

해수욕을 왔으면 점심은 역시 모래사장에서 바비큐 파티가 제격이다. 가져온 고기와 채소가 잇달아 구워져서는 우리의 배 속으로 사라져 갔다.

덧붙이자면 생선이나 조개 같은 해산물은 카리나 누나가 잡아 왔다. 어떻게 혼자 그 많은 해산물을 잡아 올 수 있는지 너무 신기하다. 수렵신의 힘은 어획량에도 발휘되는 걸까?

"프레이. 급하게 그러지 말고 더 천천히 먹어요. 아무도 안 뺏어 먹으니까요."

"헤엄을 많이 쳐서 배가 너무 고파."

너무하다는 듯 힐다가 타일렀지만, 프레이는 그러든 말든 다 익은 고기 꼬치를 덥석덥석 입에 넣었다.

그에 못지않게 야에와 프레이즈 3인방도 왕성한 식욕을 유감없이 발휘했다.

기사단 사람들도 열심히 먹고 있다. 좋아하는 것 같아서 다행이야.

문득 기사단 등 뒤에 있는 존재가 눈에 들어왔다.

그것은 모래로 만든 커다란 성이었다. 돌담과 창문 등, 꼼꼼하고 철저하게 만든 그것은 정말 현실감 넘치는 성이었다.

만든 사람은 물론 쿠온이다. 이런 대작을 내 아들은 불과 두 시간 만에 만들어 냈다. 나는 무심코 사진을 찍고 말았다.

같이 못 놀아서 아리스가 삐치지 않을까 했는데, 아리스는 의외로 즐겁게 쿠온이 모래성을 만드는 모습을 옆에서 지켜보았다.

아리스라면 쿠온을 바다로 질질 끌고 갈 줄 알았는데. 으음, 숙녀 교육의 효과가 나타난 건가?

그런 아리스와 같이 놀고 싶어 말을 걸었던 엔데가 매정하게 거절당한 모습은 조금 가여웠지만.

너무 완성도가 뛰어나 【프로텍션】을 걸어 보존하려고 했는데, 쿠온이 '이런 작품은 보존할 수 없어서 더 좋은 거예요. 쉽게 무너지는 것도 이 작품의 매력 중 하나이니까요.' 라고 말해서 나는 마지못해 보존을 단념했다. 쿠온 말대로 허무함이 아름다움을 더욱 돋보이게 하는 면도 있을지 모른다.

대항심이 생겨서 그런 건 아니지만, 나도 흙 마법으로 커다란 미끄럼틀을 만들고 【프로텍션】을 걸어 임시로 워터 슬라이드를 만들었다.

마지막에는 바다에 풍덩 빠지는 형태다. 아이들을 위해 만들었는데, 어른들도 함께 어울려 놀았다. 그래도 아무 문제 없지만.

"에잇! 어라?"

눈을 가리고 스테프가 휘두른 목검이 수박의 바로 옆을 때렸다. 아쉽지만 빗나갔다.

소화도 할 겸 저기서는 수박깨기를 하는 중이었다. 코스케 삼촌이 재배한 수박이다. 조금 전에 조금 먹어 봤는데 무척 달고 맛있었다.

스테프에 이어서 린네가 도전했지만 또 빗나갔다.

그런데 보통 수박깨기를 할 때면, 주변 사람들이 '더 앞으로 가!' 라든가 '조금만 더 왼쪽으로!' 라고 말을 걸면서 알려주지 않나?

"그래선 수행이 안 되니까. 정확한 위치를 파악해 자신의 보폭과 무기의 길이를 고려하면 수박을 깨는 일 자체는 그렇게 어렵지는 않아."

에르제가 아무렇지도 않게 그런 말을 했지만, 당연히 어렵지! 시작하기 전에 빙글빙글 돈 다음에 수박을 깨야 하니까. 그리고 수박깨기 같은 놀이를 수행의 일환으로 삼지 마.

"으으. 수박에 살기가 있다면 알아챌 수 있을 텐데……."

수박을 깨지 못한 린네가 분하다는 듯이 중얼거렸다. 살기가 있는 수박을 무서워서 어떻게 먹어?!

그다음 목검을 건네받은 야쿠모가 멋지게 수박을 반으로 쪼갰다. 깨지 않았다. 깔끔하게 잘랐다. 목검으로. 사방으로 튀어서 못 먹는 상태가 되진 않았으니, 이게 더 낫기는 하지만…….

오후에는 스테프의 요청대로 앞바다로 자라탄을 보러 갈 예정이다.

그렇지만 보러 가는 사람은 나와 아이들뿐으로, 다른 사람들은 해변에 남는다. 일단 동영상으로 실시간 방송은 할 생각이지만.

《주인님. 보고하고 싶은 일이 있습니다.》

《주인님, 큰일이야~.》

"응? 산고랑 코쿠요야? 무슨 일인데?"

앞바다를 살펴보러 갔던 산고와 코쿠요한테서 갑자기 텔레파시가 날아들었다. 무슨 일이 있었던 걸까? 자라탄이 이곳으로 오고 있다든가?

《아니요. 자라탄이 아니라 몇백에 달하는 거대 고렘 대군이 해저를 이동하고 있습니다. 앞으로 몇 시간 후에는 그곳으로 상륙할 것으로 보입니다.》

"뭐라고?!"

무심코 그렇게 외친 나에게 주변 사람들의 이목이 쏠렸다. 설마 '사신의 사도'인가?!

지도를 열어 검색해 봤지만 반응이 없었다. 어떻게 된 일이지? 외눈인 그 키클롭스가 아닌가?

아니, '고렘'이라고 검색해도 반응이 없으니, '방주'와 똑같이 사신의 힘으로 은폐했기 때문인가?

"진군 중인 고렘은 전부 외눈 키클롭스야?"

《아니. 그 외에 반어인(半魚人)과 팔이 네 개인 고렘의 수천 대. 그리고 딱 하나만 외눈이지만 다른 기체와는 색이 다른 키클롭스가 있어. 다른 기체보다 크고 몸도 튼실해 보여.》

지휘관 기체인가? 그렇다면 얼마 전과 마찬가지로 '사신의 사도'가 올라탄 기체인지도 모른다.

설마 우리를 노리고?! 그럴 리가 없나. 우리가 여기서 해수욕을 즐긴다는 사실은 이그리트 왕실 외에는 아무도 모르니, 처음부터 이그리트를 노렸던 거겠지.

더 정확히 말하자면, 그자들은 이그리트를 노릴 생각도 없었으리라 본다. 공격 대상이야 어디든 상관없었겠지.

놈들에게 목적이 있다고 한다면, 사람들을 불안과 공포에 빠뜨려 넘쳐나는 부정적인 감정을 사신에게 바치는 것이라고 보면 될까?

이러고 있을 순 없다. 바로 대책을 세워야 해.

나는 이그리트 국왕 폐하에게 전화를 걸었다.

"왔구나."

나는 【롱센스】로 확장한 시각으로 바다에서 올라오는 키클롭스 무리를 확인했다.

이그리트는 얕은 바다가 육지에서 멀리까지 이어져 있어, 멀리서도 진군하는 자들을 쉽게 확인할 수 있었다.

산고와 코쿠요의 보고대로, 상대의 선두에는 유독 큰 거대 고렘이 키클롭스를 이끌고 있었다.

태양을 반사해 빛나는 그 보디는 메탈릭브라운으로 빛났고, 딱 보기에도 장갑이 두툼해 중장비형처럼 보였다.

머리에는 다른 키클롭스에는 없는 뿔이 보였다. 뿔이 달린 기체인가.

크기는 스우가 타는 오르트린데 오버로드와 거의 비슷했다.

손에는 역시 메탈릭브라운의 거대한 정육용 식칼로 보이는 무기를 들고 있었다. 예전에 만난 사신의 사도가 지닌 보라색 창처럼 불길함이 느껴지는 무기였다. 각별한 주의가 필요하겠어.

우리 진영은 이그리트 기사단 사람들과 우리 아내들의 전용기(발큐리아), 엔데의 용기사, 그리고 우리 나라의 기사단이 탄 프레임 기어 수백 대.

단, 내 레긴레이브는 없지만…….

《어쩔 수 없어. 전용기(발큐리아)를 복좌식으로 만드는 일부터 시작해 달라고 한 사람은 토야잖아?》

"말씀하신 대로입니다."

전화에서 들려오는 박사의 목소리를 듣고 나는 가볍게 고개를 끄덕였다.

아내들의 전용기(발큐리아)는 아이들도 탈 수 있도록 복좌식으로 개량되었다.

그뿐만이 아니라 조종을 전환할 수도 있다. 단, 조종의 전환 권한은 어머니들에게 있다.

왜 그렇게 개조했냐고? 묻지 말아 줘. 딸들이 전부 졸라대는데 거절할 수가 있어야지…….

쿠온은 내 편이 되어 주었지만, 그래도 숫자에는 당해낼 수가 없어 결국에는 받아들이고 말았다.

아이들은 프레임 기어 조종에 익숙하니 문제가 없기야 하겠지만…….

아이들 대부분은 자신의 어머니와 같은 기체에 타기로 했지만, 에르제와 린제네만은 바꿔 타는 듯했다.

즉, 린네가 에르제 기체에, 에르나가 린제의 기체에 탄다. 그게 다루기 더 편하다니 문제 될 일은 없다.

쿠온이 복좌식에 반대한 이유는 유미나와 함께 타기가 부끄러워서가 아닐까 한다. 내 생각엔 그렇다.

남자아이에겐 엄마랑 같이 행동하기가 부끄러운 시기가 있기 마련이니까. 이건 어쩔 수 없는 일이다. 레긴레이브를 사용할 수 있었다면 그곳에 태웠겠지만.

유미나는 기뻐하고 있으니 이번에는 엄마의 기분을 맞춰 주길 바란다.

《그런데 서방님. 저것과 정면으로 맞설 작정이십니까?》

"전망이 이렇게 좋으니 그게 낫지 않을까? 무슨 일이 있으면 내가 바로 도와줄게."

슈베르트라이테의 외부 스피커에서 야에의 목소리가 들려와, 나는 스마트폰으로 그렇게 대답했다.

숫자로는 밀리지만 전력 면에선 우리가 유리할 거다. 상대에게 비장의 패가 없는 이상.

《저 거대한 놈은 내가 상대할 테니 그렇게 알게!》

《저 커다란 녀석은 스테프가 해치우겠어!》

오버로드에서 스우와 스테프의 목소리가 들려왔다.

크기로 봐서도 저 메탈릭브라운 키클롭스, '뿔'은 오버로드가 상대하는 게 가장 적절해 보였지만, 상대가 어떤 식으로 나올지는 알 수 없다. 들고 있는 정육용 식칼도 왠지 불길하고. 최대한 조심해 주었으면 하는 바람이다.

《반어인(半魚人)이랑 팔 네 개짜리 고렘은 이그리트 기사단에 맡겨둬도 되겠지?》

"응. 키클롭스는 육지로 상륙하지 못하게 저지하겠어. 대신 상륙한 소소한 적들은 이그리트가 맡을 거야."

그건 이그리트 국왕 폐하와 전화로 결정한 일이다. 키클롭스는 기본적으로 우리 브륀힐드가 맡는다.

하지만 상대가 장거리 공격으로 해변을 공격하면 안 되니, 수비를 위해 중기사(슈발리에)를 몇 기인가 육지에 남기기로 했다.

《역시 상륙하기 전에 공격할 수 있도록 수중 전용 프레임 기어의 개발을 서둘러야겠어.》

"근데, 개발해도 양산하려면 시간이 걸리지?"

박사의 통신을 들으면서 나는 눈썹을 찡그렸다. 아무리 【공방】이라 해도 짧은 시간에 팍팍 기체를 양산할 수는 없었다. 추가로 제작에는 가공한 강철을 생산하는 비용도 필요하다.

아니지. 중기사(슈발리에)를 부숴서 소재를 조달하면 얼마든지 비용은 아낄 수 있긴 하다.

《음? 저건 뭐지?》

"응?"

날려 보낸 무인 정찰기의 영상을 보던 박사의 의아하다는 듯한 목소리를 듣고 나는 생각의 바다에서 빠져나왔다.

《뿔이 달린 기체의 후방이야. 뭔가가 서 있는데⋯⋯?》

박사가 말한 곳을 【롱센스】로 시야를 확장해 보니, 몇 기의 키클롭스가 긴 통처럼 보이는 무언가를 상공을 향해 들고 있었다. 대포인가?!

"그런데 여길 노리고 있진 않은 듯한데⋯⋯."

그렇게 의문스러워한 순간, 퍼엉! 그 통에서 무언가가 발사되었다. 우리가 있는 상공까지 높다랗게 발사된 그 무언가는 마치 하늘 높이 쏘아 올린 불꽃놀이 폭죽처럼 공중에서 펑펑펑! 하고 폭발했다.

폭발은 크지 않았다. 정말로 불꽃놀이 폭죽을 쏘아 올린 듯했다. 뭐지? 선전포고인가?

"이건⋯⋯?"

하늘에서 폭발한 무언가는 산산조각이 나더니 금색 가루가 되어 우리 주변에 살포되었다.

공중에서 흩날리는 금색 가루를 손으로 쥐어 보니, 마치 눈이 녹듯이 순식간에 사라졌다.

이건 뭐지? 아니, 설마 이건⋯⋯!

《아버지! 어머니가 속이 울렁거린대!》

《아버지! 어머니가 갑자기 두통이 난다고 하십니다!》

아이들한테서 아내들의 컨디션이 나빠졌다는 보고가 잇달아 들어왔다. 틀림없어. 이건!!

《신마독(神魔毒)이야. 걱정은 안 해도 돼. 생명에 지장을 주는 물질은 아니니까. 이름을 붙이자면 【신마독(연한 맛)】이라고 할까?》

스마트폰의 스피커에서 모로하 누나의 목소리가 들렸다.

신마독(연한 맛)?! 그게 뭐야. 그 미묘한 네이밍은 뭐냐고?!

《신마독은 신마독이지만, 정말로 아주 약간 남은 신마독을 많이 묽혀 만들었어. 불순물도 이것저것 섞여 있고, 여러모로 개조도 많이 했지만, 이 정도로는 하급신은 물론 종속신조차 죽일 수 없겠지. 그래도 얼마간 효과는 있어 보이지만.》

《모로하찡. 왠지 속이 울렁거려. 나름 효과가 강할지도…….》

모로하 누나의 등 뒤에서 스이카의 작은 목소리가 들려왔다. 역시 신마독인가?!

《아니지. 넌 그냥 과음해서 그래.》

뭐 하는 거야 참. 헷갈리게!!

《정말로 괜찮아. 신족에게 효과가 미칠 정도는 아니지만, 신의 권속인 네 아내들에게는 조금 효과가 있나 봐. 아무리 목숨에 지장은 없다지만, 어떤 식으로든 몸에 영향을 미칠 거야.》

"아이들은요? 아이들은 괜찮아요?!"

《괜찮아. 토야의 아이들은 반신(半神)이잖아? 진짜 신마독이라면 몰라도, 이렇게 묽어서는 독으로 작용하지 않아.》

그렇구나. 아이들은 내 신족(神族)의 피를 이었다. 기존의 신마독이었다면 아내들보다도 크게 영향을 미쳤을지 모르지만, 이번 이 신마독(연한 맛)으로는 효과가 없나.

나와 아이들에게는 신족 유전자가 있다. 하지만 그게 없는 아내들에게는 얼마간 피해를 주는 건가. 정말 괜찮긴 한 거야?

《응. 괜찮아. 괜찮은 것 같아. 조금 속이 울렁거리긴 하지만…….》

《과식한 다음 날의 아침 같은 기분이야.》

《정비가 허술한 마차에 몇 시간 정도 탔을 때의 기분이에요.》

에르제, 사쿠라, 루가 나른한 목소리로 말했다. 역시 컨디션이 나쁜 모양이었다. 효과가 약하더라도 신마독이어선 【리커버리】로는 회복되지 않는다.

몸져누울 만큼 심하지는 않은 듯하니, 정말 연하게 묽힌 독이라고 할 수 있겠구나. 가벼운 두통이나 복통 수준인가.

하지만 집중해서 싸워야 하는 상황에서는 목숨이 위험해질 가능성도 있다.

사신의 사도의 노림수는 그것인가?

《아버지, 아니에요. 진짜 목적은 따로 있나 봐요. 이 금가루, 프레임 기어를 순환하는 에테르리퀴드의 흐름을 방해하는 효과도 있는 것 같아요. 출력이 약 62%를 넘지 못하고 있어요. 어머니들의 컨디션 난조는 상대에겐 예상외의 부산물에 불과할지도 몰라요.》

출력이 오르지 않아? 놈들의 노림수는 그거였나?

예전에 헤카톤케이르가 되었던 마공왕이 고렘의 Q크리스탈을 마비시키는 연기를 퍼뜨린 적이 있었다. 그것과 비슷한 건가?

사신은 페이크스(가짜 기사)를 만들었던 적도 있고 눈앞의 키클롭스도 있으니, 프레임 기어의 구조에 관한 지식도 얼마간은 있기야 하겠지만…….

"그런데 상대는 괜찮아? 저 자식들도 출력이 떨어지지 않았을까?"

《상대도 바보는 아니잖아. 그 정도 대책은 세워 뒀겠지. 무엇보다 고렘 기술만으로 만든 키클롭스에게 이 금가루는 큰 효과를 발휘하기 힘들어. 우리도 대책을 세울 필요가 있겠군. 토야, 샘플을 확보해 줄 수 있을까?》

"뭐? 으, 응. 알았어."

박사의 목소리에 대답을 하긴 했지만, 이 신마독(연한 맛)은 건들면 마치 스며들듯이 사라지고 말았다.

아휴, 어떻게 확보하면 된담? 공중에 떠도는 신마독(연한 맛)을 앞에 두고 나는 어쩌면 좋을지 갈피를 잡지 못했다.

"앗, 【프리즌】을 쓰면 되나?!"

그런데 신마독은 【프리즌】으로는 막지 못했을 텐데. (연한 맛)이니 될까? 이건 지상에 영향을 미치지 않으니 신의 기를 사용해도 괜찮겠지?

나는 신의 기를 담은 【프리즌】으로 공중에 한 변이 10미터인 정육면체를 만든 뒤, 작게 축소해 한 변이 1센티미터짜리 주사위 크기로 변화시켰다. 안에는 반짝거리는 신마독(연한 맛)이 떠돌았다.

됐다. 좋았어. 주머니에라도 넣어 두자.

《아버지. 어머니께서 이대로는 움직이기 어려우셔서 제가 슈베르트라이테를 조종하려 하니, 허락을 해주셨으면 합니다.》

《앗! 나도! 나도 어머니 대신 지그루네를 조종할래!》

《아빠, 나도! 게르힐데라면 전에도 조종해 본 적 있으니 괜찮아!》

《스테프도! 스테프도 어머니 대신 싸울래!》

스마트폰으로 들려온 야쿠모의 제안에 내가 대답하기도 전에 프레이, 린네, 그리고 스테프의 목소리가 잇달아 들려왔다.

윽. 보호자가 있으니 조금 싸우는 정도는 괜찮다고 보긴 했지만, 시작부터 싸우는 건 좀⋯⋯.

하지만 컨디션이 나쁜 아내들이 무리하며 조종하게 할 수도 없다. 이게 신마독과 같은 물질이라면 시간이 지나며 서서히 회복될 테니, 조금만 싸우는 정도라면 괜찮을까?

"좋아, 무리하지 않는 조건이라면. 어머니들 몸이 좋아지면 꼭 다시 교대하기다? 절대 무리하지 않기야. 알겠지?"

《야호~!》

아이들의 환성이 스마트폰을 통해 전해졌다. 정말 괜찮을까 몰라. 스테프랑 린네가 특히 걱정된다.

걱정하는 내 마음을 무시하듯 눈앞의 사신의 군대는 점점 거리를 좁혀 왔다. 상대는 이미 사정거리 이내에 접어들었다.

《이럴 땐 선제공격이야말로 최선. 일단 개전을 알리기로 하죠!》

쿤과 린이 탄 그림게르데가 제일 먼저 앞으로 나섰다.

그리고 그림게르데의 어깨 부분과 다리 부분 장갑의 해치가 열리더니, 다연장 미사일 포드가 노출되었다.

이어서 오른팔의 암개틀링포와 왼손 다섯 손가락의 5연속 발칸포로 전면의 키클롭스를 겨냥하며 양다리의 닻을 내렸다.

《일제 사격.》^{풀 버 스 트}

그림게르데의 전력 사격이 전면의 키클롭스를 난사했다.

빗발치는 정탄(晶彈)에 노출된 키클롭스였지만 여전히 쓰러지지 않았고 걸음도 멈추지 않았다.

《꽤 튼튼하네. 그림게르데의 출력이 떨어져 그런가?》

《정탄을 발사하는 【익스플로전】의 위력도 떨어졌으니 그럴 수도 있겠지만 이유는 단순해요. 장갑이 두꺼워요!》

나와 같은 의문을 품은 린의 말을 듣고 쿤이 대답했다.

의외로 버티던 키클롭스였지만 멈추지 않고 쏟아지는 탄환에 드디어 몇 기인가가 앞으로 고꾸라졌다.

하지만 선두에 나선 뿔이 달린 거대 키클롭스는 그림게르데의 탄환에 몸 여기저기를 직격당하면서도 걸음을 멈추지 않았다.

이윽고 그림게르데는 대량의 에테르를 포함한 흰 연기를 내뿜으며 움직임을 멈췄다.

'일제 사격'^(풀 버스트)의 활동 한계다. 그림게르데는 잠시 기체를 냉각하기 위한 쿨타임이 필요했다.

《스테프, 뒤는 맡길게.》

《맡겨둬, 쿤 언니!》

쿤의 목소리에 스테프가 조종하는 오르트린데 오버로드가 오른팔을 높이 들어 올리며 앞으로 나섰다.

《간다! 캐넌 너클 스파이럴!》

들어 올린 오르트린데 오버로드의 오른팔 팔꿈치에서 오른팔이 분리되더니, 고속으로 회전하며 메탈릭브라운색 뿔이 달린 키클롭스를 향해 날아갔다.

뿔 달린 키클롭스는 그림게르데의 정탄과 마찬가지로 그 공격을 가슴을 이용해 정통으로 받아냈다.

두꺼운 가슴 장갑에 적중한 오버로드의 오른팔이 회전하면서 그곳에 균열을 냈다.

그러나 부수지는 못한 채, 오버로드의 오른팔은 우리 쪽으로 튕겨 날아왔다. 곧장 날아온 오른팔은 오버로드의 오른팔 팔꿈치에 귀환해 다시 도킹에 성공했다.

《안 부서졌어! 어머니, 저거 딴딴해!》

《음……. 조금 전의 이상한 금가루 때문인지도 모르겠구먼.》

스우의 힘없는 목소리가 들려왔다. 오버로드에서 내리게 해주고 싶었지만, 스테프에게 무슨 일이 벌어지면 대신해 줄 사람이 필요하니 조금 더 버텨줄 필요가 있었다. 시간이 지나면 컨디션도 회복될 테니까.

그런데 출력이 다운되니 의외로 대처가 힘드네. 인간으로 말하자면 고산병에 걸린 상태라 할 수 있을까?

다음 전투를 위한 대책은 박사한테 맡기기로 하고, 우리는 눈앞의 적을 섬멸하는 데 집중해야 했다.

쿠웅, 쿠웅. 땅을 울리며 다가온 메탈릭브라운으로 빛나는 뿔 달린 외눈 키클롭스가 커다란 정육용 식칼을 치켜들더니 오르트린데 오버로드를 향해 휘둘렀다.

《스타더스트 셸!》

오버로드가 내뻗은 왼팔에 별의 형태를 한 작은 빛이 모여들더니, 순식간에 정렬하며 정면에 커다란 빛의 벽을 만들었다.

꽈아앙! 정육용 식칼은 빛의 방패에 막히고 말았다.

《바, 방해다. 너, 부순다.》

빛의 방패에 막혔는데도 뿔 달린 키클롭스는 정육용 식칼을 몇 번이고 계속 내리쳤다.

메탈릭브라운 기체에서 남자 목소리가 들렸는데, 더듬거리는 목소리에서는 지성이 거의 느껴지지 않았다. 적어도 내가 만났었던 '사신의 사도'는 아닌 듯했다.

그걸 증명이라도 하듯이 뿔 달린 키클롭스는 계속 정육용 식 칼을 내려치기만 할 뿐이었다.

몇 번을 하든 소용없는데. 내가 그런 생각을 하는데, 오버로 드의 왼손으로 만들었던 별의 방패, 스타더스트 셸에 조금씩 균열이 가기 시작했다.

"아니?!"

이건 저 정육용 식칼의 능력인가? 아니면 신마독(연한 맛)으 로 인해 오버로드의 출력이 떨어져서 그런가?!

《스테프! 더 버티면 위험하지 않겠는가! 밀쳐내 버리게!》

《알았어! 캐넌 너클 스파이럴!》

상대가 정육용 식칼을 휘두르려는 타이밍에 오버로드가 회 전하는 오른팔로 흉부를 콰앙! 하고 가격했다.

가까운 거리에서 기습 공격을 받은 뿔 달린 키클롭스는 아무 래도 이 공격은 버틸 수 없었는지 두세 걸음 뒤로 물러섰다.

그때 오버로드가 흉부에서 추가로 충격파를 날리자, 뿔 달 린 키클롭스는 더욱 뒤로 날아가 버렸다.

오버로드가 더욱 몰아붙이려 했지만 그 전에 키클롭스 세 대 가 뿔 달린 키클롭스 앞을 가로막았다.

《아이참, 방해하지 마!》

스테프가 그렇게 소리치며 키클롭스 한 대를 때리려고 했지 만, 키클롭스는 순식간에 공격을 회피했다.

오버로드의 움직임은 큰 데다가 빠르지도 않다. 피하는 데 집중하면, 피하는 것 자체는 어렵지 않은 듯했다.

원래 오르트린데 오버로드는 방어전에 특화한 기체다. 방어는 다른 기체보다 뛰어나지만 직접적인 공격 수단은 많은 편이 아니다.

상급종 전용의 '골드해머' 라는 외부 무장도 있지만, 기본적으로는 타격이 주된 공격 수단이다.

무엇보다 골드해머는 엄청나게 거대한 상급종을 상대로 하는 무기라, 키클롭스를 상대로는 사용하기 힘들었다.

표적을 제대로 맞히지 못하거나, 지나치게 접근해서 자신이 중력파에 말려들 가능성도 있다. 오버로드 본체가 받는 부담도 크고.

《캐넌 너클 스파이럴!》

오버로드의 오른팔이 발사되었다. 역시 이것까진 피하지 못한 키클롭스 한 대가 공격을 정통으로 맞아 산산조각이 났다.

하지만 곧장 다른 키클롭스가 부서진 기체를 대신해 들어와 오버로드를 포위하는 형세를 유지했다.

공격을 받아 뒤로 물러났던 뿔 달린 키클롭스는 정육용 식칼을 지팡이처럼 사용해 지금 막 일어나려는 참이었다.

이 자식들, 은근히 연계하는 것 같은데? 박사가 말하길, 키클롭스는 군기병처럼 일부 기체끼리 서로 정보를 주고받는다고 한다.

이 키클롭스는 저 뿔 달린 기체를 지키기 위해 오버로드 앞을 가로막은 모양이었다.

상대가 서로 연계 플레이를 한다면 좀 귀찮겠는데…….

일어선 뿔 달린 키클롭스가 다시 우리에게 걸어오려고 하다가 갑자기 움직임을 멈췄다.

'움직임을 멈췄다'라기보다는 '누군가가 움직이지 못하게 막았다'라고 해야 더 자연스러운 표현이 될 듯했다.

"이건?!"

내가 뒤를 돌아보려고 했는데, 미처 돌아보기도 전에 내 주변으로 뭔가가 달려왔다.

다음 순간, 눈앞에 있던 뿔 달린 키클롭스와 주변의 키클롭스들이 보이지 않는 벽에 밀려서 밀려가듯이 한꺼번에 앞바다로 날아갔다.

다시 뒤를 돌아 확인하니, 양어깨에 확성 병기를 장착한 로스바이세와 스나이퍼 라이플을 든 브륀힐데의 모습이 보였다.

"움직이지 못하게 막은 사람은 쿠온이야?"

《네. 요시노 누나가 확실히 표적을 노리고 싶다고 해서요.》

역시 쿠온의【고정의 마안】이었구나. 그런데 저런 거대 로봇도 고정할 수 있었어? 고정한 다음 저격으로 공격하면 우리 아이들은 무적 아닐까?

마안의 힘을 연속으로 사용하면 힘드니 무적이라고 하긴 어려운가?

뿔 달린 키클롭스 주변에 있던 키클롭스는 날려 버렸지만, 그 이외의 키클롭스들이 우르르 다시 오버로드에 몰려들었다.

그러나 습격해 온 키클롭스 한 기가 조금 전의 뿔 달린 키클롭스처럼 일시적으로 멈추더니, 순식간에 총성과 함께 머리를 꿰뚫렸다.

쿠온의 저격인가. 헤드샷이라니, 어려운 기술을 썼네.

유미나처럼 브륀힐데를 정교하게 조작할 줄 아는구나?

프레임 기어는 머리가 카메라나 센서가 집중되어 있는 부품의 하나일 뿐이니, 머리가 부서진다고 기능이 정지하지는 않는다. 하지만 키클롭스는 고렘과 마찬가지로 Q크리스탈이 머리에 장착되어 있는 듯했다.

고렘의 두뇌라 할 수 있는 Q크리스탈이 파괴되면 키클롭스도 기능이 정지될 수밖에 없었다.

이게 다 제작자가 고정관념을 버리지 못한 탓이라고 박사는 비판했었다.

실제로 평범한 고렘처럼 굳이 머리에다 Q크리스탈을 배치할 필요는 없다. 쉽게 공격 받지 않는 등이라든가, 뭐하면 동력원인 G큐브와 같은 장소에 배치해도 될 텐데. 둘 중 하나가 망가지면 어차피 움직일 수 없을 테니까.

전투가 끝난 뒤에 회수하고자 한다면, 둘 중 하나는 남겨두는 게 더 나을지도 모르지만.

《쿠온만 멋진 모습을 보여 주게 놔둘 순 없어!》

그런 말을 하며 프레이가 지그루네를 조종해 키클롭스 한 기를 상하로 베어 완벽히 두 동강을 내버렸다.

　원래 프레이의 전투 스타일은 상대와 상황에 맞게【스토리지】에서 적합한 무기를 꺼내, 임기응변으로 싸우는 스타일이다. 의표를 찌르는 전투법이라고 해야 할까.

　그래서 그런지 움직임이 약간 둔해 보이기도 했다. 어디까지나 힐다의 전투법에 비하면 둔하다는 것뿐이지만.

　그래도 다른 프레임 기어보다도 원활히 키클롭스를 해치웠다.

　그 옆에서 야쿠모가 조종하는 슈베르트라이테도 잇달아 키클롭스를 베어서 해치웠다.

　야쿠모는 어머니인 야에와 전투 스타일이 거의 같아서 큰 문제 없이 조종하고 있는 듯했다.

《에잇!!》

《얼마든지 덤빌 테면 덤벼!》

　다른 사람들보다 더 저돌적으로 공격하는 기체는 린네가 타고 있는 게르힐데와 엔데가 탄…… 어라? 용기사(드라군)를 조종하는 사람은 엔데가 아니라 아리스인가?

　언제 태웠어? 용기사는 복좌식으로 개조하지 않았을 텐데. 아니지, 어린이 한 명 정도는 태울 만한 공간은 충분히 확보할 수 있나?

　대체 어떻게 된 일이냐고 물으려고 엔데의 용기사에 통신을 연결했다.

"야, 엔데? 어떻게 된 일이야?"

《실은 갑자기 속이 울렁거려서……. 그랬더니 아리스가 대신 조종하겠다면서 자릴 뺏지 뭐야, 우웁.》

아하. 엔데도 타케루 삼촌의 권속이라서 이 신마독(연한 맛) 효과에 걸려들었구나.

뺏겼다고 하는 걸 보면 조종실 시트에 앉은 사람은 아리스인가. 그렇다면 엔데는 속이 울렁거리는데 그 좁은 뒷공간에 틀어박혀 있다는 말이야?

으윽, 불쌍해. 그래도 어쩔 수 없으니 버텨야지 뭐.

아리스의 전투 스타일도 용기사에는 어울리지 않을 텐데, 잘만 조종하네. 엔데의 전투법과 비교하면 거칠어서 조금 세련미가 부족하긴 하다만.

《아리스. 그곳으로 갔어!》

《맡겨둬!》

린네의 게르힐데가 미처 제압하지 못한 키클롭스를 용기사^{드라군}가 쌍검을 휘둘러 십자 모양으로 베어 버렸다.

두 기는 서로 등을 맞대고 몰려드는 키클롭스를 잇달아 격파했다.

엔데와 에르제가 조언을 해주고 있는지, 서로 잘 연계된 멋진 움직임을 선보였다. 서로 도우면서 눈앞의 적을 무찌르는 모습을 보니, 실력이 제법인데?

그렇게 만족스러워하는데, 게르힐데가 미처 무찌르지 못한 키클롭스가 너덜너덜한 상태인데도 사각에서 용기사를 향해 검을 아래로 내리치려 했다.

그러나 다음 순간, 그 키클롭스는 빗발치는 정탄에 온몸이 꿰뚫려 벌집이 된 모습으로 물거품과 함께 곧장 가라앉아 버렸다.

《린네. 방심은 금물이야.》

《에르나 언니!》

게르힐데가 상대하던 키클롭스의 옆을 비행 형태의 헬름비게가 저공비행을 하며 빠져나갔다.

그리고 날개에 장착된 블레이드로 게르힐데의 정면에 있던 키클롭스를 두 동강 내고는 그대로 상공으로 상승해 날아갔다.

서로 어머니의 기체를 바꿔 탔는데, 둘 다 조종 실력이 출중했다.

하늘에서 지원 사격을 해주니 큰 도움이 되는걸? 에르나는 이런 서포트 역할이 적성에 맞는지도 모른다.

서포트 역할이라고 하면.

《간다~!》

요시노가 조종하는 로스바이세에서 음량이 큰 기타 사운드가 흘러나왔다.

이 곡은 전투기 파일럿들의 군상극을 그린 유명한 영화의 주제다. 제목을 번역하면 '위험 구역'이 되는 곡을 선택하니, 나는 뭐라 형용할 수 없는 기분이 들었다.

이건 요시노가 직접 기타를 치는 건가? 물결치는 듯한 기타의 울림을 들으며 내가 그런 생각을 하는데, 그 연주에 맞춰 사쿠라가 노래하는 소리가 들려왔다.

평소와 비교하면 목소리에 힘이 없다. 물론 이 곡은 원래 처음에 약한 느낌으로 시작되긴 하지만.

아무래도 신마독(연한 맛)의 영향이겠지. 이 이후에도 사쿠라의 목소리는 평소의 컨디션을 회복하지 못했다.

그렇지만 노래 자체는 효과가 확실했다. 눈에 띄게 키클롭스들의 행동이 둔해졌다. 행동 지연이 부여된 노래였기 때문이다.

움직임이 둔해진 키클롭스의 머리에 쿠온이 조종하는 브륀힐데가 발사한 정탄이 잇달아 적중했다.

정탄은 마치 기계가 발사한 것처럼 정확히 키클롭스의 머리를 꿰뚫었다.

우리 아들 혹시 초A급 스나이퍼야? 등 뒤에서 서면 거기 서지 말라며 한 대 얻어맞는 게 아닐지?

《너무 느려요!》

헤드샷을 날리는 쿠온의 뒤를 잇듯이 B 유닛(부스트)을 장착한 아시아의 발트라우테가 키클롭스에게 돌진했다.

가속된 재빠른 움직임으로 발트라우테가 양손에 든 검을 휘두르자 키클롭스의 머리가 몸과 분리되어 공중을 날았다.

출력이 떨어진 상태에서 어떻게 저런 움직임을 보일 수 있는 건지.

검을 든 발트라우테가 나를 보고 크게 손을 흔들었다.

《보셨나요, 아버지?! 제가 나서면 이런 피라미들은 쉽게 세장으로 떠서 분리해 버릴 수 있어요!》

《앗, 아시아! 앞을 보세요! 전쟁터에서는 신이 나도 절대 방심해선 안 돼요!》

《으아아아?!》

"이크, 【슬립】!"

창을 들고 돌진하던 키클롭스를 내가 【슬립】을 사용해 넘어뜨렸다. 호들갑스럽게 넘어져 바닷속으로 쓰러진 키클롭스를 향해 발트라우테가 쌍검을 내리꽂았다. 위험했어!!

아시아는 마무리가 어설픈 데가 있어 불안하다니까. 루가 함께 있으니 괜찮기야 하겠지만.

전황은 우리한테 유리하게 전개되고 있었다. 프레임 기어의 발밑을 빠져나간 팔이 네 개인 고렘과 반어인(半魚人)들도 이그리트의 기사단이 착실히 제압했다.

시간을 들이면 모두 토벌하긴 어렵지 않아 보인다.

문제는······.

앞바다에서 요시노의 로스바이세의 공격을 받고 날아간 뿔달린 키클롭스가 일어서는 모습이 보였다.

조금 전의 공격은 밀쳐냈을 뿐이라 타격은 거의 없었던 듯했다.

《너, 너희, 방해다! 전부, 부숴버리겠다!》

뿔 달린 키클롭스가 메탈릭브라운으로 빛나는 정육용 식칼을 양손으로 치켜들고는 그 기세를 유지하며 바다를 향해 아래로 휘둘렀다.

"아니?!"

그러자 뿔 달린 키클롭스가 휘두른 정육용 식칼 끝에서부터 일직선으로 바다가 갈라지더니, 해저에서 바위가 마치 칼산처럼 잇달아 튀어나왔다.

바위의 융기는 파도처럼 어마어마한 속도로 정면에 있던 스우와 스테프가 탄 오르트린데 오버로드에게 덮쳐들었다.

《막거라, 스테프!》

《응! 스타더스트 셸!》

별의 방어벽이 해저에서 융기하는 바위의 돌진을 막았다. 간신히 바위의 증식은 막았지만, 바닷속에는 험준한 바위산 같은 길이 생기고 말았다.

《흙 마법의 【어스 웨이브】 같은 기술이야. 다들 조심해. 저 대검은 지형 조작 능력이 있을지도 몰라.》

겨우 냉각 시간이 끝난 그림게르데에서 린의 목소리가 들렸다.

지형 조작이라고? 또 귀찮아 보이는 기술이⋯⋯. 그건 막기 어렵잖아? 하늘이라도 날지 않는 한⋯⋯.

"아."

그러면서 나는 상공을 나는 헬름비게를 올려다보았다.

헬름비게는 지상에 있는 뿔 달린 키클롭스에게 공중에서 일방적으로 집중포화를 날렸다.

빗발치는 정탄을 막을 수 없었던 뿔 달린 키클롭스는 손에 든 정육용 식칼을 기울여 방패처럼 헬름비게의 공격을 막았다.

몸에 적중된 정탄은 안으로 파고들었는데, 정육용 식칼에 맞은 정탄은 튕겨 나갔다. 적어도 저 정육용 식칼은 정재(晶材)와 강도가 같다는 뜻이었다.

두말할 것도 없이 저건 사신의 신기…… 사신기(邪神器)다. 내가 만난 흑사병 마스크를 쓴 사신의 사도가 들고 있던 레이피어나 오키드라는 자가 들고 있던 창과 똑같은 무기인 듯했다.

《나, 날고 있는 그거, 시끄럽다! 떨어뜨리겠다!》

뿔 달린 키클롭스가 정육용 식칼을 해수면에 내리꽂자 주변의 지면이 순식간에 융기했고, 뿔 달린 키클롭스는 수십 미터나 되는 바위 탑과 함께 공중으로 솟구쳤다.

하늘을 날던 헬름비게의 눈앞까지 솟구친 뿔 달린 키클롭스는 바위 탑에서 뛰어올라 정육용 식칼을 헬름비게를 향해 휘둘렀다.

위험해! 내가 순간적으로 헬름비게를 【프리즌】으로 둘러 보호하려고 한 그 순간, 한 발의 총성이 해안에서 울려 퍼졌다.

정육용 식칼처럼 생긴 사신기가 뿔 달린 키클롭스의 손에서 튕겨 나가 공중을 빙글빙글 돌았다.

해변을 보니 스나이퍼 라이플을 든 브륀힐데의 모습이 보였다. 쿠온인가! 살았어!

튕겨 나간 정육용 식칼과 함께 바다에 떨어지는 뿔 달린 키클롭스.

《엄마. 에르나 언니. 괜찮아?!》

게르힐데에서 걱정스러워하는 린네의 목소리가 들렸다. 방금 그건 위험했으니까. 걱정될 수밖에.

《깜짝 놀랐지만 괜찮아. 아무렇지도 않아.》

《괜찮아, 린네. 걱정해 줘서 고마워.》

아무렇지도 않다고 말하듯이 헬름비게가 공중을 한 바퀴 빙 돌았다. 정말로 아무 문제 없는 듯했다.

이번엔 정말 당황했어. 설마 저런 방법으로 튀어 오를 줄이야. 헬름비게도 하늘이니 안전하다며 함부로 접근하지 않는 게 좋겠어.

상공에서 바다로 떨어진 뿔 달린 키클롭스가 일어섰다. 손을 옆으로 뻗자, 잠시 후에 역시 바다에 떨어졌던 정육용 식칼이 해저에서 날아가 철컥 손에 들어갔다.

《거의 타격이 없나 봐.》

일어선 뿔 달린 키클롭스를 보고 린이 하는 말이 내 귀에 전해졌다. 저 높이에서 떨어지고도 아무렇지도 않다니. 아래는 바다라 지면에 직접 떨어지는 것보다야 타격이 덜하긴 하겠지만…….

뿔 달린 키클롭스가 정육용 식칼을 꽉 쥐고 다시 우리를 향해 이동했다.

《캐넌 너클 스파이럴!》

스테프가 오버로드의 오른팔을 날렸다. 탄환처럼 회전하며 날아가는 오버로드의 오른팔을 향해 뿔 달린 키클롭스는 멈추지도 않고 돌진했다.

《그거, 아까도 봤다!》

뿔 달린 키클롭스가 정육용 식칼을 눕히더니, 칼의 넓은 부분을 사용해 마치 파리채처럼 오버로드의 오른팔을 쳐서 바다에 빠뜨렸다.

바다에 잠긴 오른팔을 무시한 채, 뿔 달린 키클롭스가 오버로드에게 나아갔다.

뿔 달린 키클롭스가 정육용 식칼을 크게 쳐들었다. 그에 맞춰 오버로드는 왼손을 눈앞으로 들어 올렸다.

《스타더스트 셸!》

별의 방패가 뿔 달린 키클롭스의 공격을 막았다.

조금 전처럼 뿔 달린 키클롭스는 몇 번이고 계속해서 식칼을 아래로 휘둘러 스타더스트 셸을 억지로 파괴하려고 했다.

힘만 쓰는 막무가내 전법이네. 역시 이 사신의 사도는 머리가 근육으로 가득 차 있나 보다.

《야! 스테프를 괴롭히지 마!》

《끄윽?!》

스타더스트 셸이 부서지려고 할 때 옆에서 게름힐데의 날아차기가 뿔 달린 키클롭스의 머리에 깔끔하게 적중했다.

【그라비티】로 무게를 더했는지, 저 무거워 보이는 뿔 달린 키클롭스가 순식간에 옆으로 쓰러졌다.

쓰러진 뿔 달린 키클롭스가 곧장 일어서려고 하자, 더욱 몰아붙이려는 듯 게르힐데의 돌려차기가 작렬했다.

크기는 두 배 가까이 차이 나는 두 기체였지만 주저앉아 있던 뿔 달린 키클롭스의 머리를 게르힐데의 뒤꿈치가 완벽하게 꿰뚫었다.

또다시 키클롭스가 바다에 쓰러졌다. 뿔은 부러지고 머리는 찌그러졌지만 아직 부서지진 않았다.

찌부러진 머리를 들고 천천히 뿔이 달렸었던 키클롭스가 자리에서 일어섰다.

《아직도, 이 녀석이!》

《린네, 안 돼!》

에르제의 말리는 목소리가 닿기도 전에 린네가 조종하는 게르힐데가 파일벙커를 날리려고 키클롭스의 복부를 향해 뛰어올라 오른팔을 내뻗었다.

하지만 이번 공격은 키클롭스가 커다란 왼손을 옆으로 휘둘러 덥석 붙잡아 막아 버렸다.

《너, 너, 끄, 끈질기다!》

키클롭스가 오른팔을 붙잡은 채 게르힐데를 들어 올리더니, 바다로 내동댕이치려고 강하게 힘을 주었다.

위험해!

"【바람이여 둘러싸라, 부드러운 포옹, 에어스피어】!"

내던져진 게르힐데가 바다에 내동댕이쳐지기 직전, 내가 날린 보이지 않는 바람의 쿠션이 붉은 기체를 부드럽게 받아주어 충격을 줄여주었다.

내동댕이쳐지는 타격이 거의 다 흡수되어 기세를 잃은 게르힐데가 바다에 풍덩 떨어졌다.

큰일 날 뻔했어! 저런 기세로 내동댕이쳐지면 아무리 게르힐데라도 무사하진 못했겠지.

타격을 입기 전에 긴급 피난 장치가 발동돼서 린네와 에르제는 밖으로 전이되기야 했겠지만, 그래도 간담이 서늘해질 수밖에 없다.

게르힐데를 내던진 뿔 달린 키클롭스가 정육용 식칼을 들고 추가로 공격하려 했지만, 그 앞을 그림자 두 개가 가로막았다.

《내 여동생한테 무슨 짓을 하려고?!》

《만 번 죽어 마땅해.》

야쿠모가 조종하는 슈베르트라이테의 외날검과 프레이가 조종하는 지그루네의 양날검이 번뜩이며 뿔 달린 키클롭스의 양팔 손목을 잘라 버렸다.

관절 부분은 장갑이 약하다. 그렇지만 아주 작은 그 틈새를 정확히 노리다니.

손에 든 정육용 식칼과 함께 뿔 달린 키클롭스의 손이 바다로 떨어졌다.

그런데도 키클롭스는 손이 없는 팔로 눈앞의 적을 때리려고
했다.

슈베르트라이테와 지그루네가 흩어지듯 양옆으로 도망쳤다.

두 기가 서 있던 그곳에는 모든 장갑을 펼치고 모든 총구를
뽑 달린 키클롭스를 향해 겨냥한 그림게르데가 당당하게 서
있었다.

《으, 아.》

《한 점에 집중해 일제 사격.》
<small>풀 버 스 트</small>

그림게르데가 발사한 수많은 정탄이 키클롭스의 머리에 잇
달아 적중해 겉모습을 벌집으로 만들었다.

아무래도 Q크리스탈이 파괴됐는지, 메탈릭브라운 키클롭스
는 움직임을 멈추고 천천히 뒤로 쓰러져 바다로 가라앉았다.

《여동생을 괴롭힌 대가예요.》

제일 나이 많은 언니 세 사람의 분노에 찬 공격을 받아 승패
가 결정된 듯했다.

가족이 사이좋은 덕에 나설 차례가 없었네. 이 아빠는 너무
기뻐.

"음?"

언니들 세 사람이 해치운 메탈릭브라운 키클롭스. 그 몸체
에 있던 해치가 갑자기 튀어 날아갔다.

그리고 안에서는 느릿느릿 몸집이 거대한 남자가 기어 나왔
다. 터질 듯한 근육질에 원통형 철가면을 쓴 거한.
<small>풀 페 이 스</small>

군데군데 피가 스며든 앞치마와 두꺼운 가죽 장갑을 낀 기묘한 모습과 조금 전의 그 정육용 식칼 탓에 정육점 사장님이 연상됐다. 그리고 철가면 탓에 사형집행인처럼도 보였다.

"이, 이리 와라! '옐로 오커'!"

철가면이 오른손을 옆으로 내밀자, 해저에 가라앉았던 커다란 정육용 식칼이 떠올라 철가면을 향해 날아갔다.

날아가면서 축소된 정육용 식칼은 철가면 남자의 손에 쏙 들어갔는데, 그럼에도 그건 평범한 크기의 식칼이 아니라 마치 대검 같은 크기였다.

보라색 창을 든 사신의 사도랑 마찬가지인가. 역시 저건 사신기인 듯했다.

"내, 내는, 이 나라, 부순다. 많이 부순다."

"왜 그런 짓을 하지? 사신을 부활시킬 셈이야?"

나는 【텔레포트】를 사용해 쓰러진 키클롭스의 어깨에 올라선 다음, 철가면 남자에게 물었다.

지금은 정보가 필요했다. 이 남자는 머리가 잘 돌아가는 것 같지 않으니 혹시라도 뭔가 알아낼 수 있을지도 모른다고 생각해 대화를 시도했다.

"사, 사신? 몰라. 고르드라스칼릿이 부수라고 하니 부순다. 그뿐이다."

고르드라스칼릿? 고르드라스칼릿…… 아니, 고르드랑 스칼릿인가?

골드랑 스칼릿. 동료 사신의 사도들일까?

……골드…… '금색' 왕관인 골드랑 비슷하네. 설마…… 아냐, 지나친 생각인가.

하지만 사신을 모르다니……. 그래도 뭐가 됐든 '사신의 사도'는 맞잖아? 신자들도 그 니트 신(神)은 별로 안 좋아하는 건가?!

"바, 방해한다면 부순다. 인간 부수면 머리가 개운하다. 기분이 좋다. 그러니까 부순다."

만약 얼굴이 보였다면 히죽 웃고 있을 듯한 말투로 철가면이 그런 소리를 해댔다.

이 자식은 아무래도 하라는 대로만 임무를 수행할 뿐, 사고가 정지된 모양이다. 아니지, 자신의 욕망에 충실할 뿐인가? 쾌락을 위해 살인하는 사람과 다를 바가 없네.

나는 '신안(神眼)'을 사용해 사신의 사도에게 【애널라이즈】를 걸었다.

신족은 신의 힘을 직접 사용해 지상에 큰 변화를 주어서는 안 된다는 규칙이 있지만, 상대를 분석하는 정도라면 규칙을 위반하지 않을 것이다.

오호. 심장은 뛰지 않고 영혼도 없다. 언데드 종류인가?

아니네. 영혼은 손에 들고 있는 사신기로 옮겨 갔구나. 영기(靈氣)의 실 같은 무언가로 육체와 연결돼 있다. 그렇다면 이 사신기를 부수지 않는 이상 죽지 않는 건가?

이미 인간이 아니니 여기서 제압해야 한다고 보지만, 사신의 가호를 받은 사신기를 신의 기를 쓰지 않고 부술 수 있느냐면……. 역시 신의 기를 써서 공격해선 안 된다는 규칙은 너무 엄격하지 않나?

"그, 그러니까 너도 부순다!"

정육용 식칼을 든 철가면이 키클롭스 어깨에 서 있던 나에게 달려들었다.

나는 허리에 찬 브륀힐드를 빼내 덤벼드는 철가면을 향해 총알을 세 발 쐈지만, 철가면은 총알에 맞아도 전혀 움츠러들지 않고 나에게 정육용 식칼을 휘둘렀다.

"【블레이드 모드】!"

도검 형태로 바뀐 브륀힐드로 정육용 식칼을 막았다. 상당한 충격이 양팔에 전해졌지만, 상대가 공중에 떠 있는 상태라면 못 버틸 것도 없었다.

"【파워라이즈】!"

"크, 윽?!"

근력 강화 마법을 발동해 바로 브륀힐드를 휘두르자, 철가면이 정육용 식칼과 함께 확 날아가 버렸다.

키클롭스 배 부근까지 날아간 철가면은 거대한 몸집에 어울리지 않게 가볍게 착지했다.

"내, 내 '옐로 오커'로 자를 수 없다……? 그, 그 검, 이상해."

"그건 내가 할 말이야."

정재로 만든 브륀힐드로 자르지 못하는 무기는 처음이었다. 신의 기를 담으면 단번에 잘라낼 수 있겠지만, 그건 금지된 공격이니…….

자, 이렇게 된 이상 정말로 어떻게 해치워야 할지가 문제인데.

이 녀석을 완벽히 해치우려면 사신기를 파괴할 수밖에 없을 듯했다. 그러려면 신족이 지닌 기(氣)를 써야만 하는데, 그건 금지되어 있다.

내가 만든 신기를 지상의 인간이 사용하면 부서뜨릴 수 있지만 아직 그건 완성하지 못했다.

어?! 방법이 없나?

아니, 그럴 리가. 아, 맞아! 엔데가 다른 세계에서 훔친…… 그러니까 빌려온 쌍신검(雙神劍)이 【스토리지】에 들어 있었어! 그걸 사용하면……. 헉, 내가 쓰면 안 됐었나?!

아내들도 내 권속이라 쓰면 안 되고, 엔데도 타케루 삼촌의 권속이라 쓸 수 없다. 메르네 3인방에게 부탁해도 되겠지만, 사신기가 상대여선 신검(神劍)의 특성을 최대한으로 끌어내지 못하는 세 사람이니 조금 불안한 감이 없지 않다.

그 이외에 남은 사람이라면…….

"으으윽! 역시 우리 아이들에게 부탁할 수밖에 없나?!"

반신인 아이들은 더할 나위 없는 적임이지만, 크으윽……!

내가 고민하는 사이에 철가면이 다시 나를 향해 다가왔다.

키클롭스 어깨 위에서 또다시 나에게 휘두른 정육용 식칼을 조금 전과 마찬가지로 브륀힐드로 받아냈다.

첫, 이번엔 힘이 제대로 들어간 묵직한 일격이야!

"【부스트】!"

신체 강화 마법을 걸고 정육용 식칼을 밀어낸 뒤, 다시 브륀힐드를 휘둘러 상대의 식칼을 들고 있지 않은 팔의 팔꿈치를 잘라 버렸다.

"큭?! 크헉!!"

철가면이 비명을 지르자, 잘린 팔꿈치에서 쑤욱! 하고 다시 팔이 돋아나 순식간에 재생되었다.

재생 능력도 있었어? 심지어 빨라! 이건 이 녀석의 능력인가? 아니면 사신의 사도는 다 이래?!

일이 참 귀찮아졌다고 생각하는데, 저편에서 슈베르트라이테와 지그루네가 다가왔다.

이미 키클롭스는 거의 다 쓰러져, 방어전은 사실상 종료된 듯한데 왜 이쪽으로 오지?

""아버지!""

슈베르트라이테와 지그루네의 콕핏이 열리더니 야쿠모와 프레이가 뛰어나왔다.

그리고 나와 철가면이 대치하는 장소인 쓰러진 키클롭스 위로 가볍게 착지했다.

"왜? 무슨 일인데?! 여긴 위험해!"

"모로하 아…… 언니가 전화로 아버지를 도우라고 하셨습니다."

"우리가 적임이라고 했어!"

모로하 누나 진짜! 내 생각을 읽으면 어떡해요?!

분하지만 이번엔 아이들에게 의지할 수밖에 없다. 한심한 아빠야.

나는 【스토리지】에서 쌍신검을 꺼내 야쿠모와 프레이, 두 사람에게 건네주었다.

신의 기를 발하는 쇼트소드를 빼낸 야쿠모와 프레이가 숨을 삼켰다.

"왜, 왠지 모르지만 굉장한 검이야."

"정말이야. 아버지한테 받은 검도 대단했지만 이것에 비하면⋯⋯."

그야, 이건 어쨌든 신검이니까. 내가 소재에 의존해서 만든 아마추어의 작품과 비교해선 곤란하다.

"이거로 저 철가면이 들고 있는 정육용 식칼을 파괴해 줘. 처음엔 다루기 힘들지도 모르지만, 너희라면 금세 적응할⋯⋯ 거야."

"확신은 하지 않으시는군요."

"아버지, 아버지! 잘 다뤄서 이기면 이 검을 상으로 준다거나⋯⋯."

"그건 안 돼."

"아버지 쩨쩨해~!!"

프레이가 너무해, 너무해! 라고 하듯이 몸을 비비 꼬았다. 무기 마니아의 피가 들끓는 모양이지만 이것만큼은 어쩔 수 없다.

"상대는 꽤 강력한 재생 능력이 있으니 조심해. 물론 나도 도울 테니……."

"아니요, 괜찮습니다. 여기로 오면서 아버지와 싸우는 모습을 봤지만, 프레이와 둘이라면 크게 고전하지 않을 상대였습니다."

크게 고전하지 않아? 어? 지금 에둘러서 날 디스하는 거 아냐? 신의 기를 쓰지 못해서 조금 애를 먹긴 했지만…….

"너, 너희는, 방해된다. 거기 남자랑 같이 부순다."

"뭐가 어쩌고 어째?!"

이 철가면 자식. 우리 딸들한테 지금 뭐라고 했어? 진심으로 내가 확 날려버려 줄까 보다.

살기를 띠며 한 걸음 앞으로 나선 내 앞을 프레이가 막아섰다.

"멈춰, 아버지. 저건 우리 상대야."

"아버지가 나설 필요도 없습니다. 저희에게 맡겨 주시지요."

저기요, 야쿠모 양? 나설 필요도 없다니, 조금 전까지 계속 내가 나섰는데요?

그런 내 마음의 미묘한 감정을 아는지 모르는지, 두 사람이 신검을 들고 앞으로 나섰다.

"부, 부순다!"

철가면이 정육용 식칼을 쳐들고 앞에 있는 야쿠모에게 달려들었다.

묵직한 그 일격을 옆걸음으로 슬쩍 피한 야쿠모가 손에 든 신검으로 철가면의 옆구리를 벴다.

"음……?!"

옆구리를 베어 본 야쿠모가 신검을 의아한 표정으로 노려보았다.

"정말 다루기가 어렵군요. 마치 제 마력에 반발하는 듯한 감각이 무언가 꺼림칙합니다."

아……. 그런 느낌이었구나. 다른 사람의 신의 기는 익숙해지려면 조금 애를 먹는다고 한다. 나나 토키에 할머니처럼 상급신의 신격(神格)을 지니면 그 정도까지 이질감이 들진 않지만.

그렇지만 야쿠모가 반신이라서 그 정도로 그쳤다고 볼 수 있었다. 신의 기를 담은 공격은 일반인이라면 체력과 마력, 정신력에까지 부담이 생겨, 사실상 다루지 못할 테니까.

성검이나 신검 같은 무기를 선택된 용사 외엔 사용하지 못하는 이유도 그런 점 때문이 아닐까?

하나 더 추가하자면 신검을 만든 신이 가호를 내렸는가 아닌가에도 크게 좌우되는 것 같았다.

벤 철가면의 옆구리가 점차 재생되었지만 조금 전보다 재생이 느린 듯했다. 신검의 효과가 나타난 걸까?

"커헉!"

"【파워라이즈】!"

이번엔 프레이를 향해 위에서 아래로 휘두른 정육용 식칼이 신검에 가로막혔다.

키가 자신의 절반도 되지 않는 프레이가 공격을 막자 철가면이 놀란 듯도 보였다.

"부, 부순다!"

프레이까지 힘으로 눌러 찍어 내리려고 더욱 힘을 강하게 준 철가면이었지만, 서로 힘을 주며 밀고 밀리는 와중에 정육용 식칼의 날이 콰직하고 작게 깨지자, 철가면이 당황해 뒤로 물러섰다.

"예, '옐로 오커'가 깨졌다?! 이상해! 그 검 이상해!!"

다른 세계의 물건이라고는 하지만 신검은 신검. 신이 되지도 못한 사신의 무기에 질 리가 없다.

프레이가 휘두른 검을 되돌리면서 다시 '옐로 오커'라 불리는 정육용 식칼에 일격을 날렸다.

이번엔 콰직 하고 깨진 곳을 통해 메탈릭브라운의 도신에 금이 갔다.

"나, 나의 '옐로 오커'가!"

"야쿠모 언니!"

"맡겨둬라."

등 뒤로 돌아간 야쿠모가 신검을 한 번 휘두르자 철가면의 굵은 왼팔이 절단됐다.

보아하니 재생을 시도한 모양인지 절단면에서는 부글부글 살이 솟아올라 팔로 보이는 형태가 형성되었지만, 명백히 조금 전에 내가 잘라냈을 때보다도 재생 속도가 느렸다.

"아, 안 돌아와?! 어째서?!"

완벽히 공황에 빠진 철가면은 정육용 식칼을 노리고 다가가는 두 사람을 바로 눈치채지 못했다.

뒤늦게 눈치채고 퍼뜩 고개를 들었지만, 두 사람은 이미 정육용 식칼을 향해 양방향에서 다가가 신검을 휘두르기 직전이었다.

"이미 늦었다!"

"우리의 승리야."

두 사람은 마치 가위를 접듯 정육용 식칼을 좌우에서 서로 다른 방향으로 힘껏 베었다.

쩅강! 높은 금속음이 울리며 정육용 식칼이 두 동강으로 절단되었다.

다음 순간, 철가면을 쓴 남자가 짧은 비명을 지르더니, 순식간에 몸이 돌 조각상으로 변했다.

그리고 그 조각상은 모래가 되어 부슬부슬 그 자리에서 무너져 내렸다.

덜그렁. 그런 소리를 내면서 주인을 잃은 사신기가 옆으로 쓰러져 있던 키클롭스의 몸 위에 떨어졌다.

두 동강이 난 정육용 식칼은 메탈릭브라운색의 반짝임을 잃더니, 마치 변이종이 죽을 때와 마찬가지로 검은 연기를 내면서 흐물흐물한 액체로 변했다.

"모래가 돼 버렸어."

"처음부터 살아 있지 않았던 모양이니까. 언데드…… 아니, 골렘 같은 존재였을지도 몰라."

사신의 꼭두각시. 그런 모습이 머릿속에 떠올랐다.

사신기는 망가지는 모습이 변이종과 똑같나. 역시 이게 힘의 원천이었다는 말이구나.

그런데 이상하다. 동료가 위험해지면 또 그 전이 마법을 사용하는 잠수함 헬멧을 쓴 사람이 나타날 줄 알았는데.

그때는 단순히 우연의 일치였을지도 모르고, 그자들에게 그렇게 친밀한 동료 의식이 있는지 없는지도 아직은 알 수 없다. 패배한다 해도 대신할 사신의 사도를 만들어 낼 수 있을 가능성도 있다. 가능하면 제발 그러지 좀 말았으면 하지만.

뭐가 됐든, 이번에는 격퇴했으니 승리를 기뻐하자.

이미 전투는 거의 종료된 상황이었다. 키클롭스는 모두 격파했고, 이제 남은 적은 해안에서 이그리트 기사단과 싸우는 반어인과 팔이 네 개인 고렘뿐이었다.

"역시 이 검 너무 좋아. 아버지, 있잖아."

"애교를 부려도 소용없어. 안 된다면 안 되는 줄 알아. 자, 돌려줘."

"아버지는 심술쟁이야!"

나는 떼를 쓰는 프레이한테서 신검을 거둬들였다. 반면, 야쿠모는 순순히 돌려주었다.

사신의 사도가 나타나면 또 써 달라고 부탁하게 될 듯하지만, 굳이 그 말을 하지는 말자.

신검을 【스토리지】에 넣어 한숨 돌리는데 품에 넣어둔 스마트폰이 울렸다.

이셴의 왕인 시라히메 씨였다. 무슨 일이지?

"네, 여보세요?"

《미안하군, 토야. 긴급한 요청이다. 세계 동맹의 맹약에 따라 프레임 기어의 대여를 요청하는 바야.》

"긴급 요청요? 무슨 일이 있었는데요?!"

세계 동맹에 가맹한 나라에는 프레임 기어의 대여를 허가하고 있다. 그 이유가 전쟁이 아닌 한에는.

주로 재해 대책이나 거수 토벌 등의 필요에 의해서인데, 한시를 다투는 긴급 요청인 걸 보면 엄청난 사태가 벌어진 모양이었다.

《쿄토에 외눈 고렘 대군이 나타났네. 반어인도 함께. 교토의 결계로 막고는 있지만 오래는 버틸 수 없어. 급히 지원을 부탁한다.》

"뭐라고요?!"

이셴에도 키클롭스가?! 이그리트와 이셴을 동시에!! 큭, 양면 작전인가?!

세계 동맹을 맺고 있는 나라의 수도에는 내가 적의 침입을 막는 결계를 펼쳐 두었다.

이건 그 나라의 대표 외엔 발동할 수 없지만, 거수의 공격마저도 어느 정도 이상은 방어가 가능하다.

그렇지만 방어가 가능한 수준은 기껏해야 거수 몇 마리 정도다. 키클롭스 수백 대가 반복해서 공격하면 결계는 오래 버티지 못한다.

서둘러 이셴에 가 봐야겠어!

시라히메 씨에게 바로 가겠다고 말한 뒤, 해안에 있는 이그리트 국왕 폐하에게 전화로 사정을 설명했다.

《알겠다. 이제 수십 마리의 반어인과 팔이 네 개인 고렘이 남았을 뿐이니, 이그리트의 기사단만으로도 상대가 가능하네. 어서 이셴으로 가 주게.》

"잘 부탁드립니다."

이그리트 국왕 폐하와의 대화도 급히 마무리하고, 이번엔 우리 일행에게 상황을 설명했다. 우리 기사단 사람들은 괜찮았지만, 컨디션이 좋지 않은 아내들이 연속으로 전투에 참여해도 될지 걱정이 되었다.

《무슨 소리야. 이 정도는 아무렇지 않아. 그보다 어서 이셴에 가야지!》

《우리는 사실상 아이들 뒤에 앉아 있을 뿐이지만, 조언 정도

라면 가능하니까요.》

에르제와 린제의 말에 다른 아내들도 동의하는 듯했다. 강하구나. 우리 아내들은. 참, 내가 면목이 없어.

여기에는 모로하 누나를 비롯해 신족도 남으니 괜찮을 듯하다. 프레임 기어는 모두 이셴에 투입하자.

"다들 출격에 대비해. 단숨에 이셴으로 전이할게."

오버로드의 손바닥에 올라탄 나는 스마트폰을 조작해 이곳에 있는 모든 프레임 기어를 지정했다. 큭, 시간이 꽤 걸리네!

전이할 장소는 이셴의 수도, 쿄토 주변 지역. 결계에 몰려든 놈들의 배후를 공격하겠어.

"【게이트】."

모든 프레임 기어의 발밑에 전이문이 열려, 아래로 떨어지듯이 모든 기체가 이셴으로 전이했다. 약간의 모래와 바닷물도 같이 전이되었지만, 그건 사정을 감안해 주었으면 한다.

지상이 아닌 꽤 높은 곳에서 열린 이셴 측의 전이문 밖으로 나온 프레임 기어들이 잇달아 낙하해 지면에 착지했다.

"이크?!"

오버로드의 손바닥 위에 있던 나는 착지하는 충격으로 곧장 위로 튀어 올라갈 뻔했다.

《너무 불안정하구먼. 조금 더 안정적으로 전이할 수는 없었던 겐가?》

"서두르다 보니 그랬어. 조금 불안정해도 이해해줘."

스우가 불평했지만 나는 쓴웃음을 지으며 대답할 수밖에 없었다. 방금 전이는 정말로 너무 불안정했다. 좌표도 대충 찍었고.

하지만 목표 지점에서 많이 벗어나진 않았다. 정면에는 쿄토에 몰려든 키클롭스 수백 기, 그리고 그 발밑에 팔이 네 개인 고렘과 기계 팔과 다리를 장착한 악마 같은 마물 무리가 있었다.

저게 야쿠모가 보고했었던 사이보그 악마인가? 기계마(魔)라고 불러야 할까? 등에 달린 박쥐 같은 날개를 퍼덕이면서 날고 있었다.

《아버지, 저걸 보세요.》

쿤이 탄 그림게르데가 손가락으로 가리킨 키클롭스 중에서 조금 전까지 싸웠던 메탈릭브라운 키클롭스와 똑같은 기체가 보였다.

뿔이 없는 암금색 보디였다. 다른 기체들보다 한 단계 큰 기체가 두 기.

그에 더해 평범한 크기의 키클롭스보다 약간 큰 뿔이 달린 기체가 한 기.

틀림없이 지휘관 기체인 듯했다. 왜냐하면 그 기체는 다른 기체와는 달리 메탈릭퍼플색 빛을 내뿜었고, 같은 색의 긴 창을 들고 있었기 때문이다.

예전에 파나셰스 왕국을 습격한 오키드라고 했던 사신의 사도가 분명하다.

기체는 예전보다 업그레이드된 것처럼 보였다. 다리 부분에 버니어로 보이는 장치도 있고.

《음? 여기를 눈치챈 모양입니다.》

슈베르트라이테에 탄 야쿠모의 목소리를 들었다는 듯이, 쿄토에 몰려가 있던 키클롭스들의 외눈이 우리를 일제히 돌아보았다.

《오, 기쁜데? 혹시나 했는데, 또 싸울 수 있다니. 행운이야.》

뿔 달린 메탈릭퍼플 기체가 같은 색을 한 창을 빙글 돌리자, 등 뒤에 있던 키클롭스가 무언가를 쏘아 올렸다.

폭발과 함께 주변에 흩날리는 금색 가루. 젠장. 또 신마독(연한 맛)이냐?!

"다들 괜찮아?!"

《괜찮아요……. 이번에도 속이 울렁거리지만, 아까보다는 나쁘지 않아요.》

유미나가 조금 괴롭다는 듯한 목소리로 말했다.

이미 신마독(연한 맛)의 독에 당한 바 있는 아내들에게 추가적인 효과는 없었던 모양이다.

하지만 상대는 유미나를 비롯한 나의 아내들을 약하게 하고자 하는 목적은 없겠지. 상대의 목적은 에테르리퀴드를 방해해 프레임 기어를 약화시키는 거니까.

사신의 사도와 연속 전투인가. 가능할까? 아니, 싸우는 수밖에 없다.

우리를 향해 오는 뿔 달린 메탈릭퍼플 기체를 보면서, 나는 새롭게 결의를 다졌다.

◇ ◇ ◇

이센의 수도 쿄토는 습격하는 마수 등에 대비해 쌓은 성곽에 둘러싸여 있었다.

그러나 그 성곽도 높이는 6미터에 불과해, 원래 프레임 기어나 키클롭스 등은 큰 걸음 한 번이면 넘어갈 수 있다.

현재도 쿄토가 무사한 이유는 내가 펼쳐 놓은 결계에 침입이 저지당했기 때문이다.

하지만 그 결계도 얼마나 버틸지는 알 수 없다. 무엇보다 위험한 존재는 저 뿔 달린 메탈릭퍼플 키클롭스다.

저 녀석이 가진 사신기라면 내가 펼쳐 놓은 쿄토의 결계는 몇 번의 공격만으로 부술 수 있으리라 본다.

저건 신의 기를 주입한 결계가 아니라, 아주 평범한 마력 결계니까.

사신이 지닌 신의 기를 살짝 두른 키클롭스의 공격으로도 상당한 타격이 축적됐으리라 본다.

《아버지. 여기는 탄환이 쿄토를 지날 수밖에 없는 곳이라

'일제 사격'을 할 수 없어요.》

쿤의 그런 말이 들려왔다. 그림게르데의 '일제 사격'을 맞으면, 쿄토의 결계는 더욱 약해진다. 그래선 안 된다.

최소한 저 사신기를 가진 키클롭스를 결계에서 떨어뜨려야 하는데…….

내가 그런 고민을 하는 중에 뒤에서 한 발의 총성이 울렸다.

그와 거의 동시에 눈앞에 있던 뿔 달린 키클롭스가 보라색 창을 한 번 휘두르자, 채앵! 하고 금속이 튕기는 소리가 주변에 메아리쳤다.

뒤를 돌아보니 스나이퍼 라이플을 든 브륀힐데가 보였다. 쿠온이 저격한 건가.

《와. 정확히 머리를 노렸어. 재미있는데?》

뿔 달린 키클롭스가 창을 빙글 회전시켰다.

《좋아, 아주 좋아. 그냥 마을을 부수기만 해선 재미없다고 생각하던 참이었어. 싫어도 날 상대해 줘야 하니 그렇게 알아! 애들아, 가자!》

창을 든 보라색의 뿔 달린 키클롭스를 선두로 키클롭스 무리가 우리를 향해 달려왔다.

《생각보다 쉽게 걸려들었네요. 무척 감정에 솔직한 인물들인가 봐요. 아버지, 빨리 후퇴하시죠.》

쿠온이 냉정하게 분석하는 듯한 말투로 말했다. 아무래도 도발해서 쿄토에서 멀리 떨어뜨려 놓을 심산이었던 모양이다. 이 아이 정말 여섯 살 맞아?

쿠온의 말대로 우리는 육박해 오는 키클롭스를 경계하면서 뒤로 퇴각했다.

다행히 키클롭스는 기체가 중장갑형에 가까워 발은 그리 빠르지 않았다. 그렇긴 해도 우리의 중기사_{슈발리에}보다 조금 느린 정도에 불과하지만.

《누가 놓칠 줄 알고!》

갑자기 선두에서 달리던 뿔 달린 키클롭스가 다리의 버니어를 분사해 고속으로 돌진해 왔다.

쭉쭉 다가선 뿔 달린 키클롭스의 창이 제일 마지막에 달리던 중기사_{슈발리에} 한 기에 육박했다.

《그렇게 놔둘 줄 알고?!》

그 중기사_{슈발리에} 앞으로 나서 뿔 달린 키클롭스의 창을 방패로 막은 기체는 프레이가 조종하는 지그루네였다.

지그루네의 방패에 창이 막히자, 뿔 달린 키클롭스는 일단 뒤로 물러섰다.

《나의 '위스티리어'를 막다니. 역시 브륀힐드의 고렘 병사야. 하지만 이건 과연 어떨까?!》

'위스티리어'라고 부른 메탈릭퍼플 창을 뿔 달린 키클롭스가 머리 위로 빙글빙글 돌렸다.

창은 회전할 때마다 파직파직 불꽃을 튀겼다. 뿔 달린 키클롭스는 그 번개를 두른 창을 똑바로 우리를 향해 내려쳤다.

그 순간, 굉음과 함께 주변에 많은 뇌격이 쏟아졌다.

순간적으로 아슬아슬하게 뒤로 물러서서 피한 지그루네의 눈앞에도 커다란 벼락이 떨어졌다.

몇 기인가 중기사가 낙뢰를 맞고 그 자리에 무릎을 꿇었다.

프레임 기어는 콕핏에 방어 실드를 펼쳐 두고 있어서 파일럿들은 무사하겠지만, 기체는 적지 않은 타격을 받은 듯했다.

하지만 뇌격에 우리만 피해를 본 것은 아니었다. 뿔 달린 키클롭스 후방에 있던 키클롭스들에게도 벼락이 떨어졌다.

같은 편에도 피해를 주다니! 만약 저 기체들에 파일럿이 없거나, 고렘이 조종하고 있다면 굳이 주저할 필요는 없겠지만…….

뇌격을 맞아 움직임이 둔해진 중기사를 쫓아온 키클롭스들이 일제히 습격을 개시하려 했다.

《이만큼 멀어졌으면 조심할 필요는 없겠네요.》

그런 키클롭스 무리를 향해 쿤이 탄 그림게르데가 정탄을 비처럼 쏟아냈다. 그리고 쿤이 미처 맞히지 못한 키클롭스는 쿠온의 브륀힐데가 정확히 헤드샷으로 꿰뚫었다.

뇌격을 맞은 중기사들은 그 사이에 후방으로 물러났다.

그 뒤를 쫓아온 키클롭스들의 공격에 앞으로 나선 중기사가 응전하여, 상황은 난전으로 발전했다.

그 안에서 사신기를 지닌 뿔 달린 키클롭스와 프레이의 지그루네가 서로 공격을 주고받고 있었다.

프레이는 원래 온갖 무기를 사용해 가장 상황에 적합한 싸움을 펼치는 스타일이다.

그래서 프레이는 검뿐만이 아니라 온갖 무기를 전체적으로 적절히 잘 활용한다. 물론 창도 잘 다룬다.

창을 잘 다룬다는 말은 창을 사용하는 상대의 전법도 얼마간은 읽어낼 수 있다는 이야기였다.

뿔 달린 키클롭스가 내지르는 창 공격을 프레이는 방패로 막고 검으로 튕겨 내고 물러나며 피했다.

지그루네는 호각 이상으로 잘 싸웠다. 하지만 상대는 아직 여력이 있고, 무기의 성능에도 약간이긴 해도 차이가 있어 보였다.

상대는 사신의 기를 두른 창, 프레이는 내 마력을 주입한 정재 무기.

공격을 받을 때마다 지그루네의 무기가 타격을 입었다.

《으랴앗!》

《앗?!》

뿔 달린 키클롭스의 강렬한 일격에 지금껏 버티던 지그루네의 방패가 반으로 쪼개져 버렸다.

휘청거리는 지그루네의 머리를 향해 메탈릭퍼플의 창이 다시 공격을 날렸다.

하지만 아슬아슬한 순간에 옆에서 달려온 슈베르트라이테의 검이 보라색 창을 튕겨 공격은 크게 빗나갔다.

《그 이상 내 여동생을 괴롭히지 마라.》

《야쿠모 언니?! 괴롭힘당한 적 없어!》

도움을 받은 프레이가 유감스럽다는 듯이 항의했다.

창이나 언월도처럼 길이가 긴 무기를 지닌 상대를 검으로 이기기 위해서는 세 배 이상의 기량이 필요하다고 한다.

그런데 창을 다루는 적을 상대로 검을 들고 호각으로 대치하고 있었으니, 프레이의 말도 이해를 못 할 바는 아니었다.

하지만 위험한 순간이었다는 것 자체는 사실이다. 프레이와 야쿠모는 둘이서 뿔 달린 키클롭스를 상대하기로 한 듯했다.

《에이! 끈질겨!》

목소리가 나는 방향을 돌아보니 스테프가 탄 오르트린데 오버로드가 대형 키클롭스 두 기와 서로 치고받는 중이었다.

사이즈가 거의 비슷한 두 기가 동시에 공격하는 바람에 오버로드는 필살 로켓 펀치를 날릴 여유가 없는 듯하다.

팔을 날리는 '캐넌 너클'은 당연하지만 날아가는 동안은 팔이 하나 사라진다. 그때 다른 한 기가 습격해 오면 오르트린데 오버로드는 반격하기 어렵다.

그래서 공격해 오는 대형 키클롭스 두 기를 후려쳐 거리를 벌리려는 듯했다.

하지만 이 대형 키클롭스는 내구성이 좋은지 좀처럼 쓰러지지 않았다.

마치 오뚝이처럼 비틀거리지만 끝내 넘어지지 않고 또다시 공격을 해오는데, 싸우는 모습이 흡사 좀비 같았다.

《이건 어떠냐!》

오버로드가 다리에 달려 있던 드릴을 떼어내 오른팔에 철컹하고 도킹했다.

《필살~! 드릴 브레이커!》

고속으로 회전하는 드릴이 대형 키클롭스의 흉부를 깔끔하게 가격해, 콰직콰직 커다란 구멍을 뚫었다.

흉부에 구멍이 뚫린 대형 키클롭스가 등이 곧장 지면에 닿으며 쓰러졌다. 역시 저렇게 당해선 다시 일어서기 힘들다.

《이번엔 이쪽! 드릴 캐넌 너클!》

육박해 오던 또 다른 키클롭스 한 기를 향해 펑! 하고 오버로드가 드릴이 달린 오른팔을 발사했다.

무시무시하게 회전하면서 드릴이 달린 캐넌 너클이 정확히 대형 키클롭스의 복부를 꿰뚫었다.

굉음을 내며 대형 키클롭스가 지면에 쓰러졌다.

《해냈다!》

기뻐하며 들어 올린 오른팔의 팔꿈치에 키클롭스를 꿰뚫고 다시 돌아온 팔이 도킹되었다.

그리고 곧장 오르트린데 오버로드의 온갖 관절에서 푸슉! 하는 소리와 함께 반짝거리는 에테르를 포함한 흰 연기가 피어올랐다.

《어? 어? 이거 왜 이래?!》

스테프의 비명과 함께 오버로드가 한쪽 무릎을 꿇었다. 이건!!

《지나치게 부하가 많이 걸려서 그래요. 오버로드는 다른 프레임 기어에 비하면 압도적으로 연비가 안 좋으니까요. 이그리트에서도 몇 번이나 별의 방패를 사용하기도 했고…….》

쿤이 설명하는 목소리가 날아들었다. 오버로드를 움직이게 했던 에테르리퀴드가 온몸 구석구석 돌지 못하고 있다는 말인가? 인간으로 따지자면 빈혈에 해당하나?

뭐가 어쨌든 움직이지 못해선 위험하다. 안 그래도 거대한 오버로드이니 저렇게 멈춰 있어선 공격하기 좋은 표적이다.

같은 생각이었는지 키클롭스들이 오버로드에게 몰려들었다. 그렇게 놔둘 줄 알고?!

"【게이트】!"

《어라라?》

오버로드가 지면에 가라앉으며 전이했다. 이동하게 될 장소는 여기서 조금 멀리 떨어진 후방이다. 시간이 지나면 또 움직일 수 있을 테니까.

《우우! 아버지! 스테프는 아직 싸우고 싶어!》

《이보게, 스테프. 고집을 부리면 못쓰이. 지금까지 마음껏 즐기지 않았는가. 조금 쉬세나.》

《우우……. 알았어.》

《그래그래, 착한 아이구나.》

마음이 포근해지는 대화가 들려왔지만, 이 전투를 '즐겼다'라고 받아들인 부분은 문제라고 본다. 스테프가 전투광이라도 되면 이 아빠는 울게 될걸? 스우와 교육 방침에 관해 조금 대화를 나눠야겠어.

대형 키클롭스는 해치웠지만 평범한 크기의 키클롭스와 중기사(슈발리에)의 싸움은 계속되었다. 역시나 연속 전투는 힘든지 이 그리트에서 싸울 때보다는 생기를 잃은 모습이었다.

그런 상황을 타파하려는 듯한 목소리가 전쟁터에 울려 퍼졌다.

《브륀힐드 기사단, 돌격!》

《우오오오오오오오오오!》

백기사에 탄 기사단장 레인 씨가 호령하자 중기사(슈발리에)들이 쐐기 모양 진형을 만들고 적진을 갈랐다. 사인카운트

어린진(魚鱗陣)이었던가? 바바 할아버지한테 배웠나? 타케다의 기마 군단을 이끌었던 장군이니 이런 전법은 특기이긴 하겠지만.

단장이 분위기를 띄우자 요시노가 조정하는 로스바이세가 후방에서 지원 마법을 발동해 우리 기사단에 기운을 불어넣었다.

난전이었지만 서로 긴밀히 연계해 확실하게 한 기, 한 기를 무찔러 나갔다.

그중에서도 규모가 큰 전투를 벌이는 기체라고 하면, 역시

뿔 달린 키클롭스와 전투 중인 프레이의 지그루네와 야쿠모의 슈베르트라이테였다.

린네의 게르힐데와 아리스의 용기사_{드라군}는 이 전투를 방해하지 못하도록 주변의 키클롭스를 격퇴했다.

뿔 달린 메탈릭퍼플 키클롭스는 두 기의 프레임 기어에게 공격을 받는데도 막상막하의 전투를 벌였다.

《야야, 왜들 그래?! 더 기합을 넣고 덤벼라!》

《큭, 이 녀석!》

《시끄러워!》

좌우에서 동시에 휘두른 두 개의 검을 뿔 달린 키클롭스는 창의 중심을 들고 막으며 튕겨 냈다.

그리고 잠시의 틈도 주지 않고 빙글 돌아 지그루네에게 창을 내뻗었다.

지그루네가 그 창을 피하는 것과 동시에 슈베르트라이테가 공격해 들어갔지만, 뿔 달린 키클롭스는 재빨리 창을 빼고 그 검을 피하며 뒤로 물러섰다.

완벽히 움직임을 읽고 있나 보다. 전투를 하며 야쿠모와 프레이의 전투법을 파악하기라도 했단 걸까?

신마독(연한 맛)의 효과로 인해 평소보다 출력이 떨어졌다고는 하지만 이렇게까지 농락당할 줄이야.

나와 대전했을 때는 비조검(飛操劍)_{프라가라흐}으로 기습에 가까운 공격을 해서 이겼으니까. 그때 제압을 해뒀다면…….

조금 전에 싸웠던 정육용 식칼을 든 철가면은 무작정 무기를 휘두르며 힘으로 밀어붙이는 상대였지만 이 사람은 달랐다.

풍부한 경험을 통해 단련된 실력자였다. 지금은 잘 막고 있지만 방심하면 크게 다칠지도 모른다.

《이크크.》

갑자기 뿔 달린 키클롭스가 수직으로 세웠던 창에 무언가가 맞고 튕겨 나갔다. 총탄? 쿠온이구나!

조금 전에도 튕겨 냈지만, 쿠온의 저격마저도 간파하다니 대체 얼마나 시야가 넓길래…….

너무 엄청난 실력에 지그루네와 슈베르트라이테도 움직임을 멈췄다.

하지만 지금은 주변의 키클롭스도 줄어들었으니, 우리가 숫자로 밀어붙이면 충분히 이길 수 있다. 저 녀석도 프레임 기어 두 기와 한창 싸우는 중에는 쿠온의 저격을 피할 수 없을 테니까.

다시 지그루네와 슈베르트라이테의 공격이 시작되었다.

《오, 의욕이 넘치네! 그런데 어설퍼! 너희의 움직임은 이미 다 간파했거든!》

뿔 달린 키클롭스가 지그루네가 접근해 날린 참격을 피하더니, 들고 있던 창으로 기체의 한가운데를 때리려고 했다. 하지만 참격을 날렸던 지그루네의 검이 다시 위로 튀어 올라 창을 튕겨 냈다.

《아니?!》

물 흐르는 듯한 움직임으로 그 틈새를 노리고 슈베르트라이테의 검이 뿔 달린 키클롭스의 옆구리를 습격했다.

《이 자식!! 같잖은 짓을!》

기체를 비틀어 피한 뿔 달린 키클롭스의 옆구리를 슈베르트라이테의 검이 스쳐 지나갔다.

간신히 피했지만 자세가 크게 무너진 뿔 달린 키클롭스가 재정비할 틈도 없이 이번엔 지그루네가 검을 휘둘렀다.

《큭!!》

뿔 달린 키클롭스는 이번에는 피하지 못해, 왼팔의 팔꿈치가 썩둑 잘렸다.

왼팔이 잘린 뿔 달린 키클롭스는 지그루네와 슈베르트라이테한테서 멀찍이 떨어졌다.

뭐지? 두 사람의 움직임이 조금 전과는 명백히 달라. 야쿠모와 프레이한테 무슨 일이……. 앗!

나는 모두와 연결된 공통 회선인 스마트폰에 대고 말했다.

"혹시 방금 지그루네와 슈베르트라이테를 조종한 사람은 힐다랑 야에였어?!"

《네, 맞아요.》

《조금 전, 쿠온에게 연락해 틈을 만든 뒤, 그사이에 교대했습니다.》

그랬구나. 쿠온의 공격은 그 시간을 벌기 위한 행동이었어.

그런데 두 사람 다 신마독(연한 맛)의 영향은? 괜찮아?

《아직 컨디션이 좋진 않지만 몇 분 정도라면…….》

《역시 오래 움직이긴 어렵습니다. 그러하니 최대한 빨리 끝내려 합니다.》

슈베르트라이테가 외날검을, 지그루네가 양날검을 들고 뿔 달린 키클롭스에게 달려갔다.

《주제를 모르고 날뛰지 마라, 이 자식들아!》

뿔 달린 키클롭스가 창을 내려치자 또다시 뇌격이 주변에 비처럼 쏟아졌다.

그러나 지그루네와 슈베르트라이테는 그 뇌격을 무시하며 뿔 달린 키클롭스에게 바짝 다가갔다. 앗! 그대로 가다간 낙뢰에?!

번개가 프레임 기어 두 기를 직격하나 싶었는데, 그 뇌격은 순식간에 안개처럼 사라졌다.

《아니, 뭐지?!》

《우리 집안의 아들은 정말 의지가 되는 아이입니다.》

《네, 맞아요.》

쿠온의 【무산의 마안】이구나! 어? 이렇게 멀리 떨어져 있는데도 없앨 수 있어?! 우리 아들 완전 치트 아냐?

뿔 달린 키클롭스에 육박한 슈베르트라이테와 지그루네의 검이 번뜩였다.

슈베르트라이테의 외날검이 키클롭스의 목을 날렸고, 지그루네의 양날검이 몸통을 두 동강으로 잘라냈다.

그러자 메탈릭퍼플 기체가 잔해가 되어 주변에 흩어졌다.

위험한 순간도 있었지만 승리했구나. 뇌격이 쏟아지는데 파고들 때는 간담이 좀 서늘했지만.

《쿠온한테서 번개는 맡겨두라고 메시지가 왔거든요. 그래서 그 말을 믿고 돌진했어요.》

《역시 좀 피곤합니다. 위장이 메슥거리고 이상한 이명도 들리고 머리가 무겁군요. 온몸이 너무나도 나른합니다…….》

신마독(연한 맛)의 영향인가? 그것도 모자라 그렇게 전투까지 했으니, 두 사람은 이제 한계인지도 모른다. 어서 쉬게 해줘야 하겠어.

"앗, 그 전에 사신의 사도는…….."

지그루네의 일격으로 뿔 달린 키클롭스는 두 동강이 났다.

이그리트에서도 그랬듯 이 키클롭스의 콕핏도 몸체에 있었으리라 본다. 그 일격으로 상대가 제압됐다면 좋겠는데.

"큭……!"

산산조각이 난 키클롭스의 잔해 아래에서 엉망진창이 된 사신의 사도가 기어 나왔다. 이름이 오키드라고 했던가.

왼팔은 찢어졌고, 옆구리에는 구멍이 나 있었지만, 정육용 식칼을 들고 있던 사신의 사도와 마찬가지로 부글부글 살이 오르더니 점점 다친 곳이 재생되었다.

"'위스티리어'!"

오키드가 손을 내밀자 지면에 굴러다니던 사신기가 작은 크기로 변해 날아가 그 손에 쏙 들어갔다.

아직도 싸울 셈인가.

나는 【텔레포트】를 사용해 보라색 창을 든 사신의 사도 앞으로 이동했다.

혹시 몰라 '신안'으로 확인해 봤는데, 역시 이 사람도 사신기와 영혼이 연결된 언데드였다.

"여어. 네가 브륀힐드의 대장인가?"

"그렇다고 한다면?"

"흥. 당연히 죽여 버려야지. 너희는 우리의 천적이라고 하니까."

천적이라. 적당한 표현이라 볼 수 있나. 우리가 보기에 너희는 끈질기게 들러붙는 해충에 불과하지만.

"너희 동료 중 한 명을 조금 전에 해치우고 왔어."

"동료? 누군데?"

"정육용 식칼을 든 거대한 녀석."

"뭐야, 헤이즐 그 자식 뒈졌나. 한심하긴. 하긴, 그 자식은 힘만 센 바보니까."

오키드가 손에 든 보라색 창을 빙글 회전시키더니, 그 끝을 내게 겨눴다.

"그게 정말이라면 복수를 해야겠지? 원래 나는 이런 기체에 올라타 싸우는 건 성미에 안 맞았거든. 직접 싸워야 만 배는 더 재미있어."

　나도 허리의 브륀힐드를 빼내 검 상태인 블레이드 모드로 바꾸려는데, 머리 위에서 뛰어 내려오는 그림자 두 개가 나타났다.

　가벼운 몸놀림으로 착지한 사람은 말할 것도 없이 프레임 기어에서 뛰어 내려온 야쿠모와 프레이였다.

　"응? 그 쥐방울들은 뭐야?"

　"네 상대는 우리가 해주마."

　"아버지! 신검! 신검 줘!"

　야쿠모는 오키드를 번뜩이는 눈으로 노려보며 전투 태세에 들어갔는데, 프레이는 욕망에 가득 찬 눈으로 어서 내놔, 내놔라고 하듯이 나에게 손을 뻗었다. 이건 좀.

　내가 싸워 봐야 결정타는 날릴 수 없으니 맡기는 게 더 낫긴 한데……. 그런 갈등을 하며 나는 【스토리지】에서 쌍신검을 꺼냈다.

　어? 신검의 신의 기가 약해졌잖아? 조금 전에 꺼냈을 때와 비교하면 눈에 띄게 줄어들었어. 혹시 사신기를 부숴서 그런가?

　신기는 '신핵'이라 불리는, 건전지에 해당하는 신의 기 덩어리가 힘의 원천이다. 그 힘이 몹시 감소했다.

　신의 기를 보충하면 원래대로 돌아오겠지만, 공예신인 크래프트 씨가 분명 신기는 만든 신 또는 그 권속이 아닌 자의 신의 기는 받아들이지 않는다고 했을 텐데?

지금까지 조심조심 써 왔지만 이래선……

"아버지?! 어서 줘!"

"이크."

무심코 생각에 잠겼던 나에게 프레이가 재촉하듯이 말했다.

신검을 받아 든 야쿠모와 프레이가 검을 들고 오키드와 대치했다.

"아무리 어린애라도 나한테 검을 들이댄 이상 봐주지 않아."

"긴말은 필요 없다."

"어서 덤벼!"

"흥, 말은 잘하는군. 각오해라!"

탓! 창을 든 오키드가 지면을 박차고 똑바로 튀어 나갔다. 목표는 야쿠모.

오키드가 내뻗은 번개처럼 빠른 창을 야쿠모가 몸을 살짝 비틀어 아슬아슬하게 피했다. 너무 아슬아슬하게 피하면 조마조마하니까 제발 그러지 마.

오키드가 재빨리 창을 거뒀다가 다시 야쿠모를 향해 내뻗었다. 야쿠모가 이번엔 그 공격을 신검으로 튕겨 내고 후방으로 물러났다.

그 틈을 메우듯 튀쳐나간 프레이의 검 공격이 오키드를 습격했다.

오키드는 야쿠모가 쳐낸 창을 회전시켜 창끝의 반대쪽, 물미 부분으로 프레이의 검을 막아냈다.

그리고 창을 다시 회전시켜 창끝을 프레이에게 내밀었다. 옆에서 날아온 참격을 피한 프레이는 뒤로 물러섰다.

창을 활용하는 오키드의 스타일은 창술보다 봉술에 가까웠다. 창을 자유자재로 다루는 그 실력은 매우 뛰어나, 야쿠모와 프레이도 뜻대로 공격을 펼칠 수 없어 보였다.

2대 1인데 야쿠모와 프레이의 공격을 멋지게 막아내고 있다. 보통이라면 이다음 방어를 하다 틈을 봐서 공격으로 전환, 한 사람씩 처리하는 게 정석이다.

보통이라면 말이지.

"【게이트】."

"큭?!"

갑자기 등 뒤에서 누군가가 칼을 휘두르자 오키드가 반사적으로 뒤를 돌아 창을 내질렀다.

하지만 그 공간에는 아무도 없었다. 오로지 칼끝만이 공중에 떠 있었다.

"아니?!"

야쿠모가 신검 끝만을 작은 【게이트】를 통해 날려 보냈기 때문이다.

빈틈투성이가 되어 깜짝 놀라는 오키드에게 프레이가 정면으로 다가가 검을 아래로 휘둘렀다.

"이 자식!!"

뒤를 돌아보고 있던 오키드가 사신기인 창을 옆으로 기울여 간신히 공격을 막아냈다. 하지만 프레이의 공격은 그것으로 끝이 아니었다.

"【파워라이즈】!"

"큭!!"

몇 배나 강해진 프레이의 근력에 밀려 오키드가 무릎을 꿇었다.

사신기에 쩌억 금이 갔다.

" '위스티리어' 가?! 말도 안 돼. 이럴 수는 없어!!"

"으랴아아아압!!"

콰직! 사신기가 두 동강으로 부러지자, 그와 동시에 프레이가 들고 있던 신검이 오키드를 비스듬하게 베어 버렸다.

"크윽……! 어떻게 이런 일이. 하하, 그, 그래. 역시 천적이었나……."

돌로 변한 오키드는 모래가 되어 무너져 내렸다.

부러져 버린 메탈릭퍼플 사신기도 검은 연기를 내면서 흐물흐물하게 녹아내렸다.

우리는 이그리트, 이센의 두 나라를 습격했던 사신의 사도 군단을 토벌했지만, 다음 날, 미스미드 수왕 폐하를 경유해 산드라 지방의 자치 도시 하나가 괴멸됐다는 소식을 전해 들었다.

생존자의 증언에 따르면, 뿔이 달린 푸른 키클롭스가 군단을 이끌었다고 한다.

양면 작전이 아니라 삼면 작전이었나. 그 뿔 달린 푸른 키클롭스는 잠수함 헬멧을 쓴 남자가 타고 있었으리라 예상된다. 그래서 다른 사신의 사도를 도우러 오지 않았던 건가.

습격당한 산드라 지방은 각 도시가 자치구라 많은 도시가 도시 국가 형태로 존재했다. 그중에서도 연안의 큰 도시가 습격당하고 말았다.

도시는 철저히 파괴되어 괴멸 상태. 목숨을 간신히 부지해 도망친 사람들은 절망의 구렁텅이에 빠졌다.

덧붙이자면 산드라 지방에서는 나의 평판이 매우 나쁘다.

산드라 왕국 시절에 귀족의 소유물이었던 노예들을 해방하여 멸망의 원인을 제공한 일이 있어, 귀족 출신이나 노예 상인 출신들이 나를 무척 원망했다.

그건 산드라 왕국이 우리한테 선전포고했으니 맞섰을 뿐, 노예 해방은 따지자면 배상금이나 마찬가지였다.

노예들은 대부분 산드라를 탈출해 버려, 산드라 지방에 있는 사람들은 대다수가 크든 작든 나를 원망한다는 소문이다.

이번 사신의 사도가 습격한 일도 내가 한 짓이 아닌가 의심하고 있다. 그런 거대 로봇을 소유한 나라는 우리 나라 정도니 그렇게 볼 수도······.

세계 동맹에 가입한 나라라면 오해를 풀 수도 있겠지만, 그 지방에는 무슨 말을 해도 믿어 주지 않을 듯했다.

그런 사람들을 굳이 구해야 할 의무는 없지만, 구할 수 있었다면 구하고 싶었다.

"한발 늦어버렸네."

"모든 사람을 구할 수는 없어요. 손길이 미치는 범위 내에서 도울 수밖에 없지 않을까요? 다행히 아버지의 손길이 미치는 범위는 넓으니, 다음에는 더 많은 사람을 도울 수 있으리라 생각합니다."

음. 중얼거리는 소릴 들었는지 아들이 나를 격려해 주었다. 그야 뭐 그렇기는 한데.

문제는 아직 더 있었다. 바로 그 쌍신검이었다.

제작한 신의 권속도 아닌 자가 계속 사용한 결과, 전지 방전,

아니지, 신의 기가 방전되고 말았다.

이 신기는 내 신의 기를 받아들이지 않는다. 이렇게 돼선 이 신검은 그냥 튼튼한 검에 불과하니, 다음에 사신의 사도가 출현해도 사신기를 부술 수는 없다.

어쩌면 좋냐고 카렌 누나를 비롯한 하느님 패밀리에게 물어보니, 역시 내가 신기를 만들 수밖에 없다고 한다.

쌍신검을 만든 신에게 부탁하면 충전, 아니 신의 기를 보충해 주지 않을까? 그렇게 제안해 봤지만, 이 검 자체가 다른 세계에서 강탈한 물건이라 오히려 혼나기만 할 뿐이라고 한다. 훔쳐 온 사람은 내가 아닌데…….

"최악의 경우엔 토야의 스마트폰을 쓰면 돼."

"네? 그게 무슨 말이에요?"

"잊었나 본데 그것도 신기거든. 그것도 세계신님의 신기. 그 스마트폰을 아이들 중 누군가한테 건네주고 사신기를 팍팍 때리면 부술 수 있을 거야."

스마트폰으로 때리다니……. 그런 무식한 방법을. 너무 황당한 광경이잖아. 역시 그건 좀 그렇지 않나? 스마트폰을 한 손에 들고 싸울 수도 없잖아. 린네라면 가능할 것도 같지만.

"토야네의 결혼반지도 사실상 신기니까, 아이들한테 건네주고 그거로 때리는 방법도 있어."

아뇨, 그러니까 말이죠. 안 되겠어. 멀쩡한 신기를 만들지 않았다간 정말 그런 방법을 사용하게 될지도 몰라. '결혼반지로 적을 때리자.' 라니, 아내들에게 어떻게 그런 소릴 해?!

하지만 아직도 그 바탕이 될 '신핵' 을 만들지 못했으니…….

그리고 그 '신핵' 을 담는 '그릇' 말인데, 그 사람들의 사신기를 보니 그런 식으로 크기를 변경할 수 있는 무기도 괜찮다는 생각이 들었다. 표절하는 것 같아서 살짝 꺼림칙하지만, 프레임 기어에도 사용할 수 있는 신기라면 무조건 편리할 것이다.

프레임 기어로 싸울 때 상대의 신기를 부수면 아이들의 부담도 덜 수 있을 테고.

그것도 다 일단은 '신핵' 을 만들고 나서의 이야기다.

"크으으으윽……!"

그래서 오늘도 난 열심히 노력하려고 한다.

신의 기 덩어리를 조금씩, 조금씩, 압축했다. 여전히 저항이 강해 작아지지를 않았다. 그래도 야구공 크기까지 작게 만들었으니, 나는 나의 노력을 칭찬해 주고 싶을 정도였다.

이제부터 골프공 크기, 더 나아가 유리구슬 크기까지 줄이면 일단 1단계는 성공인데…….

"앗?!"

잠시 긴장을 늦춘 순간, 제어되고 있던 신의 기가 터져 버렸다. 또 실패인가. 에이, 몰라. 오늘은 안 해, 안 해. 체력, 기력, 신력(神力) 모두 한계다.

마음을 다잡은 나는 바빌론의 '연구소' 를 찾았다.

'연구소'에서는 내가 이그리트의 전투에서 채취한 신마독 (연한 맛), 아니, 바꿔서 신마독(저농도)을 해석하는 중이었다.

　신마독(저농도)는 내가 펼친 【프리즌】에 가둬 두었다. 이 【프리즌】은 다양한 해석이 가능하도록 신마독(저농도) 이외에는 통과할 수 있도록 만들었다.

　한 변이 10센티미터인 정육면체를 앞에 두고 박사가 웬일로 팔짱을 낀 채 깊이 고민에 빠진 모습이었다.

　"음······. 모르겠어."

　"해석 못 했어?"

　내가 고민하는 표정을 지은 박사에게 물었다.

　"아니. 이 물질이 에테르리퀴드의 흐름을 방해한다는 사실은 이미 밝혀냈어. 다만 이 물질이 어떤 물질로 되어 있는가, 이 물질 자체가 무엇인가, 이 물질의 영향을 없애려면 어쩌면 좋을지는 아직 단서조차도······."

　그야 썩어도 준치라고, 이것도 신이 만든 물질이니까. 지상의 인간이 해석하긴 어려울 수밖에.

　"이건 토야의 【프리즌】으로 막을 순 없어?"

　"금색 가루 자체는 막을 수 있지만, 이 물질의 효과까지는 막을 수 없어."

　금색 가루 자체는 단순한 물질이니 막을 수 있다. 그러나 그 효과는 뭐가 됐든 신력(神力)을 사용하여 발휘되는 거라, 신의 기를 담지 않은 【프리즌】으로는 막을 수 없다.

그리고 이 물질의 불쾌한 점은 가루의 한 알갱이라도 닿으면, 그 장소를 중심으로 오염이 확대된다는 것이었다.

다시 말해 그 전쟁터 자체가 독의 늪으로 변한다. 진한 신마독과는 달리 저농도라서 시간이 지나면 원래대로 돌아온다고는 하지만.

실제로 가루를 뒤집어쓴 프레임 기어도 오염되었다. 인간에게는 아무런 영향도 주지 않아 파일럿은 건강하지만, 오염된 프레임 기어는 며칠간 원래의 출력을 낼 수 없다.

"출력이 40%나 하락해선 뼈아파."

"그건 그래. 그 상황에서 승리하다니 훌륭하군."

"그거야 반복된 훈련과 멋진 연계 덕분이라고 할까? 우리 기사단 사람들은 모두 베테랑이니까."

프레임 기어를 초창기부터 탔으니까. 상대 키클롭스가 전혀 팀워크를 발휘하지 못한 것도 큰 도움이 되었다.

"또 있다면 로스바이세의 지원 마법 덕분일까? 그건 에테르리퀴드를 활성화해서 출력을 높여 주잖아? 그걸 고려하면 실제로는 20% 하락 정도 아니었을까?"

"그렇군. 그런 효과도 있었나."

사쿠라의 로스바이세에서 발동된 지원 마법 덕분에 얼마간은 강화되었으리라 본다.

사쿠라의 컨디션이 별로라 평소보다는 효과가 떨어졌겠지만. 아니지. 요시노의 기타도 더해졌으니 플러스마이너스 제로인가?

"그걸 강화하는 방식도 괜찮을지 모르겠어."

"떨어진 만큼 올리는 작전이야?"

알기 쉬운 작전이라면 작전이다.

"그 외에는 오버 기어일까?"

"오버 기어?"

"오버 기어는 설계상, 에테르리퀴드를 중심으로 만들어진 기체가 아니니까. 오버 기어의 동력로는 고렘의 G큐브야. 상대의 키클롭스와 비슷한 방식이지. 그러니까 이 신마독(저농도)의 영향을 크게 받지 않아."

그렇구나. 그런 수가 있었나.

하지만 오버 기어는 노른과 느와르의 레오 느와르, 니아와 루주의 티거 루주, 로베르와 블라우의 디어 블라우, 이렇게 세 기밖에 없다. 아, 유미나와 아르부스의 바르 아르부스도 있나. 그런데 그건 '방주^{아 크}' 탐색에 사용하고 있으니.

가동이 가능한 기체는 세 기뿐이지만 상당한 전력이 되긴 한다. 다음에 놈들의 습격을 탐지하면 도와 달라고 할까?

맞다, 골드의 오버 기어도 만들 수 있구나. 그런데 마스터가 스테프인데. 언젠가 미래로 돌아가니 만들어도 활용하기 어려울까? 아냐, 설령 쓰지 못하더라도 미래에 남겨둬서 스테프에게 선물로 주는 방식도 나쁘지 않을지 몰라.

"열심히 생각하는데 미안하지만, 우리 개발진도 중노동이 심해 슬슬 과로 상태거든. 수중용 프레임 기어도 개발과 양산을 해야 하고, 이번에 부서진 프레임 기어도 고쳐야 하고, 회수한 키클롭스의 분석도 해야 해. 네 레긴레이브도 수리하려고 분해했는데 아직 손도 못 대고 있어."

"윽, 죄송합니다!"

박사가 험악하게 나를 노려보았다. 역시 이것저것 너무 많이 떠넘긴 건가?

"토야는 날 더 위로해야 하지 않을까? 구체적으로 말하자면 포옹하고 키스하고 같이 목욕도 하고, 침대 안에서 아침까지 정답게……."

"자, 그럼 난 이만 가 볼게."

"크윽."

일이 귀찮아지기 전에 나는 재빨리 바빌론 밖으로 도망쳤다.

성으로 돌아가 복도를 걷는데, 댄스홀에서 조용한 음악이 들려왔다. 이건 발퇴펠의 '스케이터스 왈츠'인가?

조금 궁금해져 댄스홀을 들여다보니, 그 곡에 맞춰 춤추는 쿠온과 아리스가 보였다.

"아리스, 미소가 굳어 있어요. 리듬도 흐트러졌고요. 쿠온의 리드에 잘 맞춰 주세요."

"네!"

손장단으로 리듬을 맞추면서 지도하는 사람은 루였다.

아리스의 숙녀 교육은 주로 유미나와 루가 담당했다. 원래 공주님들이었으니까.

힐다도 공주님이지만 레스티아 기사 왕국은 무예와 용맹을 더 중시하니, 힐다 자신은 댄스와 매너에 아무런 문제도 없지만 잘 가르치는 건 어렵다는 듯했다. 검은 잘 가르치는데.

나는 가만히 쿠온과 아리스의 댄스를 견학했다. 와, 생각보다 훨씬 잘하는데? 쿠온도 잘하지만, 댄스는 춰 본 적이 없었던 아리스가 쿠온의 리드에 잘 맞추고 있었다. 저 정도라면 적어도 무도회에서 춤을 춘다고 해도 창피를 당할 일은 없다.

원래 운동 신경은 좋은 편이니, 소질은 있었다는 말인가?

아, 동영상을 찍어서 엔데한테 보내줄까? 틀림없이 딸의 성장을 기뻐하겠지.

나는 음악 한 곡이 끝날 때까지 영상을 녹화해 엔데에게 전송해 주었다. 음, 나도 참 좋은 일을 했는걸?

"자, 여기까지. 간신히 합격점이에요. 단, 댄스뿐만이 아니라 조금 더 표정에 주의해 주세요. 가끔 눈썹을 찌푸리는 모습이 보였어요."

"네, 감사합니다!"

루에게 힘차게 고개를 숙이며 인사하는 아리스. 저게 간신히 합격점이라고? 너무 엄격하지 않아? 충분해 보이는데…….

루에게 나의 그런 의견을 전달하자.

"네, 보통이라면요. 하지만 한 나라의 왕자의 약혼자에게는 더욱 완벽한 모습이 요구돼요. 왕비가 되면 아리스는 브륀힐 드의 귀족 여성들의 대표가 되니, 허술한 모습을 보여선 안 돼 요."

오오…… 그렇습니까.

브륀힐드의 귀족이라곤 해도, 정식 귀족은 사실상 없는데 말이지.

코사카 씨는 그러한 제도를 이제는 만들어야 할 때라고 말 했다. 국내의 신분뿐만 아니라, 다른 나라에도 통하는 작위가 필요한 듯했다.

이른바 공작, 후작, 백작, 자작, 남작, 기사작, 같은 신분이 다.

그런데 영토가 작으니, 귀족이 다스릴 만한 토지가 없다. 집 을 세울 만한 토지는 줄 수 있지만. 말이 작위지 부장, 과장, 계장 같은, 이름뿐인 지위가 되지 않을까?

이웃 국가인 벨파스트와 레굴루스는 이전부터 원한다면 영 토를 조금 더 양도해 주겠다고 제안했다. 토지가 생겨도 개발 은 처음부터 우리가 해야 하는데요…….

단, 아이들이 온 뒤로는 국토를 넓혀도 좋지 않을까 하고, 긍 정적으로 검토하고 있다.

왜냐고? 딸들한테 영지가 있으면 시집을 가는 게 아니라, 사 위를 맞아들일 가능성이 있다는 사실을 깨달았기 때문이지! 왕가의 분가, 즉, 브륀힐드의 공작 가문으로서 이 나라에 남을 가능성이 생긴다.

그런 얘기를 아내들에게 했더니 다들 쓴웃음을 지었다. 난 진심이거든?

그런 생각을 하는데, 띠로롱하고 스마트폰이 울렸다. 열어보니 엔데가 보낸 메시지였는데, '너무 들러붙었잖아! 더 떨어져 춤추라고 해!' 라는 글이 적혀 있었다.

남녀가 페어인데 어떻게 떨어져 춤을 추겠어? 그런 스타일도 없진 않지만, 이건 그거랑은 다르잖아.

"폐하. 내 댄스 어땠어?"

"응? 아주 잘하던데? 엔데한테도 동영상을 보내줬더니 아주 잘 춘다고 칭찬해 주더라고."

"에헤헤. 해냈다!"

약간 사실과는 다르지만, 잘못된 대답일 리는 없었다. 어차피 엔데도 아리스 앞에서는 나처럼 대답할 게 뻔하니까.

칭찬을 받아 기뻐하는 아리스에게 루가 말했다.

"이제 다음 수업을 시작할게요. 이번엔 요리예요."

"네~!"

"어? 요리까지 가르쳐 줘?!"

요리는 왕비에게 필요한 교육이라 할 수 없지 않을까? 맛이 좋은지 나쁜지 구별하는 미각은 필요할지도 모르지만, 만들 필요는 없을 텐데? 설마 루의 강요는 아니겠지?

"내가 만든 맛있는 요리를 쿠온도 먹어 줬으면 좋겠거든. 엄마들이나 아빠한테도 만들어 주고 싶고."

착하구먼…… 우찌 이리 착한겨.

무심코 마음속에서 엉터리 사투리가 튀어나올 정도였다. 이렇게 생각해 주는 사람이 있다니 쿠온은 행복한 남자야.

"쿠온은 아리스를 소중하게 대해 줘야겠는걸?"

"당연하죠. 아리스는 제 옆에서 함께 걷기로 각오했으니까요. 저도 그 마음에 보답해야 합니다."

약간 놀리려고 한 말인데, 퍽 진지한 대답이 돌아왔다. 왜 우리 아들은 이렇게 멋질까?

왠지 머리에서 '개천에서 용 난다' 라든가 '청출어람' 같은 말이 스쳐 지나갔다.

아버지로서 더 노력해야겠어. 일단은 일이다! 일부터 하자!

아들에게 질 수 없다는 듯, 나는 집무실에서 코사카 씨, 유미나와 함께 땀 흘리며 일했다. 말은 그래도, 나 같은 왕이 하는 일이라고 해 봐야 국민의 요청을 듣고 내용을 검토하고, 아래에서 올라오는 여러 계획서를 음미한 뒤 허가한다고 도장을 찍는 일이 대부분이었다.

가~끔 건축이나 인프라 공사에 동원되기도 하지만.

"어? 이 콘서트홀, 아직도 오픈을 안 했었던가?"

자료에 나온 건설이 끝났다는 콘서트홀에 관한 내용을 발견한 나는 살짝 의문을 품었다.

"건설도 인테리어도 끝났지만, 가수와 연주자가 모이질 않더군요. 지금 한 번 더 모집하고 있습니다."

내 의문에 코사카 씨가 대답해 주었다.

콘서트홀이라고 부르고 있지만 정확하게는 다목적홀이었다. 콘서트부터 연극, 행사, 집회 등이 가능한 건물이다.

원래는 음악을 더 가깝게 느껴주길 바란다는 사쿠라의 제안으로 시작한 계획인데, 어느새인가 완성은 되었던 모양이었다.

완성되었는데 오픈을 하지 않은 이유는 단지 그곳에서 연주할 연주자나 가수가 모이지 않았기 때문이었다.

음악이란, 특히 악기 연주란 부유한 신분이 아니면 하기 힘드니, 일반인들은 악기 연주를 하지 못한다.

더 나아가 나름대로 악기 연주가 가능한 사람이라면 대부분은 귀족에게 고용되어 전속 악단원에 소속된다. 당연히 보수도 세다.

굳이 이런 작은 나라에까지 와서 연주할 필요는 없다는 말이었다.

하지만 세상에는 음유시인이란 직업도 있었다. 악기를 들고 이 마을 저 마을 다니며 이야기와 노래를 하는 사람들이다.

그 사람들이라면 우리 나라에서도 기꺼이 노래해 주겠지만, 철새처럼 이리저리 오가는 직업이다 보니 딱 필요에 맞춰 오기는 힘들다.

"역시 우리 나라의 악단이나 사쿠라한테 부탁하는 수밖에 없나?"

우리 나라의 악단(정식 악단은 아니지만)은 기사단 단원 중에서 음악을 좋아하는 사람들이 모인 집단으로, 음악 자체는 전문이 아니었다. 너무 음악에만 붙들려 있어선 문제라고 보고, 우리 나라 악단에는 지금껏 참가 부탁을 하지 않았다.

가능하면 상설 공연을 하여, 마음 편히 음악을 들을 수 있는 공간으로 만들고 싶었다. 그러려면 가수도 연주자도 많이 보유하고 있어야 하는데…….

"노래나 음악이 아니라도 괜찮죠? 극단도 초청하면 어떨까요?"

"생각은 하고 있어. 가능하면 우리 나라를 거점으로 삼아 줬으면 하는데, 어려울까?"

"나라의 인구 차이가 심하니까요. 일주일 동안 공연하면 거의 모든 국민이 보게 되니, 돈을 벌 수 있는가 하면…….."

으음. 어지간한 팬이 아닌 이상에야, 한 번 본 연극을 다시 관람하는 사람은 없겠지? 일주일 만에 또 새로운 연극을 하라니, 그건 너무 무모한 요구다.

음악신인 소스케 형을 거기다 던져 두면 일주일이든 한 달이든 계속 연주하겠지만…….

마음속으로 그런 생각을 하는데, 밖에서 슬픈 기타의 선율이 들려왔다. 그러지 말라는 말씀이죠? 넵, 알겠습니다.

연극이라면 다른 나라에서 상연한 공연을 녹화해 상영하는 방법도 있지만, 그래서야 영화관이구나.

아니아니, 영화관이면 어때? 오락을 위한 장소니까. 인건비도 들지 않고 나쁘지 않을지도 모른다.

연극신인 시어트로 씨한테 가서 그 극단의 연극을 몇 개 정도 찍어 달라고 할까?

"그러고 보니, 요시노가 우리 나라의 악단을 모아서 뭔가 연습을 하던걸요? 콘서트홀에서 연주하려는 게 아닐까요?"

"요시노가?"

콘서트홀은 요시노가 사쿠라에게 미래 이야기를 해준 덕분에 추진된 일이었다. 요시노도 거기서 몇 번인가 연주했다고 한다. 그렇기에 콘서트홀에 특별한 감정이 있는 것인데.

조금 궁금해져서 성의 방음 설비가 갖춰진 연습실로 가 보니, 우리 나라 악단 멤버가 요시노의 지휘를 보며 무언가 연주를 하고 있었다.

요시노가 지휘자고, 제1 바이올린, 제2 바이올린, 비올라, 첼로, 콘트라베이스 등의 현악기 파트, 플루트, 오보에, 클라리넷, 바순 같은 목관악기, 트럼펫, 트럼본 같은 금관악기, 팀

파니 등의 타악기 파트에 심벌, 하프까지 모여 있었다. 우와, 완전 오케스트라잖아.

"목관 연주, 소리가 너무 흔들려요. 금관 연주는 음량을 마지막까지 맞춰 주세요. 심벌 연주는 좀 더 템포 좋게 부탁합니다!"

작은 요시노가 지휘대에 올라가 지시를 내렸다. 악단 멤버들은 불평 한마디 없이 그 지시를 묵묵히 따랐다.

뭐야. 우리 딸, 어느새 악단을 장악해 버렸네?! 소스케 형은 떡하니 콘서트마스터 자리에 앉아 있고!

"그럼 첫 음절부터 다시!"

요시노의 지휘에 따라 다시 연주가 시작되었다. 악! 이건 일본에서 유명한 RPG의 오프닝 곡이잖아. '서곡'이란 곡……!

콘서트홀의 개장 공연으로는 잘 어울릴지도 모르지만!!

요시노, 요 녀석. 콘서트홀의 출연을 노리고 있구나?! 굳이 거절할 이유가 없긴 한데…….

기사단 사람들이랑 일정을 한번 조정해 볼까? 기사 고렘도 도입되고 있으니 약간이라면 여유도 생기겠지.

저렇게 노력하는데 안 된다고는 도저히 말할 수 없잖아.

◇ ◇ ◇

결국 콘서트홀의 개장 축하 공연은 우리 나라 악단의 연주회로 결정되었다. 그 오케스트라의 지휘를 맡은 사람은 요시노였다.

불과 아홉 살에 불과한 지휘자라니 이 무슨 농담인가 싶지만, 우리 나라의 악단원들이 요시노가 아니어선 곤란하다고까지 말하니 허가할 수밖에 없었다.

지휘라면 음악신인 소스케 형이 하면 되지 않나 싶었지만, 요시노도 의욕이 충만하니 굳이 반대할 이유가 없었다.

언젠가 요시노는 미래로 돌아가 버리니까. 더 늦기 전에 지금 후계 지휘자를 키워놔야 할지도 모른다.

첫 공연에서는 사쿠라도 몇 곡 정도 노래를 하기로 했다. 그래서 그런지 요시노랑 사쿠라는 프로그램을 만들고 연습을 하느라 바빠서 요즘에는 식사 시간에도 얼굴을 보지 못했다. 너무 무리하지 말아야 할 텐데.

《주인님. 잠시 상의할 일이 있습니다.》

"응? 코교쿠야?"

내가 집무실에서 얼마 남지 않은 서류에 도장을 찍으며 그런 생각을 하는데, 코교쿠가 텔레파시로 말을 걸었다.

《부하인 새들이 발견했는데, 이 나라로 통하는 가도(街道) 도중에 도적들이 모여 있다고 합니다. 거점은 우리 나라가 아니지만, 어떻게 하면 좋을까요.》

도적이라. 세상에는 그런 자들이 끊이지 않는 법이긴 하지만, 대체 어디서 튀어나오는 건지 원.

타락한 모험자나 용병이 쉽게 돈을 벌려고 잘못된 길로 나가는 일도 많다고 듣긴 했지만……. 그럴 체력이 있다면 우리 나라에 와서 건축업 알바라도 하라고 말해 주고 싶다.

그런 사람들이야 편하게 거금을 벌고 싶어서 하는 짓이니 아르바이트는 하기 싫으려나?

"그 도적들의 근거지는 어디야?"

《벨파스트에 있는 숲속입니다.》

벨파스트구나. 벨파스트의 국왕 폐하한테 도적들 아지트 장소를 표시한 지도를 첨부해 연락해 두자.

벨파스트 국왕 폐하에게 메시지를 보내 이번 일은 종료.

"도적입니까?"

"네. 아지트 장소를 벨파스트 국왕 폐하에게 알려드렸어요."

내 집무실 책상에 서류를 가득 올려놓으며 코사카 씨가 물었다. 일이 늘었네…….

"이 나라의 주변은 벨파스트와 레굴루스 측에서 보면 왕도와 제도에서 멀어 기사단도 눈길이 잘 닿지 않으니 말이지요. 그런데 우리 나라를 찾는 상인들은 많으니 흑심을 품는 자들이 모이는 것도 이해가 됩니다."

그렇단 말이지. 찾아온 상인들은 우리 나라에서 진귀한 상품을 사들인다. 주로 딘진섬 등에서 입수한 보물이나 마수의 소재 등을.

그래서 많은 돈을 지참하고 다니니, 산적이나 도적들이 보기엔 호박이 넝쿨째 굴러다니는 모습처럼 보인다 해도 이상하지 않았다.

그 나쁜 사람들은 약삭빠르게도 우리 나라에서는 습격하지 않고, 경계가 느슨한 벨파스트나 레굴루스의 영토에서 사람들을 습격한다.

브륀힐드라는 먹이터에 접근하는 사냥감을 노리는 셈이다. 생각했더니 괜히 화가 나네.

"모험자 길드에도 호위 의뢰가 늘었다고 합니다. 몇몇 상인들이 결속해 캐러밴을 결성해 오가고 있다는 모양이더군요."

캐러밴인가. 아무리 도적들이라도 호위가 많은 캐러밴을 습격하진 않겠지. 상인들도 나름 대책을 세우고 있다는 말인가.

하지만 호위를 고용할 수 있는 상인은 돈이 많은 일부일 뿐이다. 신출내기 행상인이라면 마차와 자기 몸 하나로 마을에서 마을로 이동할 수밖에 없다.

지금보다 벨파스트, 레굴루스와의 연계를 긴밀하게 유지해야 하겠어. 가도의 안전도 지금보다 더 빈틈없이 해야 하고.

"어? 그런데 오늘 유미나는요?"

유미나는 이 나라 내정의 일부를 떠맡고 있다. 왕비 겸 장관의 한 명이다.

항상 내가 하는 일을 도와준다. 그렇다기보다는 안 도와줘선 눈앞에 쌓여 있는 서류를 오늘 내로 처리할 수 있을 것 같지 않았다.

"유미나 님은 다른 왕비님들과 다과회 중이라고 하십니다. 일은 오후부터 참가하신다더군요."

아, 그 다과회구나.

누가 이름 붙였는지는 모르겠지만 '왕비들의 다과회' 라 불리는 다과회가 일주일에 한 번 개최되고 있다.

나의 아내들이 모두 참가하는데, 다양한 주제로 많은 대화를 나누는 듯했다. '듯했다' 라고 하는 이유는, 난 그 다과회에 참가할 자격이 없기 때문이다.

무슨 대화를 하는지도 아내들은 나에게 알려주지 않는다.

물론 같은 여성들 사이가 아니면 하기 힘든 말도 있겠지만…….

배려심 없는 남편에 대한 불평인가? 아냐, 그럴 리가…… 없겠지? 없는 거지?

"일이나 하자."

답답하고 불안한 마음을 떨치지 못한 채, 나는 더욱 빠르게 도장을 찍었다.

◇ ◇ ◇

한편 '왕비들의 다과회'^{퀸 즈 티 파 티}에서는.

"그랬더니요! '어머니, 괜찮으신가요?' 라며 쿠온이 다정하게 손을 잡아주지 뭐예요!"

"얼마 전에 산 옷도 에르나한테 딱 맞아서 아주 귀여웠어! 이거 봐! 그때 찍은 사진! 귀엽지?"

"린네가 또 공부를 내팽개치고 놀러 나가 버려서……."

"점심은 아시아가 만든다니, 엄중하게 음미해 봐야겠어요."

"스테프에게 그림책을 읽어 줬네! 다음에는 어떤 그림책을 읽어 주는 게 좋을지."

"야쿠모의 검술이 무척 날카로워졌습니다."

"프레이가 또 수상한 무기를 사와서……."

"쿤이 개발에 정신이 팔려 밥을 자꾸만 빼먹으려고 하더라고. 어떻게 타이를 수 없을까?"

"오후부터 요시노랑 세션. 기대돼."

남편 이야기는 불평은커녕 화제에조차 오르지 않았다. 대화의 주제는 모두 아이들에 관한 일이었다.

순서대로 자신의 아이에 관해 이야기하고, 문제가 있다면 같이 상의한다. 또는 아이의 자랑을 하면 같이 맞장구를 쳐준다.

스우의 딸인 스테프가 와서 모든 아이가 다 모였다. 그 결과 더는 사양할 이유가 없어져서 요즘에는 브레이크가 망가진 것처럼 다들 자기 아들딸 이야기만 했다.

자기 이야기도 이야기지만, 다른 왕비들의 눈을 통해 자신의 아이에 관한 정보도 얻을 수 있으니, 이 모임은 정보 수집의 장소이기도 했다.

"그러고 보니, 아리스의 댄스 실력이 부쩍 늘었어요. 아직 쿠온의 리드에 맞춰 주는 정도지만, 무도회에서 춤을 춰도 충분할 수준이에요."

아리스의 숙녀 교육 중에서 댄스를 담당하고 있는 루가 유미나에게 보고했다.

쿠온과 아리스가 결혼하면 유미나에게는 며느리와 시어머니 관계가 된다. 그러한 관계성을 살핀 보고였다.

"아리스는 뭐라고 할까요, 재능 덩어리예요. 가르쳐 주면 곧장 이해해 자신의 것으로 만들거든요. 그건 엔데 씨의 딸이라서 그런 걸까요?"

"아……. 그 녀석은 재능 하나로 뭐든 다 해내니까. 정말 화가 나."

루의 말을 듣고 엔데의 동문 후배인 에르제가 별로 탐탁지 않다는 듯이 중얼거렸다.

"어머니인 메르 씨도 프레이즈의 왕이었으니, 원래 그런 소질이 있지 않았을까요?"

"아니요! 그건 순전히 쿠온을 생각하는 마음이 강하기 때문이에요! 사랑하는 소녀는 무적이거든요! 사랑의 힘은 위대해요!"

푸후우, 하고 거칠게 콧김을 내뿜으며 자리에서 일어서 린제의 말을 부정하는 유미나. 다른 여덟 명이 약간 오싹한 모습으로 바라보았지만 본인은 그런 분위기를 눈치채지 못했다.

"유미나 님이 카렌 형님 같은 말씀을 하시기 시작했습니다."

"그래도 며느리가 될 사람이니, 고부간의 관계가 삐걱거리는 것보다야 훨씬 낫지 않나요?"

야에와 힐다가 소곤소곤 작게 그런 대화를 나눴다. 그 말을 유미나가 듣지 못하게 하려고 했는지, 린제가 다급히 말을 계속 이어갔다.

"여섯 살인데 벌써 약혼자를 결정하다니 너무 이르지 않나 했는데, 그 두 사람이라면 문제없어 보여요."

"왕후 귀족이라면 그 나이에 약혼자가 있어도 전혀 이상한 일이 아니야. 국가의 의도와도 관련되어 있으니까."

린의 설명을 듣고 정말 그런가? 하고 야에가 의문스러운 표정을 지었다.

"하지만 유미나 님, 루 님, 힐다 님은 약혼자가 없지 않으셨는지요. 유미나 님은 마안이 있었기 때문이라고 전에 들은 적이 있습니다만……."

유미나는 【간파의 마안】이 있어 쉽게 상대를 정하지 못했다.

유미나와 성격과 취미가 맞지 않아 상대를 거절해도, 사악한 마음을 먹고 있어 거절했다고 다른 귀족들이 받아들일 수도 있었기 때문이다. 그래선 유미나에게도 상대방에게도 불행한 일이었다.

"루는 어땠는가?"

"저는 셋째 황녀였으니 굳이 빠르게 결정하지 않아도 괜찮 았어요. 빠르게 약혼자를 결정해야 하는 사람은 보통 차기 왕 위를 이어야 하는 사람이니까요."

공주라 하더라도 다른 나라에서 정실로 맞아들이고 싶다고 하여 약혼 신청을 했을 때는 얘기가 달랐다. 그런 경우에는 일 찍 약혼자를 결정하지만, 레굴루스 제국은 쿠데타 사건이 벌 어지기까지 다른 나라와의 관계가 원활하지 않아, 레굴루스 의 공주를 정실로 맞아들이려고 하는 나라는 없었다.

또한 레굴루스도 전쟁을 하게 될지도 모르는 다른 나라에 딸 을 줄 생각이 있었을 리 없다.

"아버지의 성격상 적령기가 되면 레굴루스의 상급 귀족과 결혼시킬 생각이 아니셨을까요?"

"신하에게 딸을 주어 더욱 인연을 깊게 한다는, 그런 말씀입 니까. 힐다 님은 어떠신지요?"

"그러네요. 저는 레스티아의 상급 귀족이나 이웃 국가의 왕 가에서 꽤 약혼 신청이 많았다고 하는데요…….'"

영 시원스럽지 못하게 힐다가 작은 목소리로 대답했다.

평소에는 무슨 일이든 시원스러운 말투로 이야기하는 힐다 인 만큼, 이런 반응을 보이자 다들 의아하게 생각했다.

"저는 저보다 약한 사람과는 결혼하고 싶지 않아서요. 청혼 한 상대와 싸워 모두 이겨버리는 바람에…….'"

"픕."

누가 그렇게 웃음을 터뜨렸는지. 다음 순간, 힐다를 제외한 여덟 명이 모두 웃기 시작했다.

"그, 그렇게 웃을 필요는 없잖아요! 다들 너무해요!"

"미안, 미안. 힐다다워서 그래."

"그런 힐다니까 임금님이랑 만난 거야. 전혀 잘못이 아냐. 힐다는 옳았어."

뾰로통해진 힐다에게 에르제와 사쿠라가 지원 사격을 해주었다.

예의와 무예를 중시하는 레스티아 사람들은 대부분 힐다의 행동을 옳다고 여겼다.

자신보다 약한 사람과 결혼하고 싶지 않다는 마음도 잘 이해했고, 아내가 될 사람에게 지는 기사도 받아들일 수 없었기 때문이다.

"우리 딸들도 상대를 찾는 데 고생할 것 같으이."

스우가 가만히 중얼거리자 모두가 쓴웃음을 지었다.

"딸들을 너무 사랑하는 아버지가 제일 방해야."

"그것 자체는 나쁜 일이 아니지만요……."

린이 한숨과 함께 중얼거린 말을 듣고, 린제가 난처한 웃음을 지었다.

"그래도 어중간한 남자한테 우리 에르나를 줄 수는 없어. 적어도 에르나보다는 강해야 해."

"열렬하게 동의. 요시노도 이상한 녀석에게는 절대 줄 수 없어. 결혼하는 이상 목숨을 걸고 요시노를 지킬 남자여야 해."

"후보가 매우 적어질 듯합니다……."

토야의 아내들이 낳은 반신인 아이들을 단순한 강력함으로 뛰어넘을 사람은 거의 찾아볼 수 없을 것이다. 문제는 아버지 하나가 아닌 듯하다고 야에는 생각했다.

이번 일에 관해서는 야에, 루, 힐다, 린은 본인만 좋다면 허락할 수 있다는 방임주의에 가까웠고, 에르제, 린제, 스우, 사쿠라는 상대를 철저히 확인해 보고 신중하게 판단해야 한다는 의견이었다.

유미나는 만약 쿠온이 측실을 들인다면, 철저하고 신중하게 판단할 수밖에 없었다. 자칫 아내를 잘못 들이면 나라가 쇠퇴할 수도 있기 때문이었다.

정실과 측실의 다툼으로 나라가 혼란에 빠지게 됐다는 이야기는 셀 수도 없이 많았다. 가정의 평화를 깨뜨릴 수도 있는 아내는 사절이다.

그 이후에도 왕비들의 아이들 이야기는 오래도록 계속되었다.

"아이들이 온 뒤로는 안 하려 해도 자꾸 아이들 이야기만 하게 되네."

한창 이야기에 빠져들어 어느새 차갑게 식어버린 홍차를 마시면서 린이 자조하듯이 웃었다.

원래 국가 운영이나 국왕인 토야를 어떻게 도울지 이야기하는 자리였는데, 지금은 주부의 잡담 모임이나 마찬가지로 변했다.

"요즘 이런 생각을 하게 돼. 그 아이들은 미래에서 우리를 도우러 와준 게 아닐까 하고."

"맞네. 얼마 전 전투도 스테프를 비롯한 우리 아이들이 없었으면 위험했지 않은가."

"신마독(저농도)라고 했던가요? 그건 참 버티기 힘들었어요. 속이 메슥거리고 울렁거려 정말이지……."

힐다가 그 감각을 떠올리고는 몸이 떨린다는 듯이 고개를 좌우로 흔들었다. 그것만큼은 다른 사람도 같은 기분이었다. 눌어붙은 불쾌감과 몸의 내부에서 솟구치는 혐오감이 보통이 아니었다.

"토야 님이나 카렌 형님은 아무렇지도 않으신 거죠?"

"신족에게 효과가 있을 정도는 아니라고 하셨습니다. 다만 그 권속이나 신의 기를 지닌 천사, 정령에게는 다소의 효과가 있다고 하더군요."

"우리는 어느새 천사나 정령과 같은 존재가 된 거구나."

야에의 설명을 듣고 어이없다는 듯이 에르제가 중얼거렸다. 그런 에르제의 태도를 보고 린이 키득 웃었다.

이미 토야의 아내들 몸에는 신의 기가 내포되어 있었다. 아직 적절히 활용하지는 못하고 있지만, 신의 권속이란 점만큼은 확실했다.

"우리의 서방님이 세계신님의 권속이니 이건 이제 어쩔 수 없는 일이야. 사신의 사도는 그럴 의도가 없이 프레임 기어의 약체화를 노리고 한 짓이겠지만."

"예상치 못한 부작용이라 할 수 있겠습니다. 다음에도 또 아이들에게 의지할 수밖에 없는 것일까요?"

"저어, 성목(聖木)의 잎이나 껍질로 마스크를 만들면 어떨까요?"

"그건 체내에 들어가지 않고 피부 근처에만 있어도 효과를 발휘한다니까 입만 막아선 별 의미가 없지 않을까?"

린제의 제안에 린이 고개를 가로저었다. 실제로 【프리즌】을 이용해 금색 가루를 가져올 수는 있었지만, 그 효과 자체는 【프리즌】으로도 막을 수 없었다.

농경신인 코스케가 만든 성목은 신마독을 정화하는 효과가 있다. 전투하는 장소에 커다란 성목이 있다면 그 효과를 막을 수 있을지도 모르지만…….

"그렇다면 온몸을 성목의 잎으로 뒤덮으면 되는 게 아닌가? 예전에 토야가 보여 준 영화에 그런 옷도 있었네만."

스우가 말한 영화에서 본 옷이란 저격수와 헌터 등이 산간부 등에서 몸을 숨기기 위해 입는 위장복, 이른바 길리슈트였다.

수북한 그 옷을 떠올려 보고는, 제안을 한 스우를 포함한 모두가 '그건 아무래도 좀……?' 하고 꺼리는 기색이 역력했다. 성목의 정화 작용으로 온몸을 뒤덮고 있으면 신마독(저농도)의 효과를 확실히 약하게 만들 수 있을지도 모르지만……

"발상은 나쁘지 않아. 성목에서 섬유를 추출해 실을 만드는 방법도 있어."

"그게 가능하다면, 그 실로 짜낸 직물로 옷을 만들 수 있어요!"

사쿠라의 제안에 린제가 손뼉을 치며 외쳤다. 재봉이라면 린제의 특기 분야였다. 다름 아닌 시공신인 토키에한테 직접 전수받은 몸이다. 그 기술은 이미 달인의 경치를 초월했다.

"흠흠, 다시 말해 '전투 슈트'라는 말씀이지요?"

"좋은데요? 모두 똑같은 전투복을 맞춰 입다니 근사해요!"

"먼저 실을 뽑고, 직물을 짜는 데부터 시작해야겠네요. 신마독(저농도)의 효과를 막을 수 있는지 실험해 봐야겠어요."

분위기가 달아오른 왕비 아홉 명이 어떤 옷이 좋을지 떠들썩하게 대화를 나누기 시작했다. 귀여운 옷이 좋다든가, 기능미가 중요하다든가 얘기를 나누는데, 소란스럽기가 보통이 아니었다.

미래에서 아이들이 와서 갑작스럽게 어머니가 되었어도 아직 10대 소녀들이었다. 패션에 민감한 경향은 어느 시대에나 마찬가지인 듯했다.

◇ ◇ ◇

금관악기의 씩씩한 팡파르가 새로 개관한 콘서트홀에 울려 퍼졌다.

이어서 현악기 파트가 이야기의 시작을 알리는 듯한 아름다운 선율을 연주했고, 그 연주는 이윽고 웅대한 행진곡으로 변했다.

명작 RPG의 곡답게 시대를 초월해 이어지는 훌륭한 명곡이었다.

이 곡의 위대한 작곡가는 '5분 만에 작곡했다.' 라고 말했다고 하지만, 그건 음악가로서 오랜 경험이 있기에 할 수 있는 말이 아닐까 한다.

연주하는 오케스트라 앞에서 지휘봉을 휘두르는 사람은 요시노였다. 높은 지휘대 위에서 작은 몸을 흔들며 열심히 지휘를 계속했다.

요시노는 오늘을 위해 몇 번이나 악단 멤버들과 연습을 거듭했다. 불과 이 몇 분을 위해서, 몇십 시간이나 노력했다. 지금 그 성과가 이렇게 발휘되는 중이었다.

곡이 클라이맥스를 지나 한껏 고양된 여운을 남기고 끝나자, 관객석에서는 우레와 같은 박수가 쏟아졌다.

요시노가 뒤를 돌아 관객을 향해 꾸벅 고개를 숙였다.

나는 물론 초대받은 각국의 대표들도 아낌없이 계속 박수를 보냈다. 제노아스의 마왕 폐하는 일어서서 눈물을 흘리며 온 힘을 다해 손뼉을 쳤다. 손녀딸의 모습을 보고 몹시 감동한 듯했다.

 사정을 알고 있는 벨파스트의 국왕 폐하와 레굴루스의 황제 폐하는 쓴웃음을 지었지만, 사정을 모르는 미스미드의 수왕 폐하는 '저렇게까지 감동할 일인가?' 싶어 깜짝 놀란 표정이었다.

 아직도 박수가 그치지 않는 가운데, 무대 옆에서 이번엔 사쿠라가 등장했다.

 사쿠라가 지휘대 옆에 서자, 요시노의 스마트폰에서 빛나는 건반이 등장했다. 어느새 뒤에 있던 음악신 소스케 형은 일렉트릭기타를 들고 있었다.

 두 사람의 악기가 곡을 연주하기 시작했다. 소스케 형과 요시노의 전주가 끝나자 사쿠라가 맑고 뚜렷한 목소리로 노래를 시작했다.

 이 곡은 로스앤젤레스 출신의 남매 듀오의 곡으로, 악기는 오빠가, 보컬은 여동생이 담당했었다. 여동생은 젊은 나이에 하늘나라로 떠났지만, 그 목소리는 시대를 넘어 전 세계 사람들에게 사랑받고 있다.

 '세상 꼭대기'라는 제목인데, 가사에서는 '세상 꼭대기에 오른 것만 같다'는 형태로 사용된다. 당신의 존재만으로도 나는 행복하다. 여성이 그 기쁨을 표현한 노래다.

물론 가사는 영어이니 이곳에 있는 사람들에게 의미는 통하지 않겠지만, 즐겁게 노래하는 사쿠라의 목소리에 이끌렸는지 노래를 듣던 관객들의 몸이 저절로 작게 흔들렸다.

클라이맥스 부분이 되자 요시노도 노래를 시작해, 두 사람의 하모니가 콘서트홀에 울려 퍼졌다. 모녀이기에 가능한 두 사람의 노랫소리가 관객의 귀를 울렸다. 이건 그야말로 제목대로 세계의 정점에 있는 듯한 편한 기분을 선사해 주었다.

이윽고 곡이 끝나 두 사람이 함께 고개를 숙이자 다시 우레와도 같은 박수가 쏟아졌다.

마왕 폐하도 조금 전과 마찬가지로 울면서 온 힘을 다해 손뼉을 쳤다. 더 정확히는 아까보다도 심하다. 콧물까지 다 흘리고……. 그만큼 훌륭한 노래이기는 했지만.

요시노가 다시 지휘봉을 쥐고 지휘대 위에 올라섰다. 박수가 그치고, 관객은 다시 흘러나오는 선율에 귀를 기울였다.

콘서트홀의 첫 출발은 대성공이었다.

이번 공연을 계기로 국민도 모두 음악을 더 친근하게 느껴주면 좋을 텐데.

"파르네제! 요시노! 정말 최고였다!"

"에헤헤. 고마워~."

"이제 잘 알았으니 그만해. 자꾸 그러니 성가셔."

콘서트 후에 열린 성내의 파티에서 제노아스의 마왕 폐하가 또 엉엉 울었다. 손주와 딸의 반응이 정반대로 뭐라 말하기 힘들 만큼 미묘한 기분이다.

사쿠라의 말대로, 몇 번이고 반복해서 똑같은 말과 행동을 반복하면 당연히 성가실 수밖에 없다. 나도 성가시게 느껴진다. 말은 안 하지만.

원래 국가의 대표를 모아 여는 이런 파티에 어린이들은 참가시키지 않지만 이번에만 특별히 허가했다.

이 파티 자체가 평소의 정상회담이 아니라 친목회라서 콘서트에는 각국의 중신과 왕가의 아이들까지 초대했다.

세계 동맹에 참여한 나라도 동서의 대륙을 합해 30개국을 넘어, 그에 걸맞게 초대객도 늘었다. 대체 몇백 명을 불렀는지……

임금님이나 대표들은 물론 기억하지만, 그 이하의 장관 수준이 되니 솔직히 어렴풋하게 기억날 뿐인 사람도 많았다.

"공왕 폐하. 이토록 훌륭한 곡을 들을 기회를 마련해 주셔서 감사합니다. 우리 나라에서도 언젠가 귀국의 악단을 초대하고 싶습니다."

이크, 그런 생각을 하는 사이에 기억이 어렴풋한 사람이 다가왔다. 이름은 모르는 높은 사람……. 카이저수염도 아니고, 단안경을 쓰고 있지도 않은, 아주 평범한 중년. 이 사람, 누구더라?

《주인님. 갈디오 제국의 로젤스 경입니다.》

"감사합니다. 로젤스 경. 기회가 되면 갈디오 제국에도 방문하겠습니다."

코하쿠의 텔레파시 덕분에 무난하게 미소를 지으며 대답할 수 있었다. 위험해, 위험해.

힐끔 옆을 보니, 코하쿠를 안고 있던 셰스카가 나를 보고 엄지를 척하고 들어 올렸다.

인조인간이라 기억력만큼은 뛰어나니까. 쟤는. 그 덕분에 이런 비기도 사용할 수 있는 거지만.

파티장을 둘러보니, 동쪽 끝의 신국 이셴과 서쪽 끝의 올판 용봉국의 대표 두 사람이 사이좋게 환담을 하고 있었다.

두 나라는 서로 비슷한 문화이니 대화가 잘 통하는지도 모르겠어.

"응?"

문득 시선의 끝에서 쿤과 아시아가 어딘가의 아이들과 담소를 나누는 모습이 보였다. 주변에는 다들 같은 또래의 여자아이들로, 본 적이 없는 걸 보면 어느 나라 중신의 영애(令愛)들인 듯했다.

저 두 사람은(내면은 감추면서) 무난하게 귀족 영애다운 대처가 가능하니 안심이 된다. 내숭을 잘 떤다고도 할 수 있지만.

아이들은 내 친척이란 설정이라, 브륀힐드의 귀족 영애 대접을 받는다. 지금은 이번 콘서트를 화제로 한참 이야기하는 중이겠지.

그때 귀족 도련님들이 여자아이들에게 접근했다. 남자아이들도 같은 또래다. 뭐지? 헌팅이냐?!

우리 딸한테 접근하려고 하다니, 백 년은 이르거든?

방해해 주고 싶지만 지위가 지위다 보니 넉살 좋게 끼어들 수도 없어서 그냥 노려보기만 했다. 이럴 줄 알았으면 호위를 붙여둘 걸 그랬나?

귀족 도련님 세 사람이 여자아이들에게 나불나불 말을 걸었지만, 여자아이들의 반응은 뜨뜻미지근했다. 남자아이들의 의기양양한 표정과는 달리 여자아이들은 생글생글 웃는 모습이었지만, 눈은 웃고 있지 않았다.

참 쟤네는 얘기하면서도 모르겠나? 누가 봐도 너희 얘기엔 관심이 없는데, 그걸 눈치 못 챈다고?! 아무래도 자기네들 자랑을 하는 모습 같았다. 완벽히 성가셔하는 모습이잖아.

아무렇지 않아 보이지만, 지금 쿤도 아시아도 꽤 인내심의 한계에 다다른 모습 아닌가? 쿤의 발밑에 있는 메카 폴라, 다시 말해 파라의, 그 손에 장착한 스턴건이 작게 번쩍 빛난 모습을 나는 보고 말았다. 아, 안 되지. 아무리 그래도 그건 안 돼!!

말려야 하나 내가 고민하는데, 갑자기 도련님들 세 사람의
바지가 쑥 내려가 화려한 팬티가 여자아이들 앞에 훤히 다 드
러나고 말았다.

"우와악?!"

"꺄아악?!"

여자아이들의 비명에 다급히 바지를 올리고, 새빨개진 얼굴
로 곧장 밖으로 나가는 세 사람.

그 뒷모습을 보면서 손에 들고 있던 몇몇 작은 쇠장식을 아
시아가 바닥에 버리는 모습을 나는 봤다. 그리고 증거를 인멸
하려는 듯 그걸 몰래 회수하는 파라도.

저건 벨트의 걸쇠인가? 아시아, 【어포트】로 끌어당겼구나?
그런 짓을 하다니……. 아주 잘했어, 굿잡!

여자아이들이 다시 미소를 지으며 키득키득 웃었다. 그리고
조금 전 남자아이들은 까맣게 잊었다는 듯이 담소를 나누었
다.

"토야네 딸들은 가차가 없네."

"적을 봐줄 필요 없잖아?"

"적이라니. 정말 그런 점을 빼닮았다니까."

어느새 옆으로 온 엔데가 나에게 가벼운 농담을 던졌다. 일
이 진행되는 모습을 지켜보고 있었나 보다.

이번 파티에는 엔데도 경비 담당의 한 명으로 참가했다. 인
원이 인원이니까.

하지만 엔데가 일을 받아들인 데에는 다른 이유가 있었다.

오? 이제 바로 그 이유가 온 모양이다.

파티장에 경쾌한 음악이 흐르기 시작했다. 요시노의 지휘로 오케스트라의 연주가 시작된 것이다.

그 음악에 맞춰 댄스를 추기 시작하는 몇 명의 남녀들. 그중에는 유독 몸집이 작은 커플도 있었다.

쿠온과 아리스였다.

아리스가 실전에서도 문제없이 춤을 출 수 있는지, 오늘 이 파티에서 댄스를 시험해 보기 위해서다. 댄스를 추다 실수한다고 해서 무슨 벌칙을 받지는 않는다. 쿠온도 아리스도, 한 나라의 왕자와 그 약혼자로서 참가한 상황도 아니니 주변 사람들도 크게 엄격하게 볼 리가 없었다.

음악에 맞춰서 화려한 스텝을 밟는 두 사람. 눈부신 미소를 지으며 춤추는 아리스가 아주 평범한 귀족 가문의 아가씨처럼 보였다. 아니, 그 이상이다. 확 변했어.

어린 미소년과 미소녀의 훌륭한 댄스 실력에 주변 사람들이 감탄했다. 내 옆에서는 이를 가는 소리와 혀를 차는 소리가 들렸지만.

웅얼웅얼 투덜거리면서도 옆에 있는 딸바보 아빠는 딸이 춤추는 모습을 스마트폰의 녹화 기능으로 촬영하고 있었다. 나중에 아내들한테도 보여 주려는 거겠지.

어른들 사이에 뒤섞여 빙글빙글 춤을 추는 쿠온과 아리스. 쿠온은 연미복, 아리스는 아이스블루색 이브닝드레스가 무척 잘 어울렸다. 왕자와 그 약혼자로서 흠잡을 데 없는 댄스였다.

　문득 저편에 있는 댄스 교사 루와 시선이 마주쳤는데, 루도 엄지를 척 들어 올렸다. 루가 보기에도 합격인 모양이었다.

　곡이 끝나고 참가자들이 인사하자 주변에서 박수가 쏟아졌다.

　옆에 있는 딸바보 아빠도 동영상 촬영을 멈추고 박수를 보냈다. 울면서. 울지 마. 마왕 폐하도 그렇고, 이 녀석도 그렇고, 정말 못 말린다니까.

　"아리스가 아주 아름답게 빛나고 있어!! 그런데 그 매력을 이끌어 낸 상대가 토야네 아들이라니 마음에 안 들어!!"

　"너와는 언제 한 번 속을 터놓고 얘기해야겠어."

　이 자식 정말, 장래엔 마왕 폐하처럼 되겠는데? 마왕 루트로 돌격이라고. 쿠온도 고생하겠는걸?

　"딸의 남친을 태연하게 받아들이는 도량을 가져야겠는데."

　"그 대사, 절대로 잊지 않겠어! 나중에 내가 토야한테 여덟 번 말해 줄 테니 그렇게 알아!"

　"너……?!"

　이게 진짜. 최대한 생각하지 않으려 했는데 노골적으로!! 야!! 해보자는 거냐?!

　"왜 서로 노려보고 그래? 꼴사나우니까 그만둬."

　으르렁으르렁……! 서로 노려보는 우리 두 사람을 확 떨어

뜨려 놓는 에르제. 오늘만큼은 드레스 차림이다.

문득 주변을 보니 무슨 일이냐며 일부 사람들이 우리를 주목하고 있었다.

우리는 쓴웃음을 지으면서 '아무것도 아닙니다! 소란을 피워 죄송합니다~!' 라고 하듯이 작게 고개를 숙였다.

"어차피 또 아이들 때문이지? 너희는 아무리 시간이 지나도 아이들을 놔주지 못하는 성격으로 보이니까."

에르제가 어이없다는 듯이 한숨을 내쉬며 고개를 좌우로 가볍게 흔들었다. 무슨 소릴. 아직 태어나지도 않았는데, 아이들을 놔주다니 너무 이르잖아.

에르제의 말을 듣고 조금 발끈했는지 엔데가 반론했다.

"에르제도 남 말할 처지가 아닐 텐데? 요즘 에르나한테 푹 빠져선 오냐오냐 키우고 있다면서."

"무슨 소리야! 에르나는 정말 착하거든?! 오냐오냐 키우는 게 뭐가 나쁜데?!"

"옳소! 옳소! 뭐가 나쁜데?! 에르나는 너무 착한 아이야!"

"어?! 토야는 그쪽 편이었어?!"

엔데가 배신당했다! 같은 표정으로 날 바라봤지만, 멍청한 녀석! 당연히 너랑 에르나는 비교 대상이 아니지! 뭐 불만 있냐?!

"셋이 모여서 뭘 하는 건지."

조금 전의 에르제처럼 어이없다는 듯이 린이 우리 사이에 끼어들었다. 발밑에는 '에휴, 참.' 이라고 하듯 어깨를 으쓱 들어

올리는 폴라가 있었다. 이 녀석이…….

"너무 브륀힐드에 창피를 주는 짓은 하지 마. 아이들이 끌어 올려 놓은 평가를 부모님이 떨어뜨리다니 말도 안 되는 일이 니까."

댄스를 칭찬하러 모인 사람들에게 둘러싸인 쿠온과 아리스를 린이 시선으로 가리켰다.

린의 말을 듣고 우리 세 사람은 모두 숙연해질 수밖에 없었다. 안 되지, 안 돼. 아이들에게 모범이 되게끔 행동해야 해.

"자, 달링도 이런 곳에서 모여 있지 말고, 파티에 온 사람들을 찾아다니며 인사해야지. 그게 왕이 해야 할 일이야."

"네~에……."

린에게 등을 떠밀리듯이 나는 파티장을 이리저리 돌아다니기 시작했다. 일단 장인어른들한테 인사를 할까.

"오! 토야! 멋진 연주회였네!"

벌써 술을 한 잔 걸친 벨파스트 국왕 폐하가 나를 발견하자마자 인사 대신에 와인잔을 들어 올렸다.

마침 레굴루스 황제 폐하도 같이 있어 가볍게 고개를 숙였다. 두 사람 모두 만족스러운 모습이었다.

"조금 전의 쿠온의 댄스도 훌륭하더군. 역시 나의 손주…… 어이쿠, 이건 비밀이었지?"

와인 탓인지 말실수를 한 벨파스트 국왕 폐하가 얼버무리려는 듯 와인잔을 벌컥 들이켰다.

"벨파스트 국왕. 쿠온에게 댄스를 가르쳐 준 사람은 다름 아닌 루시아 아닌가. 당연히 실력이 출중할 수밖에. 역시 내 딸이군."

음~. 이 파티장, 딸바보 아빠와 손주바보 할아버지들이 너무 많지 않나? 나도 마찬가지 아니냐고? 하하하, 또또 그런 농담을 참.

"그건 그거고, 토야. 조금 전 자드니아 국왕이 했던 말 중에 신경 쓰이는 점이 있더군. 프레이즈로 보이는 무언가가 목격됐다는 이야기네."

"프레이즈가요?"

벨파스트 국왕 폐하의 말을 듣고 나는 놀라서 눈을 휘둥그렇게 떴다.

어? 잠깐만. 프레이즈는 전부 사신에게 휩쓸려 변이종이 됐을 텐데. 생존자인가? 그 뒤에 전 세계를 탐색해 봤는데…….

"그래, 나도 그렇다고 들었는데 말이야. 하지만 목격자는 눈보라 속에서 조난한 행상인 집단이라, 지나친 피로로 인해 헛것을 봤거나, 얼음 계열의 마수나 마물을 착각했을 가능성이 크다더군. 그래도 일단 얘기해 둬야겠다고 생각했네."

빙국 자드니아는 얼음과 눈으로 뒤덮인 빙설 지대다. 실제로 고드름을 등에 짊어진 아이스터틀 같은 거북 마물도 있다.

그걸 프레이즈라고 착각했을 가능성도 크다.

무엇보다 프레이즈가 나타났다면 그자들을 통솔하는 지배

종, 더 나아가 그들의 왕(예전의 왕이지만)인 메르가 눈치채지 못할 리가 없었다.

"음, 역시 착각인가. 또 그때와 같은 대침공이 시작될 전조가 아닌지 약간 불안했네."

벨파스트 국왕 폐하에게는 '괜찮아요.' 라고 대답해 두었지만, 정말로 괜찮을까?

결정계에서 뒤늦게 프레이즈들이 이 세계로 오게 된 건 아닐까? 깔끔하게 가시지 않는 염려가 손끝에 찔린 가시처럼 내 마음속에 남았다.

설령 정말 프레이즈라고 해도 지배종인 메르를 비롯한 그 세 사람이 있다면 어떻게든 해결되겠지만.

나는 스마트폰을 꺼내 프레이즈를 전 세계에서 검색해 보았다.

《검색 결과는 0건입니다.》

없네. 결계 안에 있다거나 부적을 지니고 있다면 검색을 반사해 버리겠지만 프레이즈가 가지고 있을 리는 없으니, 역시 잘못 봤나.

그래도 신경이 쓰이긴 쓰이니 자드니아의 국왕 폐하에게 이야기를 들어 보자.

빙국 자드니아의 프로스트 왕자…… 아니지, 이제 국왕 폐하인가. 그 국왕 폐하는 옆 나라인 염국 다우반의 젊은 국왕 폐하와 사이좋게 담소를 나누고 있었다.

이 두 사람은 선대 국왕 폐하가 치열하게 다퉜던 과거가 거짓말이란 생각이 들 만큼 사이가 좋았다. 서로의 약혼자가 자매라는 점도 영향을 미쳤겠지만.

오늘은 그 약혼자 두 사람도 함께 파티에 참석했다.

"오, 공왕 폐하. 오늘은 이처럼 초대해 주셔서 감사합니다."

"훌륭한 연주였습니다. 언젠가 우리 나라에도 초대하고 싶군요."

내가 얼굴을 비치자 자드니아, 다우반의 두 폐하가 인사해 주었다. 옆에 서 있는 두 사람의 약혼자인 성왕국 아렌트의 왕녀 자매도 무릎을 살짝 굽히며 나에게 인사했다.

잠시간은 특별할 것 없는 잡담이나 근황 보고를 나누고, 적당히 이야기가 달아올랐을 즈음에 내가 자드니아 국왕 폐하에게 프레이즈에 관해 물었다.

"자드니아도 정령님 덕분에 조금씩 살기 좋은 기후로 변해 가고 있지만, 그래도 아직 극한의 땅이다 보니까요. 그 지방에서 조난된 행상인 집단이 눈보라 속에서 얼음처럼 투명하고 거대한 달팽이를 봤다고 하더군요."

얼음 달팽이. 매우 추운 지방에 사는 마수로 '콜드 스네일'이란 얼음 껍데기를 등에 짊어진 달팽이가 분명히 있었던 것 같기도 하다.

"콜드 스네일은 저도 본 적이 있는데, 크기가 크다고 해도 1 미터 정도입니다. 목격된 그 달팽이는 크기가 3미터는 넘는다고 하더군요."

3미터가 넘는다라. 너무 크지 않나? 거수화한 개체라고 할 수도 있겠지만…….

"그중에서도 행상인 한 명의 증언에 주목해 봐야 할 듯한데, 투명한 얼음 껍데기 안에 푸르고 둥근 핵이 보였다고 하더군요."

"핵이요?"

그건……. 역시 살아남은 프레이즈인가? 잘못 봤을 가능성도 있기야 하지만.

설령 프레이즈라 하더라도 지배종인 메르를 비롯한 세 사람이 있는 한, 그들을 거역할 순 없을 테니 괜찮으리라 믿고 싶다.

자드니아 국왕 폐하와 헤어진 뒤, 다시 댄스를 추기 시작하는 남녀를 바라보면서 목격된 프레이즈에 관해 생각하는데, 눈앞에 스윽 드레스 차림의 유미나가 나타났다.

흰 이브닝드레스를 입은 유미나가 미소를 지으며 나에게 손을 내밀었다.

"서방님. 일이 끝났다면 저와 댄스 한 곡 부탁드려도 될까요?"

"어…… 아들만큼 댄스 실력이 좋진 않지만, 그래도 괜찮다면요."

나는 유미나의 손을 잡고 드레스가 큰 원을 그리며 나풀거리는 댄스장으로 걸어갔다.

"헤이즐도 오키드도 당해 버렸잖아. 네 작전, 완전 엉터리 아냐?"

"설마 상대의 행동이 이렇게 빠를 줄 몰랐어요. 최악의 경우에는 세 사람 중 누군가는 싸우게 되리라고는 생각했지만요."

탄제린의 야유에도 인디고는 담담하게 대답할 뿐이었다. 탄제린도 인디고를 비난하는 말투라기보다는, 왠지 재미있다는 듯한 말투였다.

그들 사이에 동료 의식은 없었다. 서로를 이용해 먹을 수 있는 말쯤으로 여겼다. 말이 죽었을 뿐이니, 아직 써먹을 수 있었는데 아깝다는 생각을 할 뿐, 그 이상의 감정은 없었다.

"헤이즐과 오키드는 개죽음을 당했네. 가엾게도."

"개죽음은 아니야. 상대한테서 매우 유용한 전투 정보를 얻어냈으니까. 이걸 활용하면 다음 키클롭스는 더욱 강력하게 만들 수 있어."

흑사병 마스크를 쓴 스칼릿이 헤이즐과 오키드의 키클롭스가 보내온 두 번의 전투 데이터를 바라보며 탄제린에게 대답했다.

"흠, 실제로 어떨지는⋯⋯."

시시하다는 듯이 탄제린이 그런 말을 내뱉었다.

'방주^{아크}' 내부의 방인 이곳은 스칼릿의 연구실처럼 개조되어 있었다.

'방주^{아크}'에는 희대의 고렘 기사인 크롬 란셰스가 남긴 마도구^{아티팩트}는 물론, 작업을 보조하던 고렘도 남아 있었다.

그것들을 수족처럼 사용해 스칼릿은 다음 키클롭스의 설계에 들어갔다. 이미 그의 머릿속에서는 다음 설계에 관한 생각 이외의 잡음이 모두 사라진 상태였다.

탄제린도 스칼릿에게 흥미를 잃었는지 주변을 두리번거리며 살펴보았다.

"고르드는 어디 있어?"

"옆방에 있습니다. 여전히 '핵'에 집착하고 있는 듯하더군요."

인디고의 말을 들은 탄제린이 자동문을 열고 옆방으로 들어갔다. 어둑어둑한 방 안의 유리로 된 커다란 원통형 물체 앞에서 금색의 작은 고렘이 우두커니 서 있는 모습이 보였다.

원통형 물체 안에는 연보라색의 액체가 가득 차 있었고, 그 중심에는 별사탕처럼 뾰족뾰족한 골프공 크기의 물체가 떠올라 있었다.

작은 황금 고렘은 그걸 가만히 올려다보기만 했다. 전에 본 광경과 다를 바 없는 모습을 보고, 탄제린이 기가 막힌다는 듯 숨을 내쉬었다.

"참나. 매일 어떻게 질리지도 않고 계속 바라볼 수 있는 건지. 정말 그게 우리의 비장의 무기가 될 수 있을까?"

《된다……. 지금은 아직 잠들어 있지만, 이게 눈을 뜨면…….》

탄제린의 말을 듣고도 뒤를 돌아보지 않은 채, 갈라진 듯한 기계 음성으로 작은 고렘이 그렇게 말했다.

"그게 정말이라면 얼른 눈을 떠줬으면 좋겠어. 우리의 부하가 다 없어지기 전에."

탄제린이 비아냥대는 말에도 '금색' 왕관인 그는 아무런 말도 하지 않았다.

▥ 제3장 신기(神器) 완성

"우리 이외의 프레이즈가 아직 이 세계에 있느냐는 말씀인가요?"

요전에 자드니아 국왕 폐하에게 들은 프레이즈 목격 정보가 신경 쓰여 나는 직접 프레이즈의 '왕'이었던 메르에게 물어보러 갔다.

"가능성은 낮아 보여요. 만약 이 세계에 프레이즈가 나타난다면, 프레이즈가 내뿜는 '향명음(響命音)'을 우리가 놓칠 리가 없으니까요."

"그래도 결계에 막히면 들리지 않기도 하지?"

그럴 일은 거의 없지만, 크고 강력한 결계가 펼쳐진다면…… 이를테면 어딘가의 왕성에 출현한다면 알 수 없잖아?

"그건 너무 무리한 가정이 아닐까요?"

"나도 뭐, 그렇게는 생각하지만……."

메르가 '무슨 말이야?'라고 하듯이 바라봐서, 나도 역시 너무 무리한 가정이 아닐까 하고 생각을 재고했다.

그런 곳에 프레이즈가 나타나면 대소동이 벌어질 테니까.

"가사(假死) 상태라면 '향명음'이 나지 않으니 알 수 없지만
요."

그건 마력을 다 써서 봉인된 상태나 마찬가지인 거지? 우리가
벨파스트의 유적에서 처음 발견한 귀뚜라미형 프레이즈처럼.

그 프레이즈는 5000년 전, 아니지 1000년 전이었나. 1000
년 전에 벨파스트에 출현했다가 살아남은 프레이즈였다.

정확하게는 1000년 전에 '붉은 민족' 아르카나족(族)이 프
레이즈가 얼마나 무시무시했는지를 알리기 위해 후세에 남긴
개체였다.

만약 그런 상태라면 메르를 포함한 세 사람도 감지할 수 없
겠지만, 자드니아에서 목격된 달팽이는 움직이고 있었다고
하니······.

내가 팔짱을 낀 채 으~음 하고 소리 내며 생각에 빠지자, 메
르가 무언가 떠올랐다는 듯이 말했다.

"아, 하나 더 가능성이 있긴 한데요."

"호오. 뭔데?"

"'만들어진' 프레이즈라면 '향명음'을 내지 않아요."

만들어져? 그게 무슨 말이야? 프레이즈는 분명 단독으로 아
이(다음 세대의 핵)를 낳는다고 했지? 그런데 지배종만은 남녀
가 융합한 핵을 만들어 낼 수 있다고 예전에 엔데한테 들었다.

"아. 【프리즈마티스의 의식】으로 만든 결정수(結晶獸) 말이
야?"

쿠온과 싸운 그 수정 키메라 같은 녀석. 내 말을 듣고 메르의 옆에 있던 네이가 작게 고개를 가로저었다.

"그것도 만들어지긴 만들어진 것이지만 우리 지배종이 아니면 창출해 낼 수 없고, '핵'이 없으니 엄밀한 의미에서는 프레이즈가 아니야. 만들어 낸 지배종의 명령밖에 듣지 않으니 병사로서는 크게 도움이 되지도 않지."

"결정수가 아니라 지배종의 힘을 사용하지 않고 프레이즈의 핵을 인공적으로 양산해, 프레이즈와는 전혀 다른 결정 진화를 한 병사를 만든다는 계획을 세웠던 적이 있어요. 제가 아는 한 성공하지 못했지만요."

잘 이해는 안 되지만, 프레이즈가 아닌 뭔가를 만들어 내려고 했던 적이 있다는 건가? 그래서 '향명음'이 안 난다?

"이게 관계가 있을지는 모르지만, 결정계^{프레이지아}에서 그 계획을 주도했던 사람은 그 유라였어요."

"그 유라가……."

프레이즈를 사신에게 팔아넘겨 메르의 힘을, 그리고 이 세계를 손에 넣으려 했던 지배종.

내 눈엔 사신에게 속아 넘어간 어리석은 남자로밖에 보이지 않았지만, 결정계에서는 천재라 불렸다고 하니까.

그 유라가 남긴 무언가일 가능성도 있다는 말인가.

목격된 개체가 그 인공 프레이즈라면 '향명음'이 들리지 않는 상황을 설명할 수 있지만, 내 검색 마법으로도 찾을 수 없는 이유는 뭐지? 내 검색 마법은 겉모습이 프레이즈랑 비슷하면 그걸 프레이즈라고 판단할 텐데.

모르는 일투성이라 속이 갑갑하다.

"인공 프레이즈…… 결정계에서는 쿼스라고 불렀는데, 제가 결정계를 떠난 이후에 그 계획이 어떻게 되었는지는 알 수 없어요. 유라가 완성시켰는지 어떤지도……."

말끝을 흐리는 메르의 말을 이어서 네이가 계속 말했다.

"그 계획은 분명 좌절되었습니다. 메르 님이 사라지신 후, 유라의 연구는 세계를 건너는 방법을 찾는 방향으로 옮겨 갔으니까요."

그랬구나. 인공 프레이즈…… 쿼스라고 했던가? 그 양산 계획은 중단되었다라.

"유라 자신도 그 계획에서 완전히 손을 뗐을 것이다. 만약 그 계획이 완성되었다면, 이 세계는 더욱 심한 손해를 입었겠지."

네이가 불길한 소리를 꺼냈다. 5000년 전, 1000년 전, 그리고 이번까지. 날뛰고 싶은 만큼 다 날뛰었으면서 무슨 소린지.

검색 마법에 걸리지 않았다는 점을 고려하면 역시 얼음 마수를 보고 착각했다고 생각할 수밖에 없었다.

'콜드 스네일'로 검색하니 자드니아의 극한 지방에 상당한 수가 확인되고 있기도 하고. 크기는 거수화가 되려는 개체였다는 식으로 설명할 수 있다.

지금은 이 이상 고민해 봐도 정확한 대답이 나오지 않으니,

당분간은 결론을 뒤로 미뤄두는 수밖에 없다. 찝찝한 기분을 떨칠 수 없다는 문제가 있지만.

"그런데 토야 씨. 아리스의 숙녀 교육은 어떻게 되어 가고 있나요?"

"응? 아, 우리 아내들 이야기로는 이해력이 무척 좋대. 댄스, 매너, 일반교양에 이르기까지 가르쳐 주는 대로 다 흡수해 버리니 가르쳐 주는 사람도 보람이 있다나 봐."

"그럼그럼, 당연하다! 당연한 일 아니겠나. 아리스는 우리의 딸이니까!"

내 말을 듣고 네이가 마치 자기 일처럼 가슴을 펴며 말했다. 네이도 많이 변했어. 예전에는 나이프처럼 닿으면 베일 듯한 살기를 두른 살벌한 사람이었는데. 어린이의 힘은 위대해.

"그 아이는 한 번 한다고 결정하면, 목적을 위해 똑바로 돌진하는 성격이에요. 다른 일에는 전혀 신경을 쓰지 않을 만큼, 시야가 좁아진다는 난점이 있긴 하지만요."

"결정계도 '왕'의 지위도 버리고, 엔데뮤온이랑 함께 내달렸던 메르 님이랑 똑같아."

"아니?! 리세도 참! 그렇게 말하면 제가 뭐가 되나요."

지금까지 아무 말 없던 리세가 그렇게 딴죽을 걸자 메르의 얼굴이 새빨갛게 달아올랐다. 정말 닮긴 닮았네. 일단 하겠다고 한다면 하는 성격. 이 모녀는 그런 한결같은 성격이다.

"하지만 요즘 들어 매일 공부만 해서 그런지 아리스는 기운이 없어."

"음, 그건 그렇군. 어제는 카레를 두 그릇밖에 안 먹었으니까. 정신적으로도 지쳐 있을지도 몰라."

리세에게 맞장구를 치며 네이가 고개를 작게 끄덕였다.

응? 카레? 그건 어제 낮에 우리 집에서 카레를 먹어서 그런 게 아닐까? 집에 돌아가 또 똑같은 음식을 먹는다면 나도 좀 먹기가 부담스러울지도 모른다. 어제 점심은 좀 늦게 먹기도 했고. 그래도 두 그릇이나 먹다니 대단하지만.

메르도 손을 뺨에 대고 곤란한 듯한 표정을 지었다.

"기분 전환이라도 하면 좋을 텐데요."

"얼마 전에 바다에 간 것처럼? 맞아, 그때는 사신의 사도가 나타나 일만 귀찮아졌었던가."

"그건 그거대로 즐거웠어요. 엔데뮤온은 축 늘어졌지만요."

엔데도 신마독(저농도)의 영향을 받았으니까. 아리스는 마음껏 용기사(드라군)를 조종했으니 틀림없이 만족스러웠겠지.

역시 숙녀처럼 행동하기보다는 힘차게 이리저리 뛰어다녀야 더 아리스답다.

왕비가 된다면 숙녀 교육은 필수지만, 그렇다고 아리스의 성격까지 바꾸길 원하는 건 아니었다. 공사를 확실히 구분할 수 있게 되길 바랄 뿐이다.

작게 한숨을 내쉰 네이가 나를 슬쩍 노려보았다.

"이럴 때야말로 약혼자인 네 아들이 아리스를 위로해야 하는 게 아닌가? 선물을 보낸다든가."

어이쿠. 비난의 화살이 약혼자의 아빠인 나한테 날아들었다. 쿠온은 잘 배려해 주는 편일 텐데. '그 배려심은 토야에게서 찾아볼 수 없는 모습이네.' 라고 스우한테 한마디 들었을 정도다. 아빠가 잘난 아들을 둬서 어깨가 으쓱한다고 할지, 주눅이 든다고 할지…….

그런데 아리스가 기운이 없단 말이지? 하긴, 단기간에 너무 많은 공부를 했으니까. 얼마 전에 파티에서는 댄스도 멋지게 선보였으니, 뭔가 상을 줘도 괜찮겠어.

아리스가 좋아할 만한 선물……. 쿠온을 하루 동안 빌릴 수 있는 권리라든가? 아니지. 아들을 대여하다니 그건 좀 그러네.

"아리스한테 만약 선물을 준다면, 뭘 줘야 기뻐해 줄까?"

"쿠온을 하루 동안 대여해 주면 아리스는 기뻐해."

"그거 빼고."

리세가 의기양양하게 대답했지만, 그건 이미 머릿속에서 제외한 참이다.

"아리스가 좋아할 선물이라. 달콤한 과자는 좋아한다만."

"달콤한 과자라……."

네이의 제안도 나쁘지 않지만, 너무 안이한 선물 같기도 하다.

더구나 숙녀 교육 레슨이 오후까지 계속되는 날에는 성에서 간식도 내주니, 새삼스럽게 그런 선물을 주기도 좀 꺼려진다.

"옷은 어때?"

"음, 이번 파티에 입으라고 드레스를 막 사준 참이라……."

쿠온의 약혼자라서는 아니지만, 이번 파티에 아리스가 입은 드레스와 구두는 내 용돈으로 마련했다.

기념으로 드레스는 아리스에게 증정했으니, 그게 선물이라고 할 수도 있겠지만…….

"참, 뭘 주면 될지. 어렵네……."

"정 그러면 본인에게 직접 물어보면 되지 않나."

"아."

툭 내던진 네이의 말을 듣고 나는 바로 그게 좋겠다고 생각했다.

무심코 서프라이즈 선물을 떠올렸지만, 역시 본인한테 물어보는 게 제일 좋은 방법이다.

가지고 싶은 것, 하고 싶은 것, 가고 싶은 곳 등, 무언가 희망이 있겠지. 가능한지 불가능한지는 물어본 다음에 고려하면 그만이다.

응. 그렇게 결정했으니 직접 본인한테 물어보러 가 볼까.

"선물?"

"응. 가지고 싶은 물건이나, 하고 싶은 일 없어?"

성에서 오늘 레슨을 끝내고 마중 나온 엔데와 함께 있던 아리스에게 나는 직접 뭘 원하느냐고 물었다.

"쿠온을."

"쿠온을 하루 동안 빌려 달라는 것 빼고."

아리스의 말을 미리 차단하자, 아리스가 불만스럽다는 듯이 미간을 찌푸렸다.

같이 데이트를 한다거나 그것 자체는 상관없지만 내가 선물이라며 쿠온한테 명령하다니 그건 안 될 말이지.

"전 괜찮은데요……."

"아니. 그건 또 별개니까."

나는 옆에 있던 쿠온에게 딱 잘라서 못을 박아 두었다.

쿠온이 허락해 자신의 의지로 아리스와 데이트한다고 해도, 그건 내가 주는 선물이 아니다. 그건 쿠온이 주는 선물이다. 그건 쿠온이 알아서 내키는 대로 하면 그만이다.

으~음……. 고개를 갸웃하며 생각하던 아리스가 이윽고 '아.' 하고 뭔가가 떠올랐는지 가볍게 손뼉을 쳤다. 어? 뭔데?

"있잖아, 타케루 님한테 무술 배우고 싶은데."

"아니?! 아리스! 목숨을 가볍게 여겨선 안 돼!"

아리스의 말을 들은 순간, 타케루 삼촌의 제자인 엔데가 소스라치게 놀랐다. 야, 너 대체 타케루 삼촌한테 진짜 무슨 일을 당했길래 그러냐.

아무리 타케루 삼촌이라도 죽을 수도 있는 일은 시키지 않을 텐데. 죽기 일보 직전까지는 가게 될지도 모르지만.

무신(武神)인 타케루 삼촌은 검의 신인 모로하 누나와 마찬가지로, 강함의 기준이 워낙 이상하니까. 그 사람들의 '조금'이란 상상을 초월한 수준이다.

"미래에선 배우지 못했나 보네?"

"타케루 님은 수행을 떠나곤 해서 브륀힐드에는 거의 없었고, 아빠가 이렇게 말려서 배울 기회가 없었어."

그거야……. 그 사람은 훌쩍 어딘가로 떠나곤 하니까. 그래 놓고 어느새 돌아와 있곤 한다. 얼마 전엔 라제 무왕국에 갔었다는 모양이다.

그 나라는 무예를 숭상하는 나라이니 뇌까지 근육인 사람들이…… 어흠, 실력이 강한 사람이 많고, 그 덕분에 유파도 매우 다양하다.

타케루 삼촌은 희귀한 격투술을 보고 싶어서 도장 깨기 같은 짓을 하고 있는 듯했다. 남의 나라에 피해를 주는 행동은 자제해 줬으면 하는데…….

라제 무왕 폐하는 정정당당하게 싸워서 나온 결과라면 남이 뭐라고 할 일은 아니라고 말해 주긴 했지만.

타케루 삼촌이라면 마침 돌아온 참일 테니, 아리스를 부탁하는 일 자체는 어렵지 않은데…….

힐끔. 엔데를 슬쩍 바라보니 '안 돼! 그만둬!'라고 말하듯 고개를 무진장 빠르게 좌우로 흔들었다.

그 마음은 잘 알아. 이건 아리스에게 상으로 선물을 주려는 거니, 가혹한 수행을 하는 무신에게 보내는 행동이 과연 선물이 될지 나로서는 알기 힘들지만…….

"제자로 들어가겠다는 말은 아니지?"

"응. 예전에는 그러고 싶었는데, 나한테는 해야 할 일이 있으니까."

해야 할 일이란 이 나라의 왕비가 되기 위한 교육을 받는 거겠지. 이렇게까지 우리 나라, 정확히는 우리 아들만 한결같이 바라봐 주는 아이잖아? 난 거절할 수 없어.

제자로 들어가지 않는다면, 타케루 삼촌도 아주 가혹한 수행은 안 시키지 않을까? 실제로 우리 나라의 기사단 사람들도 가끔 한 수 배우고 있는 상황이고.

그렇다면 문제는 아빠인 엔데구나. 얘를 어떻게든 구워삶아야 하는데…….

"음~. 타케루 삼촌에게 배우기에는 아리스의 실력이 아직 모자라지 않을까?"

내가 그렇게 말하자 아리스가 살짝 삐친 표정을 지었고, 반대로 엔데는 맞는 말이야! 라고 하듯이 크게 고개를 끄덕였다.

"그러니까 엔데랑 타케루 삼촌이 싸우는 모습을 견학해 보면 어떨까? 보고 기술을 훔치는 것도 일종의 수행이라고 보는데."

"윽! 뭐, 뭐라고?!"

크게 고개를 끄덕이던 엔데가 얼굴이 새파랗게 질려선 눈을 번쩍 뜨고 나를 돌아보았다. 그야 당연한가. 딸 앞에서 흠씬 맞게 될 게 뻔하니까.

"자, 자자, 잠깐만 토야. 난 좀 아니라고 보는데?! 너, 너무 수준이 높은 전투를 보면 자신감을 잃을지도 모르잖아? 자신의 실력에 맞지 않는 생각을 하게 되면 오히려 성장에 방해가 될지도 몰라. 역시 차근차근 훈련을 쌓아가야 하지 않을까?!"

"그렇구나. 그럼 역시 타케루 삼촌한테 정식으로 꼼꼼하게 배워야 더 효과적이겠네?"

"그러네! 앗, 아니! 그것도 좀……!"

엔데가 우물쭈물 말을 흐렸지만 이미 늦었다. 언질은 받아 냈다.

"좋아, 아리스. 타케루 삼촌한테 부탁하러 갈까?"

"응! 야호!"

"크으윽……!"

오만상을 지은 엔데를 남겨두고, 우리는 타케루 삼촌이 있는 훈련장으로 걸음을 옮겼다.

"물론 상관없다. 오늘은 마침 기사단 훈련용으로 재미있는 걸 사용하려던 참이었지. 그 사이라면 아리스 양의 상대를 해 줄 수 있다."

훈련장에 있던 타케루 삼촌은 내가 일의 자초지종을 설명하 자, 선뜻 받아들여 주었다.

그런데 기사단 훈련용으로 재미있는 걸 사용해? 왠지 불길 한 분위기가 풍겨 오는데?

기사단 사람들도 왠지 분위기가 우중충하다.

보통 기사단의 검을 사용한 훈련은 모로하 누나가 담당하지 만, 체력 강화 및 격투술은 타케루 삼촌이 가르친다.

다만 타케루 삼촌은 마음이 내킬 때만 나타나 가르쳐 주는 돌발적인 훈련이다.

기사에게 격투술이 필요한가 하면, 의외로 무시할 수가 없 는 요소다.

마을을 돌아다니다 보면, 상대를 다치지 않게 무력화해야만 하는 상황이 꽤 많다. 주정꾼들끼리의 싸움이라든가.

그리고 만약을 대비해 무기가 없는 상황에서도 싸울 방법을 익혀둬야 한다. 그런 점도 고려해서 타케루 삼촌에게 임시 강 사를 부탁하고 있다.

그런데, 훈련 방법이 무척 개성적이라는 소문이…….

"오늘 훈련은 이걸 사용할 생각이다."

타케루 삼촌이 수납 마법으로 훈련장에 꺼낸 그것을 보고,

그 자리에 있던 사람들이 모두 얼어붙었다.

사자의 몸통에 전갈 꼬리, 박쥐의 날개에 원숭이 얼굴이 달린 마수가 몇 마리나 검은 쇠사슬로 지면에 묶여 있었다.

마수는 크게 입을 벌리고 무언가를 소리치려고 했지만, 입에는 입마개 같은 물건이 채워져 있어서 으르렁거리는 소리만이 틈새로 흘러나올 뿐이었다.

"타케루 삼촌, 이건……."

"만티코어다. 라제 무왕국에서 날뛰고 있어 포획해 왔지. 제법 힘도 세고, 불도 뿜고, 마법도 사용하는 성가신 마수야. 그에 더해 이놈은 인육을 즐겨 먹는 식인종이다."

'헉?!' 하고 기사단 사람들이 비명을 질렀다. 이봐요, 우리 성에 식인 마수를 가지고 오면 안 되죠!!

술렁이는 기사단 사람들을 무시한 채 타케루 삼촌은 작은 돌을 줍더니, 툭, 툭, 하고 손가락으로 돌을 튀겨 만티코어의 날개 뼈를 양쪽 모두 부러뜨렸다.

"일단 날지 못하게 만들어 두마. 토야, 훈련장을 【프리즌】으로 둘러싸라. 만티코어만 못 나가게 만들어."

나는 하라는 대로 【프리즌】으로 훈련장을 둘러쌌다.

만티코어 이외에는 자유롭게 드나들 수 있으니, 위험해지면 밖으로 도망치면 된다.

지금 훈련장에 있는 기사의 수는 30명 정도지만 괜찮을까?

【프리즌】 안에 30명 정도의 기사와 쇠사슬로 묶인 만티코어

만이 남겨졌다.

"이번엔 무기를 사용해도 된다. 어디 보자, 시간은 20분을 주마. 20분 내로 제압하도록."

'어?'

시간제한이 있다고요?! 기사들 모두가 그런 반응을 보이며 잠시 시선을 돌린 순간, 만티코어의 쇠사슬과 입마개가 콰직, 하고 부서지더니 사라졌다.

《크아아아아아아!!》

"으아아아악?! 이, 이쪽으로 온다?!"

"대열을 정비해라! 방패로 막아라."

"불을 뿜었다! 무서워!"

만티코어 상대로 기사단은 간신히 힘을 합쳐 대항했다. 이무신님의 훈련은 여전히 너무나도 스파르타식이다.

"재미있겠다……."

"아니, 재미없거든. 재미 하나도 없어!"

【프리즌】 안을 들여다보며 아리스가 중얼거린 소리를 듣고 나는 무심코 그렇게 딴지를 걸고 말았다. 비명을 지르며 도망치는 기사단이 보이는데, 어떻게 그런 말을 할 수 있는지 참.

"그럼 기사단이 만티코어를 해치울 때까지 아리스 양의 훈련을 해 볼까. 먼저 대련부터 해도 되나?"

"네! 잘 부탁드립니다!"

눈을 반짝이며 대답하는 아리스와는 반대로 새파랗게 질린 얼굴로 어쩔 줄을 몰라 하는 엔데.

괜찮다니까. 저래 봬도 타케루 삼촌은 여자아이한테는 다정하고 배려도 잘 해주는 신이라더라고. 에르제도 엄격하다고는 말하지만, 무섭다는 소린 안 했으니까.

"이야아아아아아아아압!!"

처음엔 가볍게 상대를 할 줄 알았는데, 처음부터 온 힘을 다해 타케루 삼촌에게 달려드는 아리스. 타케루 삼촌은 당황하지도 않고 그 공격을 즐거운 표정으로 받아넘겼다.

글쎄, 정말 이게 위로의 선물이라 할 수 있을까.

"즐거워 보이네요."

"그야, 그렇긴 하네."

쿠온의 말대로 아리스는 무척 즐거워 보였다. 정말 이런 선물이라도 괜찮은 건가?

"요즘 기운이 별로 없었으니, 좋은 기분 전환이 되리라 봐요. 감사합니다, 아버지."

쿠온한테 고맙다는 말까지 들어 버렸다. 본인이 좋다면 된 건가?

하지만 아리스가 타케루 삼촌에게 맞아 날아갈 때마다, 나는 뛰쳐나가려는 엔데의 어깻죽지를 붙잡고 말려야만 하는 처지가 되었다.

왜 내가 이렇게 힘든 일을 해야 하는지. 괜히 우울한 기분이 들잖아.

◇ ◇ ◇

"어떤가요? 이게 수중전용 프레임 기어, '해기병^{네레이드}'이에요!"

쿤이 마치 자신이 만든 물건이라도 되는 양, 등 뒤의 해변에 서 있는 신형기 앞에서 의기양양한 표정을 지었다.

수중전용이라고 했지만, 다리가 있으니 수중전뿐만 아니라 지상에서의 전투도 가능할 듯했다. 그렇다면 수륙양용?

눈앞에 있는 옥색 기체는 등에 커다란 하이드로 제트 같은 추진기를 장비했고, 양팔에는 슬라이드식의 손톱 네 개를 장비하고 있었다.

물속에서 무기를 떨어뜨리면 더는 회수해서 싸우기가 불가능에 가까워서, 아예 처음부터 팔에다도 장착해 두기로 했다는 모양이었다.

전체적으로 둥그스름한 커브를 그리고 있는데, 역시 물속에서 움직이기 쉬운 유선형을 의식한 설계여서 그럴까?

"물속에서도 빠르게 움직일 수 있는 기동성과 높은 공격력을 갖췄어요. 어깨에는 8연속 미사일 포드, 다리에는 4연장 어뢰를 장비해 장거리에도 대응할 수 있어요. 메인 무기는 창이지만 팔에 장착된 어비스 클로는 정제로 만들어 쉽게 적의 장갑을 절단할 수 있고…….”

“그래그래, 굉장한 기체라는 건 알겠으니 일단은 한번 움직여 보렴.”

“우우! 어머니는 개발자의 설명을 듣는 단 한 번뿐인 중요한 이벤트를 그냥 생략해 버릴 셈이시군요?!”

자랑스럽게 설명하던 중에 린이 그 말을 중간에 툭 끊어 버리자 쿤이 발끈했다. 그런데 개발자는 네가 아니라 박사네잖아?

쿤도 옆에서 열심히 도와주었다는 모양이니, 자랑하고픈 그 마음을 모르진 않는다.

“그래서? 누가 타는데?”

“아버지, 스테프가 타고 싶어!”

처억, 제일 먼저 손을 든 사람은 가장 어린 스테프였다. 음~. 스테프라……. 괜찮을까? 오르트린데 오버로드도 잘 조종했으니, 조종 자체는 문제없을지도 모르지만.

“이거 탈출 시스템은 잘 작동되지?”

“괜찮아. 만에 하나 침수되더라도 물에 잠기기 전에 콕핏 내의 결계가 작동하고, 이어서 전이 마법이 발동돼 탈출할 수 있도록 2중의 안전장치가 마련되어 있으니까. 전이하는 장소는 바르 아르부스의 전송실이야.”

내 의문에 바빌론 박사가 대답했다. 그렇구나. 그 정도라면 괜찮을까?

내가 허가하자 스테프는 던전섬 해변에 서 있는 해기병(네레이드)에 재빨리 올라탔다. 그리고 스테프를 따르는 '금색' 왕관 골드도 같이 올라탔다. 탈 필요 있어? 스테프랑 골드는 둘 다 작으니 콕핏에 충분한 여유는 있겠지만.

조작은 프레임 기어와 크게 다르지 않지만, 유일하게 다른 점은 수중에서 이동할 수 있다는 점이었다.

하늘을 나는 것처럼 전후좌우에 더해, 상하 움직임도 추가되었다. 3차원적인 움직임이 필요한 셈이다.

스테프도 비행 유닛 장비가 탑재된 프레임 기어를 조종해 본 경험은 있는 듯, 해기병(네레이드)의 조종법을 금방 익혔다.

《그럼, 출발합니다!》

그 말과 함께 스테프가 탄 해기병(네레이드)이 해변에서 앞바다를 향해 걸었다. 점점 기체가 가라앉았고, 이윽고 머리도 쏙 바닷속으로 사라졌다.

"괜찮을까 모르겠구먼."

어머니인 스우가 해기병(네레이드)이 사라진 바다를 보면서 걱정스러운 듯이 중얼거렸다.

나는 스마트폰을 기동해 해기병(네레이드)을 추적하는 동그란 탐사기가 촬영한 영상을 공중에 투영했다.

스테프가 탄 해기병(네레이드)은 아직 얕은 해저를 성큼성큼 걷는 중이었다. 당장은 특별히 문제는 없어 보였다.

이윽고 익숙해졌는지 해기병(네레이드)이 해저를 가볍게 뛰기 시작했다. 마치 천천히 흥겹게 걷는 것처럼 작게 점프하면서 해저를 나아간다.

잠시 후, 충분한 깊이에 도달했다고 판단했는지 해저에서 크게 점프한 해기병이 곧장 등에 있는 하이드로 제트를 사용해 물속을 나아가기 시작했다.

"속도가 무척 빠르군요."

야에의 말대로, 화면 속의 해기병은 종횡무진 바닷속을 이동했다.

움직임은 엉망이지만 저건 움직이는 방법을 테스트하고 있어서 그런 거겠지? 폭주는 아닌 거지?

몸의 각 부분에 장치된 추진기를 사용해 물속에서 자세를 원활히 유지하고 있는 듯했다. 움직임이 상당히 빠르다.

"물속이라면 우리의 전용기라도 애를 먹을지도 몰라요."

린제가 그렇게 말했지만 정말 그럴까?

린이나 유미나라면 장거리에서 상대를 제압할 수 있고, 야에나 힐다라면 접근하자마자 일도양단을 해 버릴 듯한데.

《어? 아버지. 앞에 큰 마수가 있는데 잡아도 돼?》

"큰 마수?"

둥근 탐사기의 시점을 앞으로 옮기자, 스테프를 향해 헤엄쳐 오는 생물이 작게 보였다.

저건 뭐지? 돌고래 같은 몸통에 개 같은 머리, 그리고 물고기의 꼬리지느러미를 지닌 마수.

바다표범을 흉악하게 변화시키면 저런 모습이 되지 않을까? 크기는 해기병의 두 배 정도…… 30미터는 되겠네.

"케토스야. 성질이 거친 마수로, 바다 위의 배를 습격하고 그 선원을 즐겨 먹는다고 들었어."

린의 설명을 듣는 사이에도 그 케토스라고 하는 마수는 해기병을 향해 계속 접근하고 있었다.

던점섬 주변에는 내가 소환한 크라켄이 초계 활동을 하고 있을 텐데, 그 틈새를 뚫고 온 건가?

배를 습격하는 마수라면 해치워야 할 듯한데 과연 가능할까?

"저 크기의 케토스라면 해기병으로 충분히 상대가 가능하겠지. 난 그렇게 약하게 만들지 않았거든."

박사가 이렇게 자신감을 내뿜고 있으니 괜찮으려나? 아냐, 약간 불안해.

《에잇!》

그런 생각을 하는 사이에 스테프가 조종하는 해기병은 어깨를 활짝 열어 미사일을 몇 발 발사했다.

지지 않겠다는 듯 케토스도 입에서 소용돌이 같은 브레스를 뿜어서 자신에게 다가오는 미사일을 휩쓸며 크게 빗나가도록 만들었다.

기세를 유지하며 다가온 소용돌이 브레스는 해기병이 재빠른 움직임으로 깔끔하게 피했다.

케토스가 두 발, 세 발, 계속해서 브레스를 내뿜었지만, 물속에서 물고기처럼 움직이는 해기병^{네레이드}을 맞히지는 못했다. 스테프도 조종법이 꽤 익숙해진 듯했다.

《이번엔 내가 공격하겠어!》

팔에 장착된 네 개의 정제 발톱이 미끄러져 앞으로 이동, 주먹 앞에 고정되었다. 마치 미국 만화에 나오는 히어로 같은 걸? 아냐, 그 캐릭터는 발톱이 세 개였나?

스테프가 조종하는 해기병^{네레이드}은 케토스가 날린 소용돌이 브레스를 회전하면서 피하더니 순식간에 상대의 코앞까지 접근했다.

《얍!》

오른팔의 발톱 네 개가 케토스의 목을 노리고 번뜩였다. 그것만으로도 케토스의 바다표범 같은 목이 일도(사도?)양단되고 말았다.

주변 바다에 피를 흩뿌리며 쓰러진 케토스는 머리와 몸통이 분리되어 해저로 가라앉았다.

"아아, 귀중한 소재가 아깝게……!"

쿤이 그렇게 중얼거리고는 나를 힐끔 바라보았다. 가지러 가라고? 바다 밑바닥까지 가지러 내려가는 일만큼은 제발 시키지 말아 줬으면 하는데.

"무척 성능이 뛰어나네요. 우리의 전용기^{발큐리아}도 저 정도 성능을 내나요?"

"너희의 기체는 추가 장비를 장착하는 형태가 될 테니, 아무래도 성능이 약간 떨어질 수밖에 없어. 그래도 대적하는 키클롭스에게는 지지 않겠지만."

루의 질문을 듣고 화면을 보면서 박사가 대답했다.

포획한 키클롭스에는 물속에서 활동 가능한 기술이 가득 탑재되어 있었다.

박사와 연구소 멤버들은 그걸 표절…… 참고하여 더욱 성능 좋게 개량에 개량을 거듭했다고 한다.

그 공정으로 키클롭스를 분석하면 할수록, '재생 여왕'이라 불리는 에르카 기사나 '교수'와 마찬가지로, 5대 마이스터의 한 명인 '지휘자'의 그림자가 언뜻언뜻 엿보였다고 들었다.

그렇다면 역시 상대편에 그 '지휘자'가 있을 가능성이 크겠구나. 직접 나서서 협력하는 건지, 아니면 싫어도 협력할 수밖에 없는 건지, 그것도 아니면 '사신의 사도' 중 한 명인지는 알 수 없지만.

"해기병의 신마독(저농도) 대책은?"

"해기병은 에테르뤼퀴드 이외에 정령로(精靈爐)도 탑재하고 있어. 바다의 소정령(小精靈)의 힘을 빌려 그 힘을 증폭해 동력원으로 사용하지. 그래도 신마독(저농도)의 영향은 받지만, 40% 하락에서 10% 하락까지 억제하는 데는 성공했어."

내가 질문하자 박사가 부루퉁한 표정을 지으며 불만스럽다는 듯 설명해 주었다. 10% 하락까지 개선했지만, 박사로서는 만족하기 힘든 성과일지도 모른다.

"전용기는 여전히 40% 하락인 상황이야?"

"전부 정령로로 바꿀 수는 없으니까. 에테르리퀴드로 낼 수 있는 출력을 조금 올렸어. 이건 30% 하락까지는 억제할 수 있을 거야."

40% 하락에서 30% 하락이 됐구나. 10%의 지표 차이를 만들어 낸 것만 해도 굉장한 일이겠지.

"우리는 이렇게 됐는데, 너희는 괜찮아? 네 아내들의 신마독(저농도) 대책은 어때?"

"그걸 물어봐 주길 기다리고 있었어요!"

"으악?! 깜짝이야!"

박사의 말을 듣고 등 뒤에 있던 린제가 큰 목소리로 말하며 나섰다. 놀라서 무심코 몸을 잔뜩 움츠렸어.

"성목(聖木)에서 섬유를 추출해, '연금동'의 플로라 씨와 '공방'의 로제타의 협력을 얻어, 신마독(저농도)을 막는 천을 만들었어요!"

오오, 완성했구나? 그 이야기를 들었을 때는 가능할지 어떨지 확신할 수 없었는데.

린제가 스마트폰의 【스토리지】에서 옷 한 벌을 꺼냈다. 회색의 부드러워 보이는 직물이었다.

군데군데 프로텍터로 보이는 부분이 있어, 파일럿 슈트처럼 보이기도 했다. 헬멧까지 있구나. 풀페이스의 투명한 실드가 달려 있는 헬멧이었다. 이거 혹시 정재로 만들었어?

헬멧의 후두부는 살짝 튀어나와 완만한 라인을 그리고 있었다.

"이 헬멧의 내부에는 성목의 천이 붙어 있어 필터 역할을 해요. 바람 마법을 부여해서 숨쉬기 답답하지도 않고, 내부에 김이 서리지도 않아요."

"와……. 완벽 방비네."

거의 우주복 수준의 장비지만, 이 정도는 필요한가?

박사가 슈트를 들고 직물을 쭉쭉 잡아당겨 보았다.

"여기에 탄성 부여와 자수 마법이 부여되어 있지? 특수 효과가 있는 건가?"

"아시겠나요? 입는 사람에 따라 사이즈가 자동으로 맞춰져요. 야에 씨랑 스우, 두 사람이 한번 입어 보실래요?"

"네?! 소인 말입니까?!"

"호오, 재미있어 보이는구먼."

두 사람이 대조적인 반응을 보이든 말든 린제는 스마트폰의 【스토리지】에서 간이형 탈의실 두 개를 꺼냈다. 여기서 갈아입으라고?

여기에 있는 남자는 나랑 쿠온밖에 없으니, 굳이 민감하게 생각하지 않아도 되겠지만…….

린제가 무작정 야에를 쭉쭉 탈의실로 밀어 넣었다.

린네가 온 뒤로 린제도 성격이 좀 바뀐 듯하단 말이야. 여전히 소극적인 면이 있긴 하지만, 자신감이 붙었다고 해야 할지 뭐라고 해야 할지. 어머니 특유의 강인함이 싹텄다고 보면 되나?

"앗, 속옷도 벗어 주세요. 안 벗으면 효과가 약해지니까요."

""어?!""

닫힌 탈의실 안에서 깜짝 놀라는 목소리가 들렸지만 나는 굳이 못 들은 척을 했다. 아무리 부부라도 세심한 배려는 필요한 법이니까.

잠시 후, 해저에서 스테프가 탄 해기병^{네레이드}이 해변으로 귀환했다.

그와 동시에 피팅실이 열리고, 파일럿 슈트를 입은 스우가 모습을 드러냈다.

"생각보다 움직이기 쉬우이. 이 갑옷 부분도 방해되지 않고."

스우는 프로텍터 부분을 가볍게 두드리면서 자신의 감상을 말했다.

음~. 전형적인 파일럿 슈트야. 슈트는 몸집이 작은 스우의 몸에 딱 밀착했다.

밀착했다곤 해도 어깨, 가슴, 팔, 허리 주변, 발목 등에 프로텍터가 있어 몸의 라인이 훤히 드러날 정도는 아니었다.

"헬멧도 써 보지?"

"그럼세. 이러면 되는 겐가? 오?"

스우가 회색 헬멧을 쓰자 뒤로 뻗어 있던 스우의 긴 금발이 곧장 헬멧 안으로 스르륵 빨려 들어갔다. 머리카락까지 자동으로 수납하는구나? 후두부가 살짝 튀어나와 있었는데 이걸 위해서였나?

"목소리는 잘 들려?"

"그래, 문제없네. 숨이 막히지도 않아."

스우가 헬멧의 실드를 내린 채 대답했다. 괜찮은가 보다.

스우가 주변을 달리고 점프하면서 얼마나 움직이기 쉬운지를 확인했다.

해기병에서 내려온 스테프도 어머니의 모습을 흥미진진하다는 듯이 바라보며 파일럿 슈트를 찰딱찰딱 만졌다.

야에는 무슨 일일까? 옷을 갈아입는 데 애를 먹는 중인가?

그런 생각에 야에가 들어간 탈의실 쪽을 돌아보니, 야에가 문을 살짝 열고 얼굴만 빼꼼 내밀었다. 왠지 얼굴이 빨갰다.

"왜 그러고 있어?"

"이 옷 말입니다만……. 너무 찰싹 달라붙는 옷이 아닌지요?"

"참, 괜찮으니까 어서 나와 주세요."

"으아아, 리, 린제 님?!"

린제가 팔을 잡아당겨 밖으로 나온 야에를 보니 스우와 똑같은 회색 파일럿 슈트를 입은 모습이었다.

단지, 스우보다 몸의 라인이 훤히 드러나는 편이라고 할지, 군데군데 나오고 들어간 부분이 확실히 보인다고 할지…….

"린제. 자네, 야에와 비교하려고 일부러 날 지정한 게구먼?!"

"그건요……. 이만큼 신체 사이즈의 차이가 있어도 입을 수 있다고 알기 쉽게 설명하기 위해서요."

린제의 변명을 듣고 스우가 뾰로통하게 뺨을 부풀렸지만, 스테프 앞이라는 걸 깨달았는지 헛기침을 하고는 곧장 원래대로 돌아갔다.

"정말 몸의 라인이 많이 드러나네."

"하지만 남들 앞에 나설 일은 없고, 밖으로 나온다 해도 이 정도라면 크게 신경 쓸 일은 아니지 않을까요?"

"대수해의 부족 의상보다는 훨씬 나아 보여요."

부끄러워하는 야에를 둘러싸고 아내들이 사양도 하지 않고 뚫어져라 그 모습을 관찰했다.

바빌론 박사도 야에의 슈트 소재를 쓰다듬으면서 작게 고개를 끄덕였다.

"음…… 이건 쓸 만하겠는데? 에테르 라인을 이 소재로 방어하면 신마독(저농도)의 침입을 얼마간은 막을 수 있을지도 몰라. 전용기도 20% 하락까지 억제할 수 있을지도 모르고."

"진지한 표정으로 엉덩이를 쓰다듬는 짓은 그만두시면 안 되겠습니까?!"

더는 배겨낼 수 없었는지 야에도 리본을 풀고 헬멧을 쓰자, 스르륵, 하고 길고 검은 머리카락이 헬멧 안으로 쏙 들어갔다.

"헬멧 옆의 버튼을 누르면 내부를 외부에서는 볼 수 없게 실드가 불투명해져요. 팔에 있는 브레이슬릿을 사용하면 다양

한 색으로 변환할 수도 있고요.”

린제의 설명을 듣고 야에가 헬멧을 조작하자 투명했던 실드가 순식간에 검게 되어 야에의 얼굴을 볼 수 없게 되었다. 이렇게 되니 거의 정체불명의 전투원이나 마찬가지네.

“안에서는 밖이 보이지?”

“그래. 조금 어두워지긴 했다만, 잘 보이는구먼.”

마찬가지로 실드를 불투명하게 만든 스우에게 물어보니 문제없다는 대답이 돌아왔다. 선글라스처럼 눈이 부실 때 사용하는 건가?

야에가 팔찌에 있는 버튼을 삑삑 누를 때마다 회색이었던 슈트의 색이 헬멧까지 포함해 다양한 컬러로 변화되었다.

최종적으로 야에는 연보라색, 스우는 노란색의 자기만의 컬러를 선택했다. 응, 색을 바꿔도 부자연스럽진 않네. 얼굴이 안 보여서 잘 어울리는지는 알기 힘들지만.

“우와아! 어머니들, 너무 멋져!”

“응! 어머니, 정말 멋져! 전대 히어로 같아!”

그런 말을 하면서 린네와 스테프가 눈을 반짝거렸는데, 전대 히어로라면 그 전대 히어로 맞겠지?

혹시 미래에서 내가 특촬 드라마를 보여줬나?

“엄마, 엄마! 나도 이 옷 입고 싶어!”

“스테프도! 스테프도!”

너희는 신마독(저농도)의 영향을 받지 않으니 필요 없지 않아? 이 아이들은 일상적으로 입을까 봐 무섭다.

다른 아이들은 특별히 흥미가 있지 않은 듯했다. 프레이만큼은 왠지 흥미가 있는 모양이었지만, 저건 멋있어서라기보다는 파일럿 슈트가 방어구로서 어느 정도인가를 궁금해하는 모습에 가까워 보였다.

신마독(저농도)의 영향을 아내들이 받지 않게 되면 아이들도 전용기에 탈 이유가 없어지니, 만들어 봐야 코스프레 복장이상의 의미는 없는 만큼, 쿠온은 그러한 점을 잘 이해하고 있는 듯이 보였다.

전대 히어로란 보통은 남자아이들이 좋아하는 소재 같기도하지만, 우리 아들은 별로 뜨겁게 달아오르지 않았다.

이미 알고 있었던 일이었지만.

◇　◇　◇

심해에서 거대한 그림자가 천천히 이동했다. 심해에 사는물고기들은 그림자가 두려워 순식간에 사방으로 흩어지며 멀찍이 떨어졌다.

빛도 닿지 않는 바다 아래를 그 그림자는 천천히 이동했다. 이윽고 그 거대한 그림자는 해저의 한 지점에 정지하더니 주변에다 100개나 되는 작고 둥근 탐사기를 발사했다.

《V00에서 V99까지 발사 완료.》

거대한 그림자. 흰고래 모습을 한 오버 기어 바르 아르부스의 함교^{브리지}에서 '흰색' 왕관 일루미나티 아르부스는 몇 번째인가의 탐사를 시작했다.

모니터에 비치는 100개의 영상에서 수상한 것은 없는지 모두 다 확인해 보았다.

수상한 그림자, 기묘한 지형, 인공 침전물. 그러한 것을 발견한 둥근 탐사기에 자세히 분석하라고 지시를 내렸다.

그중의 하나에서 보이는 기묘한 모습을 아르부스는 놓치지 않았다.

《V21의 영상을 확대.》

100개의 영상 중 하나가 얼마간 확대되어 화면에 비쳤다. 그건 평범해 보이는 해저의 바위 표면이었다.

그러나 그 바위의 표면에는 커다란 단층이 있었는데, 그곳에는 썩둑 지면을 잘라낸 듯 균열이 나 있었다.

그 해저의 균열 안으로 둥근 탐사기가 굴러서 떨어져 내려갔다.

깊은 해저보다도 더욱 깊은 곳으로 내려간 둥근 탐사기의 카메라는 이윽고 무언가를 바르 아르부스의 모니터에 가득 촬영해 전송했다.

커다란 상자 모양의 선체에 수상한 빛의 라인이 뻗어 있었다. 그리고 선체의 좌우에는 추진기로 보이는 장치가 장착되어 있었다.

데이터와 일치한 그 물체를 포착한 아르부스는 탐사 모드에서 감시 모드로 이행했다.

《 '방주'^{아크}를 발견.》

◇ ◇ ◇

아르부스의 '방주' 발견 보고를 받은 우리는 곧장 【게이트】를 열어 심해의 해저에 잠수한 바르 아르부스 곁으로 갔다.

어둑어둑한 선내에 떠오른 정면의 모니터를 통해 우리는 해구 아래 깊이 잠겨 있는 '방주'^{아크}를 확인했다.

"틀림없어. '방주'^{아크}야. 드디어 발견했어."

발견한 건 좋은데, 이제 어쩌지? 모든 전력을 동원해 '방주'^{아크}를 공격할까?

"그러지 마. '방주'^{아크}를 발견했을 때를 떠올려 보면 알잖아? 우리가 연막 때문에 시야가 차단된 사이에 '방주'^{아크}는 홀연히 사라졌어. 자칫하면 그때의 일이 반복되지 않을까?"

그러네. 박사의 주장이 맞다. 지금에 와서 돌아보면, 그건 잠수 헬멧을 쓴 남자가 지닌 '사신기'의 능력인 듯했다.

아주 작은 틈만 있어도 전이해 버릴 가능성이 크다. 그 잠수 헬멧을 쓴 남자를 해치우거나, 사신기를 못 쓰게 하는 수밖에 없겠어.

"이 해역에 계속 머물러도 위험해. 아르부스, 둥근 탐사기 몇 개만 감시를 위해 남기고 바르 아르부스를 이동시키자. 상대가 우릴 발견하면 겨우 유리해진 현 상황을 활용하지도 못하게 되니까."

《알겠다.》

박사의 말을 듣고 바르 아르부스가 천천히 '방주아크' 가 있는 해역에서 멀어졌다.

정말 박사의 말대로, 발견되면 상대는 또 전이하여 도망칠 가능성도 있다.

"【텔레포트】를 사용해 저 안으로 단숨에 쳐들어가면 안 되겠는가?"

"분명 결계가 쳐 있겠지. 튕겨 나와 심해로 전이될 가능성도 제로는 아니야. 추천하긴 힘들어."

박사가 스우의 제안을 반박했다. 역시 그래선 좀……. 수압에 짓눌려 납작해지고 싶지는 않다.

"그래도 저걸 감시하는 한, 앞으로는 항구 마을이 습격당할 걱정은 덜 수 있겠습니다."

"아니. 꼭 그렇지도 않아. 굳이 '방주아크' 에서 나와 출격할 필요는 없으니까. 목표인 항구 마을의 해역에 키클롭스를 직접 전이시키면 그만이잖아."

"그, 그렇군요. 전이 마법을 사용하는 자들은 참으로 성가십니다……."

린에게 야에가 그런 대답을 해서, 나, 사쿠라, 야쿠모, 요시노, 이 네 사람은 살짝 미간을 찌푸렸다. 물론 우리를 두고 했던 얘기는 아니겠지. 그건 잘 알지만 말이야.

다들 무슨 이야기를 하고 싶은지는 안다. 눈앞에 적이 있는데 공격을 할 수 없다니 정말 안타까운 상황이다.

상대는 우리를 눈치챈 순간 전이해 버릴지도 모르니 함부로 손을 댈 수가 없으니까.

역시 그 잠수 헬멧을 쓴 남자의 사신기를 파괴하는 수밖에 없나. 하지만 그러기 위해서는 우리도 그걸 파괴하기 위한 신기가 필요하다. 새로운 신기가.

새로운 신기를 만들려면, 신기의 심장인 '신핵'을 완성해야 하는데…….

현재 90% 정도까지는 순조로웠다. 골프공 정도까지는 압축했으니까. 이젠 거기서 유리구슬 크기까지 압축하기만 하면 완성이다.

역시 신기의 완성이 급선무겠구나.

"일단 저걸 계속 감시하면서, 어떻게든 안으로 둥근 탐사기든 발신기를 몰래 들여보내는 방향으로 진행해야겠군. *밸러스트

---

*밸러스트 탱크: 배의 중심을 잡아주는 내부 하단의 물탱크.

탱크든 배수구든, 어딘가 침입할 만한 장소가 있을 테니까."

전이하여 도망쳐도 추적할 수 있도록? 하지만…….

"안에 들어가도 결계에 막혀서 우리한테 장소를 송신할 수 없지 않아?"

"그건 나한테 맡겨두면 돼. 일단 안에만 들어가면 나머진 어떻게든 해결할 수 있으니까."

자신감 넘치듯 씨익 웃는 박사의 모습은 어딜 어떻게 봐도 악당 같아서…… 약간 소름이 돋았다.

"그런데 토야 씨도 자주 저런 모습이 되는데요?"

"맞아. 사악한 표정을 지을 때의 토야랑 똑같아."

하하하, 린제 양, 에르제 양. 둘 다 무슨 소릴 하는 걸까? 내가 저런 심술궂은 미소를 지을 리가 없잖아. 안 그래, 다들?

내가 동의를 구했지만, 고개를 끄덕여 주는 사람은 아무도 없었다. 쳇.

"크으으으으으으으으으윽……!"

비지땀을 흘리며 신핵을 압축했다. 골프공 크기까지 줄어든 신핵을 더욱 다졌다.

조금만 긴장을 풀어도 터져 버릴 듯한 신핵을 천천히, 신중히, 균형을 잡으며 압축했다.

이래저래 두 시간이나 이 신핵과 씨름하는 중이었다. 처음에는 흥미롭게 바라보던 아이들도 질렸는지 점점 떠나가 지금은 아무도 신경 쓰지 않는다. 좀 쓸쓸하다.

《주인님, 힘내세요!》

《마지막까지 긴장을 풀지 마십시오!》

아이들이 나만 두고 떠나자 가여웠는지, 코하쿠와 루리가 응원을 보냈다. 산고와 코쿠요, 코교쿠도 지켜봐 주었다.

그리고 안뜰에서 씨름하길 추가로 두 시간.

점심쯤이 지나서 기진맥진해질 만큼 최대한으로 힘을 쥐어짠 나는 드디어 골프공에서 조금 큰 유리구슬 크기까지 신핵을 압축하는 데 성공했다.

"이제는, 이걸, 고정, 하면⋯⋯⋯⋯!"

신핵 주변에 자물쇠를 달 듯이, 육면체 퍼즐을 엉망으로 마구 뒤섞듯이, 다시는 열리지 않아도 된다고 생각할 만큼 안전 자물쇠를 걸어 나만의 신핵을 완성했다.

"됐다⋯⋯."

완성과 동시에 나는 그 자리에 엎드린 채로 쓰러졌다.

이젠 못 해. 한계야⋯⋯. 손가락 하나 못 움직이겠어⋯⋯.

《괜찮으신가요? 주인님⋯⋯.》

"안 갠차나⋯⋯."

너무 지쳐서 혀가 잘 움직이지 않았다. 이세계에 와서 이만 큼이나 지친 적은 없었다고 해도 과언이 아닐 정도로 지쳤다. 회복 마법을 쓸 마력, 아니, 기력마저 없었다. 지금 누가 암살 자를 보낸다면 틀림없이 당하고 말겠지.

큭큭큭, 사신의 사도들아. 지금이 너희에겐 최고의 기회다. 이번 기회를 놓치면 다시는 나를 무찌를 기회는 돌아오지 않 아. 겨우 찾아온 기회를 놓쳤구나!!

에휴, 머릿속 사고까지 이상해져 버렸네.

실제 암살자가 온다고 해도, 코하쿠를 비롯한 우리 신수들 이 지켜줄 테지만.

바빌론에 있는 마력 탱크가 없었으면, 원래는 신수들까지 사라져도 이상하지 않은 상태였다.

나는 쓰러진 채 눈앞에서 굴러다니는 신핵을 바라보았다.

백금색으로 빛나는 신의 기를 아지랑이처럼 발하는 완벽한 구형의 수정체. 틀림없이 신핵이 완성되었다. 드디어 해냈어! 절로 내 입매가 누그러졌다.

잃어버리지 않게【스토리지】에……. 잃어버려도 내가 '돌 아와라' 라고 생각만 해도 돌아오는 물건이지만.

지면에 간신히 유리구슬 하나 크기의【스토리지】를 열어 그 안에 신핵을 떨어뜨렸다.

아아, 이젠 진짜 한계야.

나는 기분 좋은 피로감과 함께 신수들이 지켜보는 가운데 덜

컥 의식을 놓고야 말았다.

"호오. 처음 만든 것치고는 상당한 완성도군. 신기의 핵으로 부족함이 없어."

오오!! 해냈다. 공예신인 크래프트 씨에게 보증까지 받았어! 그 괴롭고 혹독한 작업은 이제 안 해도 돼!

간신히 '신핵'을 만들어 낸 나는 그 성과를 확인하기 위해 미스미드 왕국에 있는 공예신 크래프트 씨를 찾았다.

"그래서? 신기의 '그릇'은 정했나?"

"그거 말인데요, 소스케 형의 신기처럼 그때그때의 상황에 따라 형태가 바뀌는 신기를 만들고 싶은데, 제가 만들 수 있을 까요?"

"소스케? 아, 음악신 말인가. 형태가 바뀌는 신기에는 두 가 지 타입이 있지. 하나는 사용자의 사념을 읽어 그 모습대로 변 하는 물건. 음악신이 지닌 신기, '천변만화'는 이 타입이야. 또 다른 타입은 원래부터 몇 가지 형태가 정해져 있어, 상황에 따라 그 형태를 전환하는 물건. 둘 다 장단점이 있지."

크래프트 씨가 말하는 장단점이란 이렇다.

먼저 자유롭게 변화하는 신기. 이건 매번 변화시키기 위해서 사용자가 꼼꼼하게 상상해야 한다는 모양이다.

그 말은 원래의 형태…… 소스케 형의 '천변만화'를 예로 들자면, 악기의 형태를 올바르게 기억하고 이해하고 있어야만 한다. 즉, 피아노라면 내부의 해머 같은 구조도 전부 알아야 한다는 뜻이었다.

솔직히 그건 불가능 아닌가? 소스케 형은 악기니까 유독 복잡한 걸 수도 있지만.

검, 창, 도끼처럼 단순한 무기라면 복잡한 상상이 필요 없을 줄 알았는데, 무게, 경도까지 떠올려야 한다는 모양이다. 그건 좀 힘든데…….

이렇듯 자유자재로 변화하는 타입의 장점은 어떤 형태로든 변형할 수 있다는 것이었다. 새로운 생각이 떠오르면 그 형태로 바로 변화시킬 수 있다.

단점은 완벽한 상상이 필요하다는 점이다. 그리고 그릇을 만들 때 특수한 조정이 필요하다고 한다. 즉, 만들기도 어렵다.

다른 또 하나의 타입, 전환 타입이라고 해야 할까.

이 타입의 장점은 변경에 필요한 시간이 짧고, 사용자에게 부담이 적으며, 제작이 편하다는 것이다.

단점은 당연히 처음에 결정해 둔 종류의 형태 이외로는 변경할 수 없다는 것이었다. 완성한 다음 추가도 못 한다고 한다.

"그런 조건이라면 전환 타입이 좋겠네요."

사용자의 부담이 적다는 장점에, 제작도 편하다니 고마운 일이다.

신기 제작은 초심자니까. 너무 도전적인 작품은 피하고 싶어.

"그래, 그게 실패 확률은 낮겠지. 자유자재로 변화하는 타입은 미세한 조정이 필요하니까, 초심자에게는 알맞지 않아. 만드는 사람에게도 사용하는 사람에게도."

"아, 무기를 거대화할 수는 있나요? 사신의 신기는 그런 능력이 있던데요."

"거대화? 아, 그건 지닌 사람의 체격에 맞춰 제일 적합한 모습으로 변화하는【최적화】기능이군. 그건 신핵과는 관계없는 그릇의 특성일 뿐이니, 비교적 쉽게 나중에 부여할 수 있어."

그렇구나. 그건 신기의 신핵에 의한 특성이 아니라 무기의 소재와 관련된 특성인가. 실제로도 거대하게 변한 데다, 번개까지 치게 했었으니까.

"그래서 말인데, 신기에 부여하는 특수 효과는【신의 기 무효화】를 선택하겠다고?"

"네. 그렇게 부탁드립니다."

【신의 기 무효화】. 그 이름 그대로 상대의 신의 기를 무효화한다. 즉, 신의 기에 의한 능력을 봉쇄한다.

이 신기를 사용하면 그 잠수 헬멧을 쓴 남자의 사신기를 이용한 전이를 막을 수 있다. 단, 그러려면 나를 중심으로 한 사정거리 안으로 상대를 끌어들여야만 한다.

"그런데 생각해 보니 뭔가 묘하군."

"뭐가요?"

"사신의 사도란 자들은 신기를 가지고 있지 않나. 그것도 몇 개나. 그 물건들은 다 어디서 온 거지?"

"네? 그야, 사신이 만들었겠죠. 신족 외에는 만들지 못하니 까요."

새삼스럽게 왜 그런 말씀을. 유라가 만들어 낸 사신. 그리고 그것에 흡수돼 사신을 탈취한 그 니트신(神)이 만들어 남긴 물건이 그 사신기 아닌가?

"세계신님의 권속인 네가 몇 개월이나 걸려 겨우 이 정도까지 만든 신기를, 고작 종속신이었을 뿐이었던 자가 그토록 단 기간에 척척 만들어 낼 수 있을까?"

"듣고 보니……."

사신의 사도가 가지고 있던 그건 신기였다고 생각한다. 아 니면 신기가 아닌가? 가짜 신기? 하지만 신의 기를 두르고 있 었는데…….

"종속신 시절에 꾸준히 여러 개를 만들어 두지 않았을까 요?"

"그렇게 꾸준히 노력하는 자가 그렇게까지 타락할 수 있을 까?"

음, 정말 그러네. 그 자식은 별 노력도 하지 않고, 불리한 일 이 발생하면 남 탓만 하고, '나는 아직 최선을 다하지 않았어.'라고 말하는 타입이다.

그런 자가 꾸준히 신기를 제작하는 노력을 했을 리가 없다.

"그렇다면…… 그 사신기는 어디에서 왔을까요?"

"원래 존재하던 신기를 변형했거나…… 또는 신기가 아니거나."

역시 가짜인가? 아냐. 원래 사신 자체가 정식 신이 아니니, 그 자식이 만든 물건을 신기라 부르는 일 자체가 이상한 일이긴 하다.

"사신이 그런 신의 기를 두른 무기를 만든 사례는 여러 번 있었지. 사성검(邪聖劍) 같은 사례 말이야. 하지만 그건 한두 개 정도로 이렇게 많지는 않았어."

현재 확인된 물건은 야쿠모와 프레이가 파괴한 갈색 정육용 식칼과 보라색 창, 잠수 헬멧을 쓴 남자가 가지고 있던 푸른 도끼와 흑사병 마스크를 쓴 남자가 가지고 있던 붉은색 레이피어, 그리고 야쿠모가 만났다는 철가면을 쓴 여자의 오렌지색 메이스인가.

적어도 다섯 개의 사신기가 만들어졌다. 정말 많네.

"이건 혹시……."

크래프트 씨는 잠시 곰곰이 생각하다가, 곧장 고개를 젓더니 다시 나를 바라보았다.

"지금 생각해 봐야 소용없지. 그래, 변화하는 신기를 만든다고 했는데, 몇 가지로 변경하고 싶지? 아, 거대화는 빼고."

"몇 가지로 변경하냐고요? 막상 물어보시니 뭐라고 대답해야 할지……."

"보통 이런 변화계 신기는 누구나 사용할 수 있도록, 또는 상황에 따라 임기응변으로 대처하기 위한 목적이 많은데, 너는 이미 사용할 사람이 정해진 건가?"

신기를 사용할 사람인가. 어…… 나나 아내들은 못 쓰니까, 역시 아이들 중 누군가에게 맡기게 되겠지?

아이들이라면 역시 제일 큰언니인 야쿠모가 좋을까? 야쿠모라면 외날검인데.

아냐, 역시 장남인가? 브륀힐드의 후계자인 쿠온한테……. 쿠온은 무슨 무기가 좋을까? 평범하게 검인가? 실버도 사용하고 있으니.

전투 센스만 따지면 린네도……. 그 아이라면 건틀릿일까?

아니지. '나도 쓰고 싶어!' 라며 프레이가 말할 것 같아. 그렇다면 다른 아이들도…….

"으으음……."

누구에 맞춰 만들면 될지 고민되네.

변화하는 신기로 만들려고 한 이유는 원래 상대가 키클롭스에 맞춰 거대화하는 신기를 사용하고 있었기 때문이다.

그래서 우리도 거대화하는 신기를 써야만 맞설 수 있다고 생각했다.

하지만 크래프트 씨의 이야기에 따르면 거대화 자체는 따로 부여할 수 있다고 한다.

그렇다면 변화하는 무기일 필요는 없다고도 할 수 있다.

할 수 있긴 하지만…….

아이들 중 누군가 한 명에게만 적합한 신기를 만들어 주면 굉장한 다툼이 일 듯한 예감이 든다.

역시 모든 아이에게 맞도록 변화하는 신기가 좋겠지? 모두 사용할 수 있어야 자유도도 높고, 누군 쓰고 누군 못 쓰면 그것도 아무래도 보기 안 좋고.

그렇다면 아홉 가지인가. 많네. 새삼스럽지만.

"아홉 종으로 변화하는 신기라. 괜찮지 않을까? 그렇다면 그릇의 밑준비를 시작하지. 소재는 역시 신응석(神應石)이 좋겠지?"

크래프트 씨는 말을 끝내자마자 아무것도 없는 공간에서 절임 반찬 누름돌 크기의 납작하고 새하얀 돌을 꺼냈다.

신응석. 우리의 결혼반지에도 사용된 특수한 광석으로, 주입하는 신의 기에 따라 다양한 특성을 발휘하게 만들 수 있다.

그러고 보니 우리 결혼반지의 디자인은 공예신인 크래프트 씨가 만들어 주셨구나. 맞아, 그랬어.

크래프트 씨가 건네준 신응석을 받아 신의 기를 주입하자, 새하얗던 신응석이 점점 백금색의 반짝임을 띠기 시작했다.

…………….

저기요………. 이거 언제까지 주입하면 되나요? 오래 해야 하네. 아직인가요?

"최대한 한계까지 주입해야지. 그래야 네 신의 기에 익숙해져 강력해지기도 하고, 이건 나중에 추가로 주입할 수 없으니까."

진짜요? 기술적으로는 어렵지 않지만 한계까지 주입하라니. 신핵만 힘든 게 아니라 그릇 만들기도 힘들 줄이야.

다른 하느님들이 신기를 별로 만들고 싶어 하지 않는 이유를 이제야 알 듯했다. 자기가 쓸 물건을 한 번만 만들면 충분해.

몇 시간 후, 거의 모든 신의 기를 주입해 바짝 마르기 직전 상황이 된 나는 신경도 쓰지 않은 채, 크래프트 씨가 신응석을 만족스럽게 바라봤다.

"좋아, 훌륭해. 이제 소재는 문제가 없겠지. 이젠 그릇이 될 무기의 형태인데, 어떻게 할 셈이지? 그것만이라면 내가 만들어 줄 수도 있고, 직접 만드는 것도 가능한데."

즉, 무기의 디자인을 어떻게 할지 물으시는 거죠? 공예의 신인 크래프트 씨에게 부탁해야 제일 멋지게 만들 수 있겠지만, 이건 내가 우리 아이들에게 줄 물건이다. 역시 마지막까지 내 힘으로 만들고 싶었다.

디자인이 촌스러워도 성능 차이는 없으니까.

신의 기를 주입해 초췌해진 상태에서도 각오를 다진 나였지만 지금 당장은 어렵다.

응, 내일부터. 내일부터 신기 제작에 들어가자.

하지만 그런 나에게 크래프트 씨가 뜻밖의 말을 건넸다.

"아, 변화하는 형태의 숫자만큼 신핵이 필요하니, 앞으로 여덟 개를 더 만들어 두도록."

"……………………왓?!"

지금 이 사람, 무슨 소릴 하는 거야?

한 개 만드는 데도 그런 고생을 했는데, 그걸 여덟 개나 더 만들라고?! 나보고 죽으란 소리야?! 당신은 진정 악마입니까?! 신이라고요? 아하, 그러신가요?!

말도 안 돼…….

"됐고만……."

왜 가 본 적도 없는 지방의 사투리가 나오는지 이해하지도 못한 채, 나는 지면에 쓰러지고 말았다.

그 이후로 '한 번 성공했으니 다음엔 더 편하게 만들 수 있겠지.'라는 크래프트 씨의 근거 없는 말에 속아 넘어간 나는 정말로 영혼이 싹 말라버릴 만큼, 신핵 만들기에 기력, 체력, 신력을 모두 쥐어짰다.

일주일이다. 일주일간 크래프트 씨네 집에서 연금되어 계속

신핵만 만들었다. 7일간 여덟 개의 신핵을 만든 자신을 칭찬해 주고 싶다!

크래프트 씨의 말대로 한 번 성공한 경험이 있어서인지 추가로 만든 여덟 개의 신핵은 모두 실패 없이 만드는 데 성공했다. 돌파구를 찾은 걸까?

하지만 이전보다 쉽게 만들었다고 해서 전혀 피로가 없진 않았다.

오히려 어디가 골인 지점인지 아는 만큼 기나긴 여정이 예측된다고 할지……. 실제로 지치기 전부터 피로해지는 듯하다고 할지……. 무슨 소린지 모르겠다고? 나도 모르겠어.

아무튼 힘들다. 사흘은 내내 잠을 자도 괜찮지 않을까?

상대는 신핵 하나면 충분하지? 그래선 상대가 오히려 편하잖아…….

"전환 타입을 고른다 해도, 변화시키는 형태가 두 개 또는 세 개가 보통이니까. 아홉 개나 변화시킨다면 역시 자유자재 타입이 좋겠지. 단, 그건 사용하는 사람이 신족일 때의 이야기야. 인간이 다룬다면 역시 전환 타입이 더 낫겠지."

완성된 신핵을 꼼꼼히 확인하면서 크래프트 씨가 설명해 주었다.

그런가. 아이들은 반신이니 절반은 신족이지만, 절반은 인간이다. 나에게 부담이 오는 만큼 그 아이들이 부담을 느끼지 않는다는 점을 고려하면 이 정도 피로는 충분히 받아들일 수 있다.

　그리고 원래 신기란 더욱 오랜 기간에 걸쳐 만드는 물건이다. 이렇게 전속력으로 풀마라톤을 뛰듯이 만드는 방식은 이례적이다.

　천천히 만든다면 역시 전환 타입이 종합적으로 더 편할지도 몰라.

　"신핵을 이렇게까지 만든다면, 아예 신기를 아홉 개 만드는 게 더 편하지 않나요?"

　"너무 많은 신기를 지상에 남기는 행동은 추천할 수 없어. 지상에 혼란을 불러오기도 하고, 그 신기를 관리해야 할 사람은 다름 아닌 자네니까. 신기는 일단 만들면 웬만한 일이 없어선 불멸이지. 앞으로 영원히 자네에게 책임이 따라다니니, 쓸데없는 리스크는 짊어질 필요가 없다고 본다만."

　으윽. 그건 그렇다. 신기는 자칫하면 새로운 사신을 만드는 씨앗이 될 수도 있다. 숫자가 많으면 많을수록 그 위험성은 커진다. 장래를 내다본다면 역시 신기는 하나여야 하나…….

　"다만, 판테온의 보물고에 넣어두면 도둑맞을 걱정은 필요가 없지만."

　"그곳은 거기죠? 한 번 넣어두면 찾는 데만 1000년 단위의 시간이 걸린다는 하느님들이 필요 없는 물건을 보관하는 창고."

　"그건 그냥 제쳐 두고."

　제쳐 두는 거야. 누가 관리해 주는 신은 없나? 목적에 알맞은 신기를 꺼내 주기만 한다면 무척 큰 도움이 될 텐데.

하지만 그런 소릴 했다간 나한테 그 임무가 돌아올 듯한 예감이 들어서 굳이 말은 하지 않았다. 몇천, 아니, 몇만 년이나 창고를 정리하는 짓을 할 수 있을 것 같아?

"신핵은 필요한 만큼 모였으니 이젠 그릇을 완성할까 하는데, 아홉 종류, 뭘 만들지는 모두 결정했나?"

"대충은요. 한 개는 고민 중이지만요."

야쿠모는 외날검, 린네는 건틀릿, 에르나는 지팡이, 아시아는 단검, 쿤은 총. 여기까지는 어렵지 않게 결정했다.

나머지는 쿠온, 프레이, 요시노, 스테프인데……

쿠온과 프레이는 만능형이니까 뭐든 잘 다룰 수 있으리라고 본다.

스테프는 【프리즌】도 사용할 줄 알고, 몸통 박치기 전법을 사용하니 방패라면 방패를 들고 돌진하는 실드 차지 같은 사용법도 가능하겠지.

문제는 요시노다. 요시노가 잘 다루는 무기는 뭐지?

요시노는 보통 싸우지 않으니까. 서포트 역할이라고 할까? 잘 다루는 무기는…… 악기?

기타를 마구 휘둘러 때린다? 그럴 리가. 그건 올바른 사용법이 아니다. 악기를 그렇게 쓴다면 요시노가 슬퍼할 뿐이다.

아, 그런데 예전에 어디선가 기타 액스라는 물건은 본 적이 있어. 도끼와 기타가 합체된 물건.

요시노는 그런 방향으로 하나 생각해 볼까?

아홉 종의 무기로 변화한다곤 해도, 꼭 야쿠모가 외날검만 써야 한다는 법은 없다. 창을 사용해서 싸워도 되고, 총을 쏴도 된다. 결국 사용자가 뭘 선택하느냐에 달렸다.

모든 아이가 각각 잘 다루는 무기를 썼으면 한다는 바람은 나만의 이기심이다. 상황에 따라 원하는 형태를 골라 쓰면 그만이다.

"이제 신응석을 무기로 바꿔 볼까."

"아, 네……."

웃으며 그렇게 말하는 크래프트 씨였지만, 나는 앞으로 얼마나 걸리나 하는 생각에 조금 기분이 가라앉았다.

"결국 요시노를 위한 무기는 저런 형태가 되었군요."

야에가 완성된 신기를 들고 있는 요시노를 바라보면서 나에게 말을 걸었다.

성의 안뜰에서 요시노가 들고 있는 무기를 간단히 표현하면 활이었다.

물론 평범한 활은 아니다. 일반적인 활은 활시위가 하나지만, 저 활은 활시위가 몇 가닥이나 연결되어 있다. 활이자, 하프이기도 한 하프보우였다.

요시노가 몇 개나 연결된 활시위 중 하나에 화살을 메기는 자세를 잡자, 활과 활시위 사이에 빛의 화살이 형성되었다.

그걸 하늘을 향해 쏘자 순식간에 빛의 화살은 창공 저편으로 사라졌다.

신력(神力)을 쏘는 활이다. 저걸 맞으면 사신의 사도라 해도 무사할 수 없다. 단, 요시노는 활을 사용해 본 적이 없어 명중률이 좋진 않지만…….카리나 누나한테 가르쳐 달라고 부탁해 볼까?

요시노가 이번엔 활시위의 하나를 손가락을 퉁기자, 디리링, 하고 맑은 음색이 울려 퍼졌다.

하프의 음색을 내는 활을 이용해 요시노가 곡을 연주하기 시작했다.

어? 이 곡은…….

얼마 전, 요시노가 콘서트에서 지휘했던 게임 오프닝곡. 그 RPG와 쌍벽을 이룬다고 하는 또 하나의 RPG 서곡이었다.

뭐야. 미래의 나는 요시노한테 게임 음악만 들려줬나?

'최후의 환상' 이라는 의미의 그 게임 제목처럼, 물 흐르는 듯한 아름답고 환상적인 선율이 안뜰에서 연주되었다.

"신기라기보다는 악기로 보고 있나 보네요."

"그야, 악기로서도 나름대로 효과가 있다면 문제는 없겠지

만……."

　조금 어이없다는 듯이 중얼거린 쿠온의 목소리를 듣고 내가 그렇게 대답하면서, 들고 있던 나이프로 내 손가락의 끝을 살짝 베어 보았다.

　붉은 머리카락 정도의 피를 남기고 상처는 바로 아물었다. 이건 회복 효과구나.

　이 회복 효과는 신기의 특성이 아니라, 요시노의 연주 마법 덕분으로 보였다.

　그 마법이 신기의 힘으로 더욱 효과가 강해진 듯했다. 뜻밖의 부수적인 효과지만, 무척 반가운 효과다.

　"요시노 언니만 쓰고 치사해! 나도~!"

　하프를 계속 연주하는 요시노를 더는 기다릴 수 없었는지 린네가 요시노에게 달려들었다.

　"참. 기분 좋게 연주하는 중이었는데."

　투덜거리면서 요시노가 하프보우를 손에서 놓았다.

　그러자 활 형태였던 신기가 순식간에 야구공 정도의 구체로 변화했다.

　백금색의 빛을 두른 금속질의 구체. 그것이야말로 내가 만든 신기의 본체였다.

　그 구체를 요시노가 린네에게 가볍게 던졌다. 둥실거리며 린네에게 날아간 구체는 위성처럼 린네의 주위를 천천히 돌기 시작했다.

이 상태가 신기의 방어 모드였다. 화살이나 총알 등 온갖 날아오는 무기를 쳐내 소유주의 몸을 지킨다.

내 레긴레이브의 장비를 본뜬 물건이었다.

"좋았어! 【신기무장(神器武裝)】!"

린네가 팔을 눈앞에서 크게 교차시키자, 백금 구체였던 신기가 마치 부드러운 비단실처럼 풀리더니, 린네의 양팔에 들러붙었다.

눈 깜짝할 사이에 린네의 손끝에서 팔꿈치까지 뒤덮은 신기는 이윽고 튼튼한 건틀릿의 형태로 변화했다.

"아빠! 부술 만한 물건 좀 꺼내 줘!"

"부술 만한 물건이라니 너도 참……."

부숴도 되는 물건을 꺼내야 하나. 뭐가 있을까.

생각하기 귀찮아진 나는 【스토리지】에서 경차 크기의 상급 프레이즈의 파편을 안뜰에 떡하니 꺼내 주었다.

나는 그 파편에 마력을 흘려 경도를 높였다. 프레임 기어의 장갑 수준으로 단단해진 파편 주위에 【프리즌】을 둘러, 부서진 다음 튀지 않도록 대비를 해 두었다. 설마 그렇게 되지는 않을 거라 생각하지만.

"간다~! 【그라비티】!"

린네의 특기인 타격 순간에 건틀릿의 무게를 더하는 강렬한 일격이 프레이즈의 파편에 작렬했다.

그 순간 맑고 깔끔한 소리와 함께 프레이즈의 파편이 산산이 부서져 흩어져 버렸다.

우와, 부서져서 흩어져 버렸어. 【프리즌】으로 둘러두길 잘 했네.

저 신기 자체에 신체 능력을 높여 준다든가, 파괴력을 향상 시키는 특성은 없다.

그렇다면 소재로 사용한 신응석의 특성일까?

많은 신들이 신기의 소재로 사용한다는 신의 광석이다. 신 력을 증폭시키는 효과가 있다 해도 이상하지 않다.

반신인 린네가 사용했는데 저런 위력이 나온다. 언젠가 나 만의 전용 신기를 만들어도 괜찮을지 모르겠다. 지상에서는 사용할 수 없지만.

"굉장해! 아빠, 하나 더 꺼내 줘!"

"린네 언니, 치사해~! 다음은 스테프 차례야!"

조금 전에 린네가 했던 말과 똑같은 말을 이번에는 스테프가 했다.

자유분방한 린네도 유일한 여동생에게는 약한지, 투덜대면 서도 신기를 스테프에게 건네주었다.

"【신기무장】!"

스테프가 구체로 돌아간 신기를 붙잡고 오른손을 대자 이번 엔 스테프의 키와 비슷한 크기의 방패로 변했다.

백금색으로 빛나는 발키리의 문장(紋章)이 들어간 방패다. 신응석은 소유주에게 적합한 무게로 변하기 때문에 스테프에게는 부담이 될 리가 없다.

겉모습은 큰 방패지만 크기가 스테프에게 맞춰져 있어 살짝 미니사이즈라 사랑스러운 모습이다.

"아버지! 조금 전 그거 한 번 더 꺼내 줘!"

"결국 꺼내야 하나."

나는 한숨을 내쉬면서 다시 상급 프레이즈의 파편을 【스토리지】에서 꺼냈다.

"음, 성능 문제는 딱히 없나."

전체적으로 신기를 검증해 본 결과, 치명적인 결함은 발견되지 않았다.

이 신기 자체의 특성인 【신의 기 무효화】도 문제없이 발동되었다.

이 신기 주위에서는 신의 기를 사용할 수 없다. 내가 직접 테스트해 봤는데, 틀림없이 신의 기를 사용한 【서치】가 발동되지 않았다.

공예신인 크래프트 씨의 말에 따르면, 신의 기를 봉쇄하는 능력은 신기에 자주 채용되는 편이라고 한다.

마법으로 따지면【사일런스】같은 건가? 상대를 방해하는 작전은 기본적인 전략이다.

조금 의외였다면 이【신의 기 무효화】의 사정거리로, 아홉 개의 형태마다 모두 그 거리가 달랐다.

알기 쉽게 말하자면, 직접적인 백병전 무기는 무효화의 범위가 좁다. 외날검, 양날검, 단검 상태에선 신기를 중심으로 5미터 이내일 만큼 좁다.

반대로 총, 하프보우 등은 50미터까지 확대된다. 다만, 범위가 넓어지면 끄트머리 부근에서는 효과가 약해지는 듯했다.

상대 신의 기를 완벽히 봉쇄하려면, 접근전이 가능할 정도로 가까이 다가갈 필요가 있다.

그리고【신의 기 무효화】를 발동하면, 당연히 우리도 신의 기를 사용할 수 없어진다.

아이들은 반신이라, 태어났을 때부터 일상적으로 신의 기를 미량이나마 사용하고 있다. 그토록 뛰어난 신체 능력을 발휘하는 이유다.

따라서【신의 기 무효화】발동 중에는 얼마간 신체 능력이 하락한다. 그거야 상대도 마찬가지이긴 하지만…….

그래도 온오프는 자유롭게 가능하니 적절히 활용하면 큰 족쇄는 되지 않으리라 보지만, 허를 찔릴 수도 있으니 항상 무효화 상태로 해둬야 나로서는 안심이 될 것 같다.

프레이와 에르나만은【파워라이즈】와【부스트】를 사용할

수 있어, 신체 능력은 크게 떨어지지 않으리라 보지만.

그런데 프레이는 그나마 괜찮지만, 에르나는 앞에 나서서 싸우는 타입이 아니니…….

역시 야쿠모나 프레이, 쿠온에게 그 잠수 헬멧을 쓴 남자를 무찌르게 해서 도망칠 수단을 없앤 다음, 사신의 사도를 각개 격파하는 그림이 제일 좋아 보였다.

그렇지만……. '방주(아크)' 내에 침입해 잠수 헬멧을 쓴 상대를 즉시 발견하여 접근, 【신의 기 무효화】를 이용해 신기로 무찌르다니…… 상당한 전격작전이다.

잠수 헬멧을 쓴 남자가 혼자 있다면 좋겠지만, 동료가 모여 있는 곳에 뛰어들었다간 되려 우리가 위험해질지도 모른다.

먼저 박사한테 가서 '방주(아크)' 가 어떤 상황인지 한번 물어보자.

그렇게 결론을 내린 나는 【게이트】를 열어 바빌론으로 전이했다.

바빌론의 '연구소' 에 들어가니, 여전히 박사가 심각한 표정으로 벽에 설치한 모니터를 노려보고 있었다.

"뭐라도 진전은 있었어?"

"있었다고 해야 할까? 일단 이걸 한번 봐 봐."

박사가 들고 있던 소형 리모컨을 조작하자 화면이 확 전환되었다.

이건 '방주(아크)' 가 이동하고 있는 건가?

'방주'가 있던 해역은 예전에 마공국 아이젠가르드가 있던 대륙의 남서 해역이었다. 세계의 서쪽 끝에 있는 해저보다도 더 깊은 해구에 잠수해 있었는데, 그 '방주'가 천천히 이동하는 중이었다.

"아이젠가르드 방향으로 이동 중인가?"

"이 방향이라면 그렇겠지. 또 항구를 습격할 셈인지, 아니면……."

아이젠가르드는 마공왕의 폭주, 이어서 사신의 출현, 금화병(金花病)의 발병 등 많은 재앙이 발생해 크게 황폐해지고 말았다.

그래도 그곳에는 아직도 많은 사람이 살고 있다. 아이젠가르드가 붕괴한 이후 새로운 나라나 정부가 생기지는 않았지만, 각각 도시 국가 수준의 터전은 존재한다.

그리고 그러한 도시 국가는 대륙 중앙보다는 연안부의 도시일수록 발전이 원활하다.

아이젠가르드는 공업 국가였기 때문에 그 기술을 보유했던 장인이 많아, 나라가 멸망한 지금도 다른 나라와의 거래가 이루어지고 있다.

주변에는 스트레인 왕국, 갈디오 제국, 라제 무왕국처럼 거래를 희망하는 대국이 많이 존재한다.

다행히(?) 대변동으로 인해 육로가 완벽히 차단되어 아이젠가르드가 직접 침공을 받지는 않았다.

또한 금화병, 도적과 산적의 발호, 황폐한 도시에서 탈출한 난민 등 많은 문제를 안고 있어서 이웃 나라들은 아이젠가르드에 아무런 매력을 못 느꼈고 침략할 가치도 발견하지 못했기 때문에, 어디까지나 도시와 도시 사이의 무역만이 이루어지는 중이었다.

하지만 그런 혜택을 누리고 있는 지역은 대국과 마주 보고 있는 북동부뿐으로, 남서부의 연안 도시는 북동부만큼 발전하지 못했다.

'방주^{아크}'가 그대로 곧장 아이젠가르드 방향으로 간다면, 바로 그 남서부가 습격당하게 된다.

큰 연안 도시가 없어 그나마 다행이지만, 습격당하는 도시로서는 웃고 넘어갈 일이 아니겠지.

"응? 멈췄군. 뭘 하고 있는 거지?"

박사가 제어 장치를 두드려 모니터의 영상을 전환했다.

해저에 있는 '방주^{아크}'가 둥근 탐사기의 암시(暗視) 장치에 비쳤는데, 바닷속에서 흙이 심하게 흩날려 잘 보이지 않았다.

뭐지? 구멍을 파나?

"아하. 해저 자원을 채굴하고 있나."

"해저 자원? 아, 자원을 채굴해 키클롭스를 더 많이 양산할 셈인가?"

"그렇겠지."

'방주^{아크}'는 우리의 '공방'이 딸린 잠수함이나 마찬가지니까.

키클롭스를 양산한다면 우리에겐 좋은 일이 아니지만, 이런 상황에서는 방해도 할 수 없다.

방해했다가 바로 전이해서 도망쳐 버리면, 기껏 발견한 이번 일조차도 다 헛수고가 되어 버린다.

"잠깐?! 채굴하고 있다면 광석을 안으로 들이고 있다는 말인가? 흠, 이 흙먼지를 이용해 '방주^{아크}' 로 접근해 볼까. 안으로 잠입할 수 있을지도 몰라."

"어? 그래도 괜찮아?"

"걱정 말고 맡겨둬라."

박사가 제어 장치를 조작해 감시하던 탁구공 정도 크기의 둥근 탐사기 하나를 '방주^{아크}' 에 접근시켰다.

아무래도 선체의 앞에서 해저 채굴을 하고, 한가운데쯤에서 안으로 끌어들여 필요한 성분의 광석만 선별한 뒤, 뒤쪽에서 남은 토사 등의 불필요한 물질을 배출하고 있는 듯했다.

둥근 탐사기는 미스릴로 만들어져 있어, 선체 안으로 거둬들이게 된다고 하는데 정말 괜찮을까? 곧장 용광로 같은 곳에 들어가 녹아버리는 거 아냐?

"그렇다면 상대는 미스릴 덩어리를 채굴했다고 인식할 뿐이겠지. 오, 뜻대로 회수가 된 모양이군."

계속 보다간 멀미가 날 것처럼 화면이 크게 흔들린 뒤, 대량의 부서진 광석과 함께 둥근 탐사기가 어딘지 알 수 없는 장소로 옮겨지고 있는 듯했다.

"'방주'에는 결계가 펼쳐져 있다고 했잖아. 안에 들어갔는데 탐사기를 조종할 수 있어?"

"밖에 있는 다른 탐사기를 통해 바닷속과 공기 중의 마소를 연결해 컨트롤하고 있지. 미덥지 않은 연결이지만 적어도 채굴 중에는 문제없어. 덧붙여 연결이 끊어지면 자폭하도록 세팅되어 있어 증거는 남지 않아."

후후후. 박사가 수상한 미소를 지었다. 이보셔요, 자폭이라니?!

어딘가로 옮겨진 둥근 탐사기는 채굴된 다른 광석과 함께 컨베이어벨트로 보이는 곳에 올려진 모양이었다. 그 타이밍에 박사는 둥근 탐사기를 공중으로 날려 컨베이어벨트에서 탈출시켰다.

처음으로 보는 '방주' 내부는 전체적으로 어둑어둑해서 안이 잘 보이지 않았다. 둥근 탐사기는 라이트를 켤 수도 있지만, 그래선 발견될 우려가 있으니 굳이 켜지 않는 듯했다.

아무래도 이곳은 광석을 모아 두는 창고 같았다. 컨베이어벨트의 위이잉 하는 작은 소리만이 울리고 있었다.

벽에는 여러 해치가 있어 문으로 통로가 이어져 있는 듯했지만 작은 탐사기로는 해치를 열 수 없었다.

"저길 봐. 통기구로 보이는 곳이 있군. 저기를 통해 통로로 나가 볼까."

문 위에 있던 통기구로 보이는 곳으로 다가간 둥근 탐사기는 여러 개의 슬릿 형태로 이루어진 뚜껑을 레이저로 작게 잘라낸 다음 안으로 들어갔다.

"이런 통기구는 보통 모든 방과 연결되어 있을 텐데. 서두르지 않아선 채굴이 끝나 버리겠어."

좁은 통기구 안을 소리도 없이 나는 둥근 탐사기. 그 탐사기를 통해 전해지는 영상을 보니, 마치 던전의 통로를 나아가는 것 같은 기분이 들었다.

내부는 가로 세로가 20센티미터 정도밖에 되지 않았다. 그토록 좁고 수많은 갈래로 길이 나뉘어 있는 통기구 안을 탐사기가 천천히 앞으로 나아갔다.

"이쪽에서 무슨 소리가 들리는군. 한번 가 볼까."

탐사기가 소리도 없이 공중을 떠다니면서 모퉁이를 돌았다. 그 순간 동영상에 노이즈가 생기며 탐사기가 떨어졌다. 하지만 곧장 떠올라 다시 길을 나아가기 시작했다.

"흠. 슬슬 연결이 끊어질 것 같아. 그 전에 조금이라도 유익한 정보를……. 응?"

탐사기가 나아가는 방향이 밝아졌다. 통기구 오른편에 방과 연결된 통기구가 있는 모양이었다.

옆에 달린 통기구 뚜껑의 틈새로 방 안을 들여다보니, 그곳에는 수많은 키클롭스가 쭉 늘어서 있었다.

일부 공간을 왜곡시켜 넓게 만들어 놓았는지 선체보다도 훨씬 넓어 보였다. 바빌론의 '격납고'와 같은 경치가 이곳에도 펼쳐져 있었다.

"와아, 어마어마하게 양산을 했네……."

"지금껏 본 적 없는 기체도 있어. 신형인가? 우리만 기술 개발을 한 게 아니란 건가."

달갑지 않다는 듯이 박사가 숨을 내쉬었다.

으~음. 여기다가 폭탄을 설치할 수는 없을까? 이참에 여기 있는 기체들을 파괴해 버리면 도움이 많이 될 텐데. 이 작은 탐사기를 자폭시켜 이곳 전부를 날려 버릴 수는 없어?

그 생각을 박사에게 말했더니 이 둥근 탐사기의 자폭은 증거를 남기지 않도록 사라지기 위한 것으로, 시공 마법에 의한 내부 폭발을 이용하기 때문에 폭발로 날려 버리는 건 불가능하다고 한다. 쳇.

"음? 저건……."

화면의 시점이 바뀌자 박사가 몸을 앞으로 내밀었다. 나도 그 모습에 이끌려 화면으로 시선을 돌리니, 어디선가 본 적이 있는 인물이 나타났다.

흑사병 마스크를 쓴 검은 코트를 입은 남자다. '방주'를 강탈(그렇다고 우리 물건이었던 것도 아니지만)당했을 때 있던 '사신의 사도'다.

흑사병 마스크를 쓴 남자는 벽에 있는 책상 위의 제어 장치를 조작했다.

그 제어 장치 옆에는 밸런스볼 크기의 빨간 결정체가 큰 깔

때기 같은 물건에 고정되어 있었고, 그 아래에는 탁하고 빨간 액체로 보이는 무언가가 커다란 용기에 넘실거리며 담겨 있었다.

제일 위에 있는 빨갛고 커다란 결정체. 나는 그 결정체를 본 적이 있다.

저건 프레이랑 같이 갔었던 마법 왕국 펠젠의 옥션에 매물로 나왔던 인조 마석 아닌가? 왜 저게 여기에 있지?

"응?"

착각인가? 액체의 일부가 조금 일그러진 듯한……. 아니다. 착각이 아니다. 액체는 불길하게 계속해서 꿈틀거렸다. 흐물거리는 무른 물건처럼 물결치는 모습이 불길한 분위기를 내뿜었다.

"설마 저건 글러트니 슬라임인가?"

"글러트니 슬라임?"

박사가 영상을 보면서 중얼거린 소리를 듣고 나는 무심코 되묻고 말았다. 들어 본 적 없는 슬라임의 이름이다.

"글러트니 슬라임은 고대 마법 시대에 인공적으로 만들어진 슬라임이야. 뭐든 흡수해 영양분으로 삼고, 무한하게 성장하지. 원래는 위험한 폐기물을 처리하기 위한 목적으로 만들어졌지만, 길들이는 데 실패해, 폭주하고 거대화한 슬라임은 자신을 개발했던 작은 나라를 전부 먹어 치우고 말았어. 주변 나라의 연합군이 간신히 마결정(魔結晶)에 봉인해 처분했다고 들었는데……."

봉인? 설마 그 인조 마석에 그 고대 슬라임이 들어 있었던 건가?

이 자식들, 그런 생물을 사용해 뭘 하려는 거지? 불길한 예감만이 들었다.

"음? 누군가가 들어왔다."

박사의 목소리에 생각을 중단하고 고개를 들어 보니, 벽에 있던 해치에서 누군가가 격납고 안으로 들어온 참이었다.

그 들어온 사람을 본 우리는 무심코 마른침을 삼켰다.

"아니……?!"

"저건……. 이게 어떻게 된 일이지?"

들어온 자는 인간이 아니었다. 기계 장치 인형, 고렘이었다. 그것도 우리가 평소에 자주 보는 기체와 완전히 똑같은 모습이었다.

'금색' 왕관. 세라픽 골드. 스테프가 마스터인 고렘이 적의 본진인 '방주' 안에 있었다. 이게 어떻게 된 일이지?

"검색. '금색' 왕관, 골드."

《검색 중. 검색 종료. 1건입니다.》

내가 스마트폰으로 골드를 검색하자, 브륀힐드 성 안에 핀이 하나 꽂혔다. '방주' 안의 개체는 결계에 막혀 검색되지 않은 거겠지.

"골드는 성에 있어. 그럼 이 자식은 누구야?"

"같은 형태의 기체인가? '왕관'은 크롬 란세스가 각각 하나씩만 만들었다고 들었는데……. '금색' 왕관은 두 개인가?"

'방주^{아크}'를 소지한 이상, 상대도 '왕관'이 존재하리라고 예상은 했지만, 그건 아직 발견되지 않은 기체라고 예상했다. 설마 동형(同型)의 기체일 줄이야.

'금색' 왕관을 눈치챈 흑사병 마스크를 쓴 남자가 무언가 말을 걸었지만, 통기구 안에서는 너무 멀어 말하는 내용이 뚜렷하게 들리지 않았다.

"저 흑사병 마스크를 쓴 남자가 '금색' 왕관의 마스터^{계약자}인가?"

"모르겠어. 스테프가 골드와 만난 상황도 하늘의 구멍에서 떨어져 내려왔을 때라고 했었거든. 만약 그게 시공의 일그러짐이라면, 골드와 저 '금색' 왕관, 동형의 기체 두 대는 과거 세계에서 날아온 걸지도 몰라."

'검은색' 왕관인 느와르와 '흰색' 왕관인 아르부스. 이 두 대는 크롬 란세스의 폭주로 인해 시간을 넘어 1000년 전의 벨파스트로 흘러왔다.

그 '금색' 왕관과 골드는 차원진에 의한 시간의 일그러짐 때문에 오게 됐는데, 비슷한 방식으로 시간을 넘어왔을 가능성도 있었다.

"뭐지? 슬라임이……."

용기 안에 있던 슬라임으로 보이는 붉은 물체가 격렬하게 반복적으로 꿈틀거렸다. 대체 무슨 일이 벌어지는가 싶어 뚫어져라 바라보는 우리를 비웃듯이, 화면에 모래바람 같은 노이즈가 생기더니 곧 소리와 함께 모든 신호가 뚝 끊어져 화면도 새카맣게 변했다.

"에이 참! 시간이 다 됐나!"

박사가 다른 탐사기의 영상을 비추니, '방주(아크)'는 굴착을 끝내고 다시 해저를 이동하기 시작하고 있었다.

침입한 탐사기는 통기구 안에서 내부 폭발을 이용한 자폭을 하여 먼지가 되어 사라졌을 것이다.

"그래도 여러 가지 수확은 있었어. 신형 키클롭스, 글러트니 슬라임, 그리고 또 하나의 '금색' 왕관. 하나같이 전부 번거롭게 우릴 괴롭힐 듯한 예감이 드는군."

누가 아니래.

그런데 그 슬라임을 어디다 쓰려는 걸까. 먼 옛날 나라 하나를 멸망시켰다는 살벌한 슬라임이다. 뭐라도 대책을 생각해 둘 필요가 있을지도 모르겠어.

우리 아내들, 슬라임을 싫어하니까. 그 대책도 필요할지도 모르고.

《나와 같은 동형의 기체가 만들어졌는지는 불확실. 따라서 답변 불가능.》

성에 스테프와 함께 있던 '금색' 왕관인 골드를 찾아가 그 동형의 기체에 관해 물었지만 알 수 없다는 대답만이 돌아왔다.

"골드야 기동하기 전의 기억이 지워졌으니까. 그런 대답을 들을 거라고 예상은 했어."

그런 대답을 듣고도 박사는 크게 안타까워하는 모습도 없이 사실을 그대로 받아들였다.

고렘. 특히 고대 기체는 재기동할 때, 경험했던 기록을 지울지 말지를 선택할 수 있다.

그 기록에는 지식과 기억도 포함되어 있어 보통은 지우지 않는다고 한다.

지우면 처음부터 다시 배워야 하기 때문이다. 전투 기술, 대인 스킬 등, 기억하고 있던 지식이 모두 사라져 버린다.

너무 오랫동안 정지 상태로 방치되면 강제적으로 리셋되기도 하지만, 경험한 기록이 남아 있다면 그걸 살리는 편이 유리하다.

시간을 넘어 현대에 나타난 골드는 일시적인 정지 상태였기에 경험했던 기록이 남아 있었지만, 스테프가 기동할 때 전부 지워버렸다고 한다.

5000년 전의 귀중한 지식이 전부 날아갔다. 그래도 기본적인 정보(본인의 스펙 등)는 남아 있는 모양이지만.

그러니 동형 기체가 있는지 물어봐도 당연히 '모른다'라고 대답할 수밖에 없다.

"실버는 골드의 동형 기체에 관한 이야기, 들어 본 적 없어?"

소파에 앉아 있는 스테프 옆에 있던 쿠온이 손에 든 '은색' 왕관에게 물었다.

《들어 본 적 없군요. 원래 크롬 그 작자는 한 번 만든 물건에는 흥미를 보이지 않아서요. 똑같은 물건을 한 번 더 만드는 일은 없었습죠. 처음부터 두 대를 하나의 작품으로 만들었다면 가능성은 있습니다만…….》

음~. '금색' 왕관은 쌍둥이 기체인가? 아니면 둘 중 하나는 카피로, 사실은 왕관이 아니라든가? 잘 모르겠네.

알고 있는 사실은 상대도 '금색' 왕관으로 보이는 기체를 보유하고 있다는 것뿐이었다.

심지어 상대가 보유한 기체는 경험했던 기록을 잃지 않았을 가능성이 크다.

그렇다면 그 기체는 얼마간 크롬 란셰스의 지식을 지니고 있을 가능성도 있다. 일이 귀찮아지지 않아야 할 텐데…….

실버도 과거 경험했던 기록이 지워지지 않은 기체긴 한데.

애는 거의 크롬 란셰스의 연구실에 고정되어 있었다고 하니까.

더 나아가 이 녀석은 마법 생물이라 처음 만들어졌을 시기에는 아직 자아가 없어 기억도 흐릿하다고 한다.

그래도 기억하는 일이 몇 가지 정도 있어, 크롬이 '검은색'과 '흰색' 왕관의 【대가】를 쓰지 않고 왕관 능력을 쓰는 방법을 연구했다는 것, 그 보조를 위해 '금색'과 '은색'을 만들지 않았을까 하는 등의 정보는 얻을 수 있었다.

《제 추측이긴 합니다만, 고렘과 마법 생물의 융합을 통해 자아가 싹트게 하는 것이 목적인 연구가 아닐까 하는데 말입니다.》

"그야 다른 왕관에 비하면 너야 인간 냄새가 나는 편이라 보지만……."

《그렇죠? 이래 봬도 사실은 굉장한 몸입니다, 저는.》

인간을 흉내 낸 인격이라 하더라도 이건 굉장한 일이긴 하다. 실버 수준의 고렘은 일부 유사 인간형 기체뿐이었다. 그만큼 학습 능력이 뛰어나다는 증거다.

"나는 그걸 능가하는 인공 생명체를 이미 만든 몸이긴 하다만. 셰스카, 차 한 잔 더 부탁할게."

"박사님의 그 어른스럽지 못한 점을 전 싫어하지 않아요. 안

녕하세요. 당신보다 뛰어난 인공 생명체입니다."

《크으윽!》

실버에게 자신이 훨씬 뛰어나다고 과시하면서 메이드 차림의 셰스카가 박사의 텅 빈 컵에 차를 따랐다.

너희 정말…….

하지만 실제로 인공 생명체로서는 셰스카를 비롯한 바빌론 넘버즈(같은 보디인 박사를 포함해)가 훨씬 뛰어났다.

고렘 스킬 같은 특수 능력은 없지만, 학습 능력은 평범한 사람을 훌쩍 뛰어넘기도 하고.

"결국 '방주(アーク)'에 있던 그 녀석의 정체는 여전히 오리무중인가."

역시 동형 기체라 생각할 수밖에 없다. 하나는 실패작이고, 그 후에 다시 만들었을 가능성도 물론 있지만, 거기까지 생각하기 시작하면 한도 끝도 없다.

"그다음은 그 글러트니 슬라임 대책인데, 무슨 방법 없을까?"

"토야의 【프리즌】으로 가둬서 화산의 화구에 전이라도 시키면 죽지 않을까?"

"그런데 슬라임 중에는 화산에서도 아무렇지도 않게 살아가는 종도 있잖아?"

레드 슬라임이나 플레임 슬라임 등이. 그리고 마그마 슬라임이란 종도 있었다. 용암 속에 사는 슬라임.

그런 슬라임과 같은 특성을 가졌다면 소용없는 짓 아닌가?

"그럼 【프리즌】으로 감싼 채 작게 만들어 압사시키면 되잖아."

그게 제일 간단한가? 【프리즌】은 안에 가둔 대상을 같이 축소할 수도 있고, 가둔 대상을 같이 압축하며 찌부러뜨릴 수도 있다.

슬라임인 이상 '핵'도 몸의 어딘가에 있을 테니, 그거까지 통째로 【프리즌】으로 찌부러뜨리면 그만이다.

"그래서, '방주(아크)' 안으로 침입하려고?"

"그 전이를 사용하는 잠수 헬멧을 어떻게 하지 않는 한, 결국에는 도망칠 가능성이 크잖아. 일단 그 녀석의 신기를 우리의 신기로 봉쇄할 필요가 있는데……."

내가 만든 신기의 효과 범위는 길어도 반경 50미터 정도다. 도저히 '방주(아크)' 전체를 커버할 수 있는 범위가 아니다. 즉, 내부로 들어가 잠수 헬멧을 쓴 남자 근처까지 가야 한다.

"잠입 작전을 펼치려고?"

"그렇게 되지 않을까?"

잠입 작전이 말이 쉽지, 어떻게 들어가면 좋은가가 문제다. 저번에 소형 탐사기처럼 굴착되는 지하자원과 함께 말려 들어갈 수는 없는 일이니…….

그 잠수 헬멧을 쓴 남자가 태연스레 혼자서 밖으로 나와 준다면 편할 텐데.

신의 기를 사용한 【이공간 전이】로 결계를 넘어 '방주^(아크)'에 잠입하는 데까지는 아슬아슬하게 허용 범위일까? 직접적으로 신의 힘을 사용해 지상에 영향을 미쳤다고는 볼 수 없으니까.

"어차피 네 아내들의 전용기^(발퀴리아)와 네 레긴레이브의 조정에는 시간이 조금 더 필요해. 한동안은 '방주^(아크)'를 감시하는 데 주력하자고."

그게 좋겠다. 조정이 끝나기까지 잠시 미뤄두자. 상대에게 어떤 움직임이 있으면 바로 우리도 움직여야 하니 긴장은 풀 수 없겠지만.

내가 그런 생각을 하는데, 품에 넣어둔 스마트폰이 울렸다.

어? 자드니아의 프로스트 국왕 폐하잖아? 웬일이지?

"네, 여보세요?"

《아, 공왕 폐하. 예전에 이야기했던 프레이즈로 보이는 생물이 또 나타났습니다.》

"네?"

프레이즈로 보이는 생물이라면…… 그 얼음 달팽이 말인가?

하지만 그건 '콜드 스네일'이라는 얼음 마수 아니었나?

《이번에는 말처럼 생긴 모습이었다고 합니다. 단, 얼음처럼 투명한 몸이 아니라 보라색을 띠고 있었다고 하더군요.》

"보라색 프레이즈?"

이게 어떻게 된 거지? 금색이라면 알겠다. 변이종이 금색이었으니까. 그런데 사신이 사라져 특수한 개체를 제외하면 변이종은 돌 같은 회색으로 바뀌었을 텐데? 회색도 아니고 투명하지도 않고 금색도 아니고, 보라색? 프레이즈 맞나?

자드니아 국왕 폐하의 이야기에 따르면, 목격한 사람은 그 콜드 스네일이 나왔던 곳의 근처 마을의 주민이라고 한다.

근처 산속에서 그 보라색 말이 마수인 네 팔 곰과 싸우는 모습을 봤다는 모양이었다.

보라색 말은 머리에서 내뻗은 날카로운 칼날로 그 네 팔 곰의 가슴을 꿰뚫어 죽인 뒤, 그 곰에는 눈길도 주지 않고 떠났다고 한다.

머리에서 칼날을 내뻗는다면, 프레이즈 같긴 한데…….

"검색. 보라색 프레이즈."

《검색 중……. 0건입니다.》

역시 검색되지 않는다. 프레이즈가 아닌가? 아니야. 겉모습만 프레이즈 같아도 반응할 텐데?

그렇다면 검색 마법에 걸리지 않는 부적 효과, 또는 그런 능력이 있어서 그런가? 아니면 그 구역 일대에 결계가 펼쳐져 있다든가.

그 시점에 이미 프레이즈라고 볼 수 없겠지만…… 왠지 신경이 쓰인다.

"프레이즈로 보이는 생물이 나타났나요?"

자드니아의 국왕 폐하와의 통화를 끊자 쿠온이 물었다.

"모르겠어. 그걸 확인하러 잠깐 자드니아에 다녀올게."

"그렇다면 저도 같이 가도 될까요? 그 프레이즈라는 생물을 보고 싶어서요."

쿠온이 웬일로 그런 말을 꺼냈다.

그렇구나. 아이들이 태어나기 전에 프레이즈는 다 사라졌으니, 본 적이 없나 보네.

지배종인 메르네 3인방은 자주 보는데.

굳이 거절할 이유는 없지만…….

"오라버니만 치사해! 스테프도 갈래~!"

오빠인 쿠온이 어디 놀러 가는 줄 알았는지, 스테프가 자신도 데리고 가 달라고 떼를 쓰기 시작했다.

"안 돼요."

"어째서~?!"

"스테프는 곧 스우 어머니와 공부하기로 약속했잖아요? 약속을 깨는 행동은?"

"나쁜 짓이야…….."

으으. 얼굴을 찡그리며 스테프가 웅얼거렸다. 오오, 쿠온이 오빠 역할을 톡톡히 하고 있잖아. 조금 감동적인걸?

"사진이라면 찍어 올 테니까, 얌전히 집을 지켜주세요. 알겠나요?"

"알았어…….."

쿠온이 아직 조금 삐쳐 있는 스테프의 머리를 쓰다듬으면서 미소 지었다.

살짝…… 정말로 아주 살짝 쿠온이 부러웠다.

나도 여동생이 있다. 사는 세계가 달라져서 만날 수는 없지만, 건강하게 잘 지내고 있을까? 아무것도 해주지 못하는 한심한 오빠라서 미안해. 후유카.

언젠가 부모님과 여동생에게 쿠온을 비롯한 우리 아이들을 만나게 해줄 수 있는 날이 오게 될까?

【이공간 전이】를 완벽하게 사용할 수 있게 되면 직접 지구로 갈 수 있다고 하지만, 나는 이 세계 주변의 다른 세계에 가는 정도가 고작이다.

신기가 완성되면 얼마간은 컨트롤하기 쉬워진다고 하는데……. 더 힘을 내야겠어.

"아버지, 이제 가실까요?"

"……응."

허리에 실버를 차고 쿠온이 나에게로 다가왔다.

슬쩍 지구에 있는 가족을 떠올리면서, 나는 빙국 자드니아로 가는 【게이트】를 열었다.

"우와, 추워……!"

【게이트】를 빠져나가자마자 쿠온의 첫마디는 그것이었다.

당연히 이런 얇은 옷을 입고 얼음의 나라에 왔으니 추울 수밖에.

나는 내한(耐寒) 기능도 있는 코트를 입고 있으니 괜찮지만. ……거짓말입니다, 꽤 추워요.

"【열이여 오너라, 온기의 방벽, 워밍】."

나는 나와 쿠온에게 온난 마법을 걸었다. 이러면 추위로부터 몸을 지킬 수 있다.

【게이트】로 연결해 도착한 곳은 보라색의 투명 말이 나왔다는 자드니아의 숲속이었다. 하늘은 짙은 회색의 구름으로 가득했지만 눈은 내리지 않았다.

자, 【서치】가 안 통하는 상대를 어떻게 찾으면 될까.

"그 보라색 말에게 【서치】는 안 통하더라도, 말이 지나간 발자국은 검색할 수 있지 않을까요?"

쿠온이 눈에 난 자신의 발자국을 보면서 그런 제안을 했다.

나쁘지 않은 생각이다. 다만, 말이 낸 발자국인지, 사슴이 낸 발자국인지, 이 눈에 남은 발자국만 보고 내가 판단할 수 있을지가 문제다. 더 나아가서 프레이즈의 발자국이 말의 형태와 똑같을지는 알 수 없었다.

" '부자연스러운 동물의 사체' 라면 검색할 수 있을까?"

"외람되지만, 이런 숲속에 동물의 신선한 사체가 있으면 순식간에 늑대의 먹잇감이 되지 않을까요?"

크윽. 그건 그러네.

겨울산(자드니아는 항상 겨울이지만)에는 먹잇감이 부족하다. 이런 환경에서는 살아가기 힘들다. 먹잇감이 있다면 금방 달려와 다 먹어 치우고도 남을 듯했다.

《근데 말입니다, 왜 그랬을깝쇼. 왜 그 보라색 말은 곰 도령과 싸워야만 했을까요? 먹잇감을 먹을 필요도 없을 텐데.》

실버가 의문스러워하며 내던진 그 말을 듣고, 나와 쿠온은 무심코 서로의 얼굴을 바라보았다.

자드니아 국왕 폐하의 말로는, 네 팔 곰을 해치운 그 보라색 말은 눈길도 주지 않고 떠났다고 한다. 즉, 먹이를 구하기 위한 목적이 아니었다는 뜻이었다.

야생 사자는 배가 고프지 않으면 눈앞에 먹잇감이 지나가도 습격하지 않는다고 한다.

배가 고프지도 않은데 보라색 말은 곰과 싸웠다. 만약 그 녀석이 프레이즈라고 한다면 배고픔을 느낄 리가 없으니, 먹지 않은 것 자체는 당연한 일이라 할 수 있었다.

프레이즈의 목적은 인간이나 아인들 사이에 숨은 '왕'의 핵을 찾는 것이다. 그걸 위해서 인간을 먹지도 않으면서 습격했었다.

《즉, 말은 곰 도령과 싸울 이유가 없었다는 말씀 아닙니까. 곰 도령이 방해였다, 사라져야 한다고 하는 이유라면.》

사라져야 하는 이유? 제거하고 싶었다는 건가?

곰을 위험하다고 봤다? 왜지? 설마하니 곰이 부모님을 살해했기 때문은 아니겠지. 물론 가능성이 아예 없지는 않겠지만, 그런 감정을 가지고 있을까?

"곰이라는 맹수한테서 뭔가를 지켰던 걸까요? 예를 들면 어린이를요."

쿠온의 말을 듣고, 오오! 그럴듯해! 하고 일단 고개를 끄덕였지만, 정말 그런가? 싶어서 나는 살짝 생각에 잠겼다.

프레이즈의 어린이……? 분명 프레이즈는 핵에서 결정 진화하여 어른이 되니 어린이 시절이 없지 않았나?

지배종조차도 그렇다고 들었다. 단번에 어른으로 태어난다고. 예외는 유일하게 엔데와 메르의 아이인 아리스뿐이다.

《뭐가 됐든 그 말 도령이 맹수나 마수를 사냥한다면 말이죠. 그런 맹수나 마수가 적거나, 또는 없는 장소가 있지 않을까 합니다만.》

"오호! 너 머리 좋은데……?"

《아하하! 그 정도는 아닙니다!》

쿠온의 허리에서 크게 소리를 내며 웃는 실버. 그 웃음소리를 들은 쿠온은 이제는 지긋지긋하다는 표정을 지었다.

"이 주변의 마수, 맹수 종류를 검색."

《검색 중……. 검색하였습니다.》

번쩍 공중에 떠오른 지도에 툭툭툭툭툭툭 하고 빨간 마커가 표시되었다. 꽤 많네…….

전체적으로는 마커가 드문드문 표시되었지만, 딱 한 점만 공백 지대처럼 아무것도 떠오르지 않은 장소가 있었다. 오. 여기인가?

"비교적 가까워. 좋아, 가 볼까?【텔레포트】."

쿠온을 어깨에 안고 함께【텔레포트】를 이용해 그 장소로 전이했다.

순식간에 풍경이 바뀌어, 우리는 울창한 침엽수가 우거진 숲속에 서 있었다.

"정말 맹수나 마수 종류는 보이지 않지만……."

숲속에서 바스락거리며 곰이라도 나올 듯한 분위기였다.

그때 휘잉, 하고 바람을 가르는 소리가 들려, 나는 반사적으로 허리에 있는 브륀힐드를 뽑아 우릴 향해 다가오는 그것을 쏘았다.

째앵, 하는 높고 날카로운 소리와 함께 그것이 튕겨 나가 눈앞의 공중에 떠올랐다.

그것은 투명한 보라색으로, 끄트머리를 보니 날카로운 띠 같은 모양이었다.

다시 휘잉 하고 바람을 가르는 소리가 나면서 우릴 향해 뻗어 온 띠가 다시 본체 쪽으로 돌아갔다.

그곳에는 이마에 검 모양이 돋아나 있고, 다리가 여섯 개인 애머시스트 자수정 같은 말이 서 있었다.

말은 말이지만, 형태가 말일 뿐 눈도 입도 귀도 없었다. 꼬리 비슷한 부위는 있지만…….

"있었네."

"있었네요."

보랏빛이 돌지만 겉모습은 그야말로 프레이즈였다. 목덜미 부근에 짙은 보라색 핵이 보였다.

그런데 저 핵 말인데…… 좀 이상하지 않나? 꼭 다면체처럼 각이 져 있어 보여.

자수정 프레이즈는 끝이 가느다란 다리로 눈밭을 차면서 우리에게 돌진했다.

그 이마에는 검 모양의 칼날이 있었고, 조금 전에 줄자처럼 늘어지고 수축하며 우리를 공격했던 것도 저 칼날이었다.

"【어포트】."

핵을 빼내 빠르게 해결하려고 자수정 프레이즈를 향해【어포트】를 발동했다.

하지만 내 손에는 아무것도 끌려오지 않아 허탕을 치고 말았다.

프레이즈에게는 마법이 통하지 않는다. 정확히 말하면 통하지 않는다기보다는 프레이즈는 몸 표면에 마법이 닿으면 자신의 마력으로 흡수해 버린다. 그건 내가 지닌【어브소브】와 같은 효과라 할 수 있었다.

어디까지나 몸 표면에 닿은 마법에만 해당하니, 내부에 작용하는【어포트】는 통해야 하는데…….

앗, 또 하나 떠오른 일이 있다.

【어포트】는 연결된 대상을 억지로 끌어당겨 올 수는 없다.

아닌가? 가능은 하지만, 그건 내가 '손으로 간단히 뜯어낼 수 있는' 수준의 대상에만 통한다.

조금 그로테스크한 예를 들자면, 인간의 간장이나 심장만을 빼낼 수는 없다는 말이었다.

눈알은 가능할지도 모르지만…… 하고 싶지는 않다.

육체에 들어간 총알이나 화살촉이라면 끌어당겨 빼낼 수 있다.

프레이즈의 핵은 주변의 수정체와 융합되어 있지 않다. 몸을 파괴하면 핵만 쏘옥 빼낼 수 있으니까.

설마 프레이즈와는 달리, 저 자수정 프레이즈는 핵이 몸 조직과 일체화되어 있나?

다시 뻗어온 검을 쳐내면서, 일단 브륀힐드로 핵을 꿰뚫으려고 건 모드로 변형해 상대를 조준했다.

하지만 다음 순간, 자수정 프레이즈의 핵에 균열이 가더니, 곧장 와르르 말 본체 부분과 함께 산산조각 부서져 흩어지고 말았다.

갑작스러운 전개에 나는 멍한 표정을 지을 수밖에 없었다.

어? 왜 저러지?

돌아보니 쿠온의 한쪽 눈이 레드골드로 빛나고 있었다. 저건…… 【압괴의 마안】인가?

아하, 핵을 【압괴의 마안】으로 부쉈구나?

그런데 겨우 그 정도로 프레이즈를 해치울 수 있다니, 반칙도 이런 반칙도 없지 않나?

위력에 한도가 있어 하급종 이상이 되면 이러기 어려울지 모르지만, 그래도 노려보기만 해도 부술 수 있다니 엄청난 능력이야…….

《휘유~! 역시 도련님이셔. 아버님이 애를 먹는 상대를 한 방에 제압하다니. 참으로 훌륭하십니다요.》

"애를 먹은 적은 없는데?"

조금 상대를 살펴보려고 했을 뿐이야.

변명 같은 대사를 하면서, 나는 눈 위에서 산산이 부서진 애머시스트 자수정 프레이즈에 가까이 다가가 그 파편 하나를 주워들었다.

음. 겉보기에는 평범한 애머시스트 자수정처럼 보이네. 보석처럼 반짝반짝 빛나고 있어.

이것도 정재가 될까? 박사나 쿤이 기뻐하겠어.

일단 부서진 핵을 포함해 전부 【스토리지】에다 회수해 두었다. 이걸 조사하면 뭔가를 알아낼 수 있겠지.

"저어, 아버지."

"응? 왜?"

쿠온을 돌아본 나는 무심코 말을 집어삼켰다.

뒤에서는 빨간색, 파란색, 노란색, 보라색, 녹색, 검은색 등, 다양한 색의 수정 짐승이 우리를 향해 걸어오고 있었다.

"단체로 낚시었나."

"그런 듯하네요."

브륀힐드를 빼든 나는 이번에는 아들에게 조금 멋진 모습을 보이자는, 살짝 간사한 생각을 떠올렸다.

◇ ◇ ◇

"앗, 아버지. 그쪽에도 떨어져 있어요."

"네네."

나는 설원에 흩어져 떨어진 색색의 수정 파편을 죄다 【스토리지】에다 회수했다.

아들에게 멋진 모습을 보이려고 의욕을 불태웠지만, 결과는 아들이 무쌍을 펼치며 유린극을 펼쳐, 나는 나설 차례가 없었다.

노려보기만 해도 해치우는데 당연하잖아? 어떻게 대항하라는 거야?

그래도 간신히 두세 마리는 해치웠지만.

그 덕분에 주변에는 산산이 흩어진 컬러 수정의 파편이 가득했다. 회수하는 데만도 상당한 품이 든다. 평소라면 지면에 【스토리지】를 열어서 떨어뜨려 버릴 텐데, 지금은 눈 위에 떨어져 있어서 그렇게 했다간 눈까지 다 휩쓸리고 만다.

그런데 이 파편, 정재일까? 수정이라기보다는 색이 들어가 있어서 보석처럼 보이는데.

파편 하나에 마력을 흘려서 시험해 봤는데, 정재와 비슷한 효과는 있는 듯했다.

그렇지만 프레이즈의 정재와 비교하면 상당히 질이 나빠 보이기도 했다. 마력 포화량이 금세 한계에 달하고, 내구성도 별로 높지 않았다. 마치 가짜 정재 같았다.

"가짜……? 설마 이것들, 메르가 말한 유라가 연구했다던 인공 프레이즈인가……?"

보석 프레이즈(지금은 이렇게 지칭하자)의 파편을 회수한 우리는 눈이 쌓인 숲속의 공백 지대 중앙으로 걸어갔다.

하늘을 날아가도 되지만, 이런 침엽수 숲에서는 시야가 차단되어 아래를 보기가 어렵다. 걸으면서 찬찬히 찾아야 더 유리하다.

"쿠온, 괜찮아? 피곤하면 말해."

눈 속을 걸어야 하는 처지가 된 쿠온을 돌아보았다. 힘들면 【레비테이션】으로 떠오르게 해줄 생각이었다.

"네. 이 정도는 별로 힘들지 않아요. 앗, 아버지. 잠깐만 기다려 주세요."

"응? 뭐라도 있어?"

콰직! 하는 소리가 나서 옆을 보니, 쿠온이 바라본 곳에 있던 파란 보석 프레이즈로 보이는 물체가 와르르 무너지는 참이었다. 그리고 쿠온의 한쪽 눈은 레드골드로 빛나고 있었다.

와, 정말로. 이 보석 프레이즈들에게 쿠온은 천적 아냐?

부서져서 흩어진 파란 파편도 회수해 두었다. 이건 꼭 사파이어 같았다. 그러고 보니 루비와 사파이어는 같은 광물이라고 했던가?

그런 생각을 하면서 회수하는데 숲의 안쪽에서 바스락 바스락하고 또 무리를 지은 보석 프레이즈가 나타났다.

워워, 이거 대체 몇 마리나 있는 거야?!

내가 그런 의문을 품든 말든 마구 덤벼드는 보석 프레이즈들.

하지만 내가 브륀힐드를 빼기도 전에 습격해 온 보석 프레이즈들은 콰직! 콰직! 하고 쿠온의 마안에 당해 잇달아 파괴되었다.

이건 뭐 쿠온 무쌍이라 해도 되겠어.

습격해 온 보석 프레이즈들을 해치우고(거의 쿠온이 다 했지만), 우리는 더욱 숲속 깊은 곳으로 나아갔다.

나아가면 나아갈수록 습격해 오는 보석 프레이즈들의 숫자가 늘어났지만, 이윽고 보석 프레이즈들의 습격이 뚝 끊어졌다.

포기했나? 그럴 리가 없나?

"왜 이러지? 조금 전부터 이명이 들리는데…….."

"아버지도요? 저도예요."

키이잉~ 하고 높게 울리는 소리가 조금 전부터 계속 귀에 도달했다. 아무래도 쿠온한테도 들리는 모양이었다.

우리가 손으로 귀를 막고 있는데, 쿠온의 허리에 있던 실버가 말을 걸었다.

《그건 이명이 아닙니다. 우리가 나아가는 저편에서 다양한 소리의 파동이 들려오는군요. 평범한 사람이라면 들을 수 없는 소리입죠.》

우리가 나아가는 저편에서? 역시 저 앞에 뭔가가 있나 보다.

우리는 더욱 주의하면서 앞으로 나아갔다. 잠시 후, 숲이 끝나듯 탁 트인 곳이 나왔는데, 그 앞에 펼쳐진 광경을 보고 우리는 할 말을 잃었다.

숲속에 움푹, 직경 100미터는 될 법한 크레이터가 나타났다.

단순한 크레이터가 아니었다. 그 안쪽에는 크고 수많은 결정 기둥이 마치 수정 집합체처럼 치솟아 있었다.

다양한 색의 수정 기둥이 여기저기에서 솟아나 있는 광경은 아름다우면서도 어딘가 무서워 보이기도 했다.

자세히 보니 각각의 수정 기둥에는 색이 같은 야구공 정도 크기의 핵이 갇혀 있었다.

설마 이건!!

"아버지, 저걸 보세요."

쿠온이 가리킨 곳을 보니 노란색 수정 기둥이 뿌리 근처에서 우직, 하고 부러졌다.

지면에 쓰러진 수정 기둥이 쩌적쩌적하며 증식하듯이 형태를 바꾸더니, 순식간에 노란색 수정 곰의 모습이 되어 일어섰다.

일어서자마자 쿠온의 마안에 당해 부서져 버렸지만.

"이 기둥 하나하나가 프레이즈야?"

"아무래도 그런가 보네요. 우리를 습격한 녀석들도 여기서 만들어진 모양이에요."

진짜 프레이즈도 이렇게 태어나는 걸까? 문득 크레이터 중심부를 보니 무언가가 서 있었다. 수정 기둥인가? 그런 것치고는 다른 기둥과는 달리 높고 투명했다. 사각기둥에 끝이 뾰족하긴 하지만.

이런 기둥 집합체 안을 걷기는 불안해 나는 쿠온을 업고 【플라이】를 사용해 상공을 날아 접근했다.

오벨리스크를 닮았어. 그보다도 혹시 이거 여기에 떨어진 거야?

저 기둥을 중심으로 크레이터가 확산돼 있고 집합체도 그곳에 존재하니, 그렇게 생각하는 게 자연스러울 듯했다.

꽤 높은 곳에서 떨어져 내린 것 같은데…….

하늘을 올려다보았지만 아무것도 없었다.

"저건……!"

"응?"

등에 있던 쿠온이 마른침을 삼켰다. 웬일이야. 이 아이가 이

렇게 놀라다니. 무슨 일이길래?

수정 오벨리스크를 봐도 별로 특이한 점은 없었다.

…………아니구나. 안에 뭔가가 있어. 잘 보이진 않지만, 둥근데…… 혹시 저것도 보석 프레이즈의 핵인가?

오벨리스크 앞에 내려서니 내 등에서 내려온 쿠온이 잔달음으로 오벨리스크에 다가갔다.

"역시 이건 그때의……."

"무슨 일인데? 이걸 본 적이 있어?"

오벨리스크에 접촉하는 쿠온에게 물었다.

투명한 오벨리스크 안에는 보석 프레이즈의 핵으로 보이는 물체가 있었는데 평범한 핵과는 조금 달랐다.

조금 전까지 본 보석 프레이즈의 핵은 야구공 정도의 크기였지만, 이건 탁구공 정도의 크기로, 매우 신비한 색을 띠었다. 빨간색이기도 하면서 푸른색이기도 하고, 노란색처럼도 보였다. 무지개색이라고 하면 될까.

"이건 우리가 이 시대에 오는 계기가 된 물건일지도 몰라요."

"뭐……? 그게 무슨 말이야? 너희는 차원진으로 인해 지금 시대로 날아온 거 아니었어?"

"미래 세계에서 우리는 휴일에 모험자 길드의 의뢰를 받아서 일하러 갔어요. 벨파스트의 숲에 나타난 카이저 에이프의 무리를 토벌하는 일로, 다들 소풍 가는 기분으로 숲속을 탐색했는데……."

카이저 에이프라면 킹에이프의 상위종으로 소풍 가는 기분으로 사냥할 만한 마수는 아닐 텐데?

나는 마음속 딴지를 살짝 제쳐 두고, 일단은 쿠온의 이야기를 들어 보기로 했다.

◇ ◇ ◇

"【프리즈마 길로틴】!"

"【그라비티】!"

《크아아아아아아악?!》

아리스와 린네가 날린 일격이 동시에 카이저 에이프를 날려 버렸다. 그 몸을 터뜨려 산산조각으로.

"해냈다! 이것으로 30마리째야!"

"방금 그건 내가 먼저였어! 내가 30마리째!"

아리스와 린네가 누가 먼저 해치웠는지를 두고 말다툼을 하기 시작했다.

그 광경을 보면서 하아아…… 하고 깊은 한숨을 내쉬는 야쿠모, 프레이 그리고 쿤, 이렇게 언니들 삼인방.

"소재에 흠이 가지 않도록 공격하라고 했는데……."

"야쿠모 언니, 저 두 사람한테는 무슨 말을 해도 소용없어."

"그래도 카이저 에이프의 소재는 그렇게까지 비싸게 팔리진 않으니 허용 범위 내네요."

쿤은 그렇게까지 비싸지 않다고 말했지만, 사실은 일반 가정이 2년은 일해야 벌 수 있는 금액이었다. 쿤이 말하는 가치란 마공학에 활용할 수 있는 가치로, 일반적인 금전 감각과는 명백하게 어긋나 있었다.

산산조각이 난 카이저 에이프의 육체를 프레이가 일단은 【스토리지】로 회수했다. 가치가 떨어졌어도 돈은 된다. 버리고 가는 아까운 짓은 하지 않는다.

"아시아. 다음 카이저 에이프는?"

"어디 보자……. 이곳 북쪽에 다섯 마리 정도가 뭉쳐 있어요."

야쿠모의 질문을 듣고 【서치】를 사용한 아시아가 대답했다.

"다섯 마리인가. 꽤 많이 사냥한 것 같은데 아직 있었을 줄이야."

"카이저 에이프는 수십 년에 한 번, 폭발적으로 늘어날 때가 있다고 해요. 그게 올해일지도 몰라요."

야쿠모가 투덜거리자, 쿤이 그렇게 설명했다. 어떤 마수이든 종마다 번식기가 있으니, 조건만 잘 맞으면 폭발적으로 늘어나기도 한다.

그로 인해 근처의 먹잇감이 사라져, 먼 땅까지 먹잇감을 구하러 대이동을 시작하면, 그에 쫓기듯 다른 마수가 서식지를 옮기고, 결국엔 집단 폭주가 벌어지는 사례도 있다.

따라서 지나치게 늘어난 마수는 위험하니 토벌 대상이다.

"린네 언니네만 치사하게! 스테프도 토벌할래!"

"뭐? 스테프가 토벌하면 나무까지 다 쓰러뜨리잖아."

스테프의 주된 공격은 【프리즌】을 두르고 【액셀】로 고속 이동, 그대로 몸통 박치기라는 아주 단순한 방식이다.

그런데 그런 공격을 나무가 밀집한 숲속에서 시도하면 주변의 나무들까지 죄다 파괴하며 돌진하게 되니, 엄청난 환경 파괴를 수반하는 기술이 되어 버린다.

"스테프가 쓰러뜨린 나무는 모두 회수해 목재 도매상에 넘길 예정이니 괜찮아요."

"그런 문제가 아니지 않을까……?"

어딘가 엉뚱한 지원 사격을 하는 쿠온에게 에르나가 난처하다는 듯이 미소를 지었다.

쿠온은 속으로 나무를 넘어뜨려도 유용하게 활용하면 괜찮다고 생각했겠지만, 그렇다고 자꾸만 나무를 넘어뜨려도 괜찮은 건 아니다.

"알겠지? 이건 정식 의뢰를 받은 일이니까 긴장을 늦추지마. 스테프도 주변을 살피면서 움직이고. 대답은?"

"""네~."""

야쿠모가 타이르자, 살짝 풀이 죽은 모습으로 대답하는 린네, 아리스, 스테프 세 사람.

"좋아. 그러면——."

"잠깐만. 무슨 소리가 들리지 않아?"

"뭐?"

야쿠모의 말을 중간에 끊으며 요시노가 시선을 하늘로 돌리더니 귀에 손을 댔다.

어머니인 사쿠라 정도는 아니지만, 요시노도 귀가 밝았다. 그런 요시노가 무언가 소리를 들었다. 그 자리에 있던 모두가 숨을 죽이며 입을 꾹 다물었다.

숲속에 서식하는 새의 울음소리, 바람이 불어 나는 나무들의 수런거림. 그러한 자연의 소리가 각자의 귀에 날아들었지만, 특별히 이상한 소리는 들리지 않았다.

"여기서 이상한 소리가 들려. 뭔가가 쪼개지는 듯한……. 이거 봐, 또 들려."

요시노의 말을 듣고 모두 귀를 기울여 봤지만 역시 아무 소리도 들리지 않았다.

"나한테는 안 들리지만 요시노가 들린다면 뭔가가 있겠죠. 한번 가볼까요?"

"그러네요. 카이저 에이프는 어디 있는지 장소를 아니, 나중에 토벌해도 문제없을 겁니다."

쿤의 말을 듣고 쿠온이 고개를 끄덕였다. 아무도 반대하는 사람이 없어서 요시노가 걷는 방향으로 모두 함께 따라서 걸었다.

이윽고 숲의 확 트인 장소로 나가자 하늘에 떠 있는 '그것'을 모두의 눈으로도 확인할 수 있었다.

하늘에 균열이 가 있었다.

거울이나 유리에 금이 가 있듯이 하늘에 균열이 가 있었는데, 그 균열은 시간과 함께 콰직콰직 하는 소리를 내며 점점 커졌다.

"이건……."

처음 보는 광경이어서 그 자리에 있던 전원이 그 균열을 주목했다.

이 아이들의 아버지, 어머니가 이걸 봤다면 틀림없이 그 자리에서 멀리 벗어나려 했을 것이다.

이윽고 유리가 깨지는 듯한 파열음과 함께 하늘이 찢어져 공간에 쩌억 갈라진 곳이 생겼다.

그곳에서 주르륵, 무언가가 방울져 떨어졌다.

투명한 액체로 보였지만, 액체라기엔 점도가 있어 마치 슬라임 같았던 '그것'은 차원의 갈라진 곳이 있는 하늘에서 줄줄 지면으로 떨어져 내렸다.

이윽고 지면에 떨어진 그 무른 물체는 천천히 물결치듯이 꿈틀거리기 시작했다.

"슬라임인가……?"

"슬라임이라기엔 크지 않아?"

아시아와 요시노가 눈앞에서 굼실거리는 물체를 보고 그렇게 대화를 나누었다.

정말로 슬라임이라기엔 컸다. 평범한 표준 사이즈의 슬라임이라면 양동이에 들어갈 정도의 크기인데, 이 슬라임은 목욕통 서너 개는 채울 수 있을 듯했다.

"빅슬라임이란 종이 있다는 이야기는 들어봤지만……."

쿤이 말하는 빅슬라임이란 거수화(巨獸化)하지 않은 커다란 슬라임을 말한다. 슬라임은 오랜 세월에 걸쳐 같은 장소에 여러 개체가 존재하고 있으면, 서로 동화하여 커다란 슬라임이 된다고 한다.

하지만 그런 빅슬라임은 움직임이 느리고 쉽게 발견되기 때문에 금세 토벌된다는 모양이었다.

"정말 슬라임일까? 슬라임이라면 워터 슬라임?"

"물로 의태하는 그거? 색이 투명하니 그럴지도?"

에르나의 추측에 아리스가 고개를 끄덕였다. 워터 슬라임은 물로 의태해 먹잇감을 포식하는 슬라임이다. 겁이 많은 성격이라 자신보다 큰 상대는 습격하지 않는다. 인간에게는 비교적 피해가 없는 슬라임이다.

그러나 이렇게 크면 인간도 포식 대상일 가능성이 있었다.

"앗, 움직였어."

프레이가 소리치고 모두가 주목하는 가운데 슬라임의 일부가 크게 쭉 늘어났다.

그건 마치 호를 그리는 창처럼 아이들을 습격했다.

하지만 그 투명한 창은 쿠온의 눈이 옐로골드 빛을 발하자마자 아이들에게 도달하지 못한 채 공중에 고정되었다.

쿠온의 【고정의 마안】이었다.

"핫!"

야쿠모가 빼낸 외날검이 슬라임의 촉수를 단번에 잘라 버렸다. 쿠온이 눈을 깜빡이자 고정되었던 촉수가 지면에 철푸덕 떨어졌다.

생각보다 무거운 소리가 들려 프레이가 떨어진 촉수를 가볍게 창끝으로 찔러 보니, 키잉, 하고 금속처럼 단단한 감촉의 소리가 들렸다.

"잘린 부분이 순식간에 고체로 변했어. 본체에서 떨어지면 단단해지는 걸까? 슬라임이 이런 성질이 있었어?"

"슬라임은 종류가 다양하니까요. 특수한 종이 아닐지…….물론 하늘의 틈새에서 나왔으니 처음부터 평범한 슬라임은 아니었겠지만요."

의문을 품은 프레이에게 쿤이 자신의 견해를 말해 주었다. 그 특수한 슬라임은 아직도 구물거렸지만, 조금 전과 같은 공격은 하지 않았다. 우릴 경계하는 건가? 하고 야쿠모가 미심쩍어했다.

"앗! 봐 봐! 저기! 뭔가 동그란 게 있어!"

린네가 가리킨 슬라임의 중앙 부근에 탁구공 크기의 작고 동그란 금속 같은 물건이 있었다.

빨간색과 파란색, 노란색과 보라색. 다양한 색으로 변화하는 무지갯빛의 작은 구체다.

"뭘까? 골렘의 '핵'이랑 같은 건가⋯⋯? 그렇다면 저걸 부수면 해치울 수 있을지도 몰라."

쿤의 말을 듣고는 정답이라고 생각한 야쿠모와 프레이가 각각 외날검과 창을 들고 앞으로 나섰다.

그러자 슬라임이 살짝 뒤로 물러섰다. 꿈틀거림이 느려져 조금 전보다 약해진 느낌이었다.

"⋯⋯⋯저 아이, 왠지 이상해."

"그야 물론 이상하겠죠. 저런 슬라임은 본 적이 없으니까요."

갑자기 그런 말을 꺼낸 여동생을 보고 쿠온이 아주 조금 미간을 찌푸렸다.

"그게 아니라, 저절로 저 아이의 마음이 이해됐어. 뭔가를 지키려고 하는 걸까⋯⋯?"

"마음이 이해돼요? 그게 무슨⋯⋯."

쿠온이 스테프에게 무슨 말이냐고 물으려고 한 그때, 아이들 모두는 갑자기 콰앙! 하고 근처에서 무언가가 폭발하는 충격을 받았다.

몸이 날아가 버릴 듯한 충격이었지만 통증은 하나도 없었다.

평형 감각을 상실해 자신들이 지금 어디에 서 있는지 알기 힘들었다. 정신을 차려 보니, 아이들 각자는 조금 전과는 다른 장소에 서 있었다.

그렇지만 완벽히 별개의 장소에 서 있는 상황은 아니었다. 원래 위치보다 불과 몇 미터, 앞에 있거나 뒤에 있거나 하는 정도였다.

"봐! 하늘이……!"

린네의 목소리에 모두가 하늘을 올려다보았다. 그곳에는 어마어마한 속도로 저물어가는 태양이 있었다. 태양이 쫓기듯이 서쪽 하늘로 저물자 이번에는 태양을 뒤쫓듯이 동쪽 하늘에서 달이 떠올랐다.

그런데 이번엔 떠오르던 달이 뚝 멈추더니, 다시 동쪽 하늘로 되돌아갔다. 그리고 서쪽 하늘에서 석양이 떠올랐다.

"이게 대체……!"

숲의 일부가 사라지고 마을의 경치가 보였다. 갑자기 발밑이 돌바닥이 되고, 황야가 되고, 얼음이 되었다.

나무가 시든다 싶더니, 어린나무가 쑥쑥 자라서 푸르른 잎이 무성해졌다.

"시간과 공간이 폭주하는 건가……?!"

쿤이 주변을 보면서 중얼거린 그때, 하늘이 흐물거리며 일그러졌다.

그와 함께 공간의 균열이 큰 소리를 내면서 확장되었다. 슬라임의 무지갯빛 핵이 번쩍거리며 점멸하는 빛을 내더니, 이

으고 눈을 뜰 수 없을 정도로 강렬한 빛을 내뿜기 시작했다.

"야쿠모 언니! 【게이트】를 여세요!"

"하고 있어! 그런데 안 열려!"

"【텔레포트】도 안 돼!"

야쿠모와 요시노의 목소리를 듣고 쿤은 당황했다. 전이 계열 마법을 못 쓴다고? 이곳의 공간이 일그러져 있어 좌표를 정확히 지정할 수 없는 건가?

그렇게 예상한 그 순간, 쿤을 비롯한 모두가 조금 전과는 비교도 할 수 없는 충격을 받아 순식간에 의식을 잃었다.

모두 정신을 차려 보니 컴컴한 어둠 속에 있었다. 서로의 모습이 선명하게 보였다. 10명 모두 눈을 떴고, 다친 데도 없이 무사한 듯했다.

마치 무중력 공간에 존재하듯이 모두가 상하좌우의 그 어딜 봐도 몸이 떠 있는 상태였다. 정확히는 하늘도 땅도 어디인지 알 수 없으니 몸이 떠 있는지 아닌지도 판단할 수 없는 상황이었다.

쿠온이 주변을 둘러봤지만 자신들 이외의 모습은 아무것도 보이지 않았다. 오로지 심연의 어둠만이 보일 뿐이었다.

순간, 자신들은 그 충격으로 인해 죽어 버린 게 아닌가 하는 최악의 생각이 머리에 떠올랐다.

가볍게 손을 쥐어 보았다. 감각은 느껴졌다. 숨도 쉴 수 있고, 자신의 심장 박동도 확인할 수 있었다.

살아는 있다. 그러자 이곳이 어디인가 하는 의문이 떠올랐다.

"여긴……."

"이곳은 차원의 틈새. 외부와 차단된 세계의 결계 밖이란다."

갑작스럽게 목소리가 들려 돌아보니, 그곳에는 자신들이 알고 있는 노령의 여성이 보였다.

《토키에 할머니!》

"그래, 토키에 할머니란다."

시간과 공간을 관장하는 시공신은 아이들을 보고 빙긋 미소 지었다.

오른쪽도 왼쪽도 하늘도 땅도 없는 컴컴한 공간을 떠돌던 아이들 앞에 태어났을 때부터 알고 있던 토키에가 나타났다.

그것만으로도 아이들은 절로 마음이 놓였다.

브륀힐드에서 이 사람을 거역할 수 있는 존재는 없었다. 그 검신 모로하나 무신 타케루조차도 아이들처럼 다루었고, 국왕인 토야마저도 감히 맞서지 못했다.

그런 토키에를 아리스를 비롯한 아이들은 모두 아주 좋아했다.

어두운 공간에 떠오른 채로 쿤이 토키에에게 물었다.

"토키에 할머니, 차원의 틈새가 뭔가요? 왜 우리는 여기에 있죠?"

"그건 말이지, 다들 '차원진'에 말려들었기 때문이야."

"'차원진'?"

익숙지 않은 말을 듣고 쿤이 고개를 갸웃했다.

"지상에서는 좀처럼 벌어지지 않는 현상인데……. 그렇지, 다들 트램펄린은 알고 있지?"

"유희실에 있는 거? 나 그거 좋아해!"

토키에가 예로 든 물건 얘기를 듣고 린네가 힘차게 손을 들었다. 브륀힐드성에 있는 유희실은 아이들이 자주 노는 장소 중 하나다. 린네는 몸을 움직이며 놀기를 좋아하는데, 트램펄린은 특히 마음에 들어 하는 놀이기구였다.

"너희가 트램펄린 위에 앉아 있는데 누군가가 갑자기 '투~웅!' 뛰어들면 과연 어떻게 될까?"

"응? 그러면 다 같이 위로 튀어 오르지 않을까……?"

"그렇단다. 그게 지금의 상황이야. 너희는 원래 있던 세계의 시간과 장소에서 멀리 내던져져 버렸어."

토키에의 설명을 듣고 아이들은 어렴풋하긴 하지만 자신들이 어떤 상황에 놓여 있는지 이해할 수 있었다. 린네와 아리스, 그리고 스테프는 정말 이해했는지 확실치 않지만.

"차원진에 말려들면 영원히 이 차원의 틈새를 헤매게 된단다. 운이 좋다면 어딘가의 시대로 흘러들기도 하지만…… 그래도 걱정하지 말렴. 너희는 내가 책임지고 원래의 세계로 돌려보내 줄 테니까."

토키에의 말을 듣고 쿠온은 잠시 가슴이 철렁했지만, 돌아갈 수 있다는 말에 가슴을 쓸어내렸다.

"단지…… 너희는 과거로 가는 역류의 물결에 떨어졌으니, 여기서 나가면 과거의 세계로 나가게 된단다. 보통은 거기서 원래의 세계로 넘어가면 되지만, 지금은 조금 문제가 있어서……"

토키에가 난처하다는 듯한 표정을 지으며 손을 뺨에 갖다 댔다.

" '사신의 사도' 란 사람들이 여러 가지로 나쁜 짓을 할지도 몰라. 만에 하나 일이 잘못되면 문제가 복잡해지니, 여길 빠져나가면 당분간 너희는 과거의 시대에 머물러야 해. 너희가 태어나지 않은 과거란다. 아빠랑 엄마들이 지금보다 젊었던 시대야."

"과거의 시대인가요? 하지만 과거로 갔다가 우리가 혹시라도 역사를 바꾸게 된다면 미래의…… 우리의 시대에 영향이 가게 되지 않을까요?"

쿠온이 그렇게 염려했다. 쿤도 같은 생각인지, 토키에를 가만히 바라보았다.

"그건 걱정하지 않아도 된단다. 시간의 흐름이 나뉜다 해도 내 힘으로 원래대로 돌려놓을 수 있으니까. 그런데 조금 전에 말한 '사신의 사도'가 끼어들면 살짝 어긋난 미래가 찾아올 지도 몰라. 그것만은 피하고 싶단다. 그러니까 문제가 해결될 때까지 너희는 과거의 세계에서 한가롭게 지내줬으면 하는데 괜찮을까?"

"한가롭게 지낸다고요?"

쿠온이 뭐라고 반응하기 힘들다는 표정을 지으며 고개를 갸 우뚱했다. 뭐가 됐든 과거로 가게 되는 일은 피할 수 없는 모 양이었다.

"너희는 과거의 시대에 각각 몇 주 정도 차이를 두고 출현하 게 되니 연락이 되지 않아도 걱정하지 말렴. 나타나게 되는 장 소도 여러 곳이니, 곧장 브륀힐드로 가야 한단다. 알겠지?"

모두 스마트폰을 가지고 있어 장소는 확인할 수 있으리라 생 각한 쿠온은, 이 중 몇 명이 스마트폰을 떨어뜨리게 될 줄은 꿈에도 모르고 고개를 끄덕였다. 자신이 그중의 한 명이 되리 란 사실도.

하지만 쿠온은 과거 시대라는 미지의 세계에 도착한 뒤 과연 모두가 곧장 브륀힐드로 가게 될지 어떨지는 알 수 없는 일이 라 생각했다. 특히 스테프, 린네, 쿤, 요시노, 아리스는 더욱 더.

토키에는 그 외에도 과거 세계의 부모님에게는 미래에 관해 너무 많은 이야기를 하지 말라는 등의, 몇 가지 주의 사항을 아이들에게 일러주었다.

사실 무심코 미래 이야기를 해서 역사가 바뀐다 하더라도 시공신의 힘으로 어떻게든 해결은 가능했다.

그렇지만 토키에도 번거로운 일은 최대한 피하고 싶었다. 몇 가지의 타임패러독스는 해결하기가 무척 어렵기 때문이다.

"그러면 얼른 이 어두운 장소 밖으로 나갈까? 얘들아 모두 힘내렴."

토키에가 짝, 하고 손뼉을 치자 쿠온과 아이들은 쓰나미에 휩쓸리듯이 어둠 속을 흘러갔다.

잠시 후, 쿠온의 눈에 날아든 광경은 푸른 하늘과 새하얀 설원. 그리고 차가운 냉기가 살결을 파고들었다.

"어?! 윽?!"

쿠온이 출현한 장소는 눈이 쌓인 급격한 언덕길 위였다.

낙하와 함께 그대로 착지를 하려고 했는데 미처 그러지 못해 발을 헛디딘 쿠온은 눈 위에서 굴러 곧장 언덕길에서 데굴데굴 굴러떨어졌다.

멈추려고 최선을 다했지만, 경사가 꽤 급한지 굴러가는 속도는 줄어들 생각을 하지 않았다.

"아야야!!"

턱진 곳으로 떨어져 더욱 데굴데굴 구르는 속도는 빨라지기만 했다.

한참을 굴러 눈투성이가 된 쿠온은 나무에 부딪힌 덕분에 겨우 멈췄다.

떨어진 눈을 가르고 쿠온이 간신히 눈 위로 탈출했다.

"이, 이건 예상치 못한 사태네요. 우와, 추워!"

어질거리는 머리를 감싸며 쿠온이 자리에서 일어섰다. 아무래도 심하게 울퉁불퉁한 설산에 떨어진 듯했다. 날씨는 좋지만 이 추위는 쿠온도 버티기 힘들 정도였다.

"이, 일단 마을을 찾아 가야겠어요. 어…… 응?"

어라? 어? 어라라? 쿠온은 온몸의 주머니란 주머니를 다 뒤져 봤지만 평소에 가지고 있던 스마트폰이 보이지 않았다.

"떨어뜨린 걸까?"

쿠온은 자신이 굴러떨어진 길을 올려다보았다. 상당히 높은 곳에서 떨어졌는지 경사면에 좌우로 구불구불한 흔적이 남아 있었다.

저기의 어딘가에서 스마트폰을 떨어뜨렸나 보다.

"찾기는 거의 불가능하겠네요."

부들부들 떨리는 몸을 혼자 껴안으면서 쿠온은 그렇게 판단했다. 이런 얇은 옷을 입고 찾으면 틀림없이 얼어 죽고 만다.

쿠온은 곧장 생각을 전환했다.

스마트폰을 찾기보다는 먼저 마을로 가야 한다고. 그곳에서 브륀힐드로 가는 루트를 찾아보자.

여기가 어디인지는 모르지만, 대략적인 세계지도는 머릿속에 들어 있다. 이곳이 어느 나라인지 알면 대처도 가능하다.

쿠온은 먼저 산기슭으로 가기 위해 눈길을 걷기 시작했다.

"——이렇게 우리는 '차원진'에 말려든 거예요."

"그랬구나. 즉, 쿠온이 미래 세계에서 발견한 정체를 알 수 없는 슬라임의 핵이 이거일지도 모른다는 말이지?"

나는 다시 탁구공 크기의 핵이 들어가 있는 오벨리스크를 올려다보았다.

현재 상황으로 판단하면 이건 위에서 떨어졌다고 봐야 할 듯했다.

이 유리 같은 오벨리스크…… 혹시 그 슬라임이 변화한 물체가 아닐까?

조금 전 이야기를 들어 보면 잘라낸 슬라임은 금속 같은 고체로 변했다고 하니, 이건 온몸이 고체로 변한 게 아닐까? 그렇다면 이건 이미 죽은 상태인지도 모른다.

이것도 '차원진'으로 인해 미래에서 여기로 오게 됐을지도 모른다. '차원진'을 일으킨 장본인인지, 아니면 전혀 관계없이 우리 아이들처럼 '차원진'에 말려든 피해자일 뿐인지는 알 수 없지만.

어느 쪽이든 이 녀석이 등장한 과정이 프레이즈와 같다는 점이 마음에 걸렸다.

그리고 그 보석 프레이즈도. 프레이즈와는 전혀 관계없어 보이지는 않았다.

"【스토리지】에 수납해서 메르한테 보여 줄까?"

프레이즈의 '왕'이었던 사람이다. 무언가 정보를 얻을 수 있으리라 본다.

"【프리즌】."

만에 하나를 대비해 오벨리스크를 통째로 【프리즌】으로 감쌌다. 그리고 【스토리지】에 수납.

그다음은 크레이터 안에 있는 보석 같은 집합체를 하나하나 부수며 돌아다녔다. 보석 프레이즈가 여기서 또 나오면 곤란하니까.

실제로 부수는 사이에도 몇 마리 정도 보석 프레이즈가 태어났지만, 쿠온이 죄다 마안으로 부서뜨려 버렸다.

부수기 전에 사진을 찍었는데, 스테프에게 보여 주기 위해서라고 한다. 그러고 보니 그런 약속을 했구나. 훌륭해. 정말 오빠다워.

집합체를 부순 파편들도 어딘가에 활용할 수 있을지도 모르니 전부 회수해 두었다. 바빌론 박사라면 자세히 분석하겠지.

수십 분에 걸쳐서 크레이터 안에 있던 오벨리스크를 전부 부수어 수납한 우리는 살아남은 보석 프레이즈가 있을지도 몰라 근처를 살펴보았다.

【서치】가 통하지 않는 상대라 찾기가 너무 귀찮다.

근처에서 두 마리 정도 발견해 파괴하고 회수했는데, 그게 마지막인 듯했다.

결국 이 보석 프레이즈는 뭐였던 걸까. 내 눈엔 마치 그 무지갯빛 핵을 지키는 호위처럼 보였다.

좌우간 이걸 가지고 돌아가 메르에게 보여 주자. 조금이라도 뭔가를 알아내면 좋겠는데 말이지.

"이건……!"

공교롭게도 아리스는 성에서 숙녀 교육 중이었고, 엔데는 모험자 길드에서 일하느라 집에 없었지만, 내가 가지고 돌아간 물건을 보고 메르네 프레이즈 세 사람은 눈을 휘둥그렇게 떴다.

엔데네 집 마당에서 나는 가지고 돌아간 오벨리스크와 몇몇 부서진 보석 프레이즈를 【스토리지】 밖으로 꺼냈다. 메르, 네이, 리세, 지배종 세 사람이 그걸 흥미롭다는 듯이 바라보았다.

"본 적 있어?"

"유라가 계획했던 인공 프레이즈, '퀴스'와 비슷해 보여요……."

메르가 비교적 형태를 유지한 사슴형 보석 프레이즈를 보면서 말했다.

비슷하다라. 역시 이것들은 유라가 만든 인공 프레이즈인가?

"하지만 유라가 만들던 인공 프레이즈에 이런 핵은 없었어요."

메르는 깔끔하게 두 개로 쪼개진 오각형을 하나로 붙인 정십이면체 보석 프레이즈의 핵을 들어 보고는 그렇게 단언했다. 하지만 개발이 진행되어 이런 형태가 되었을 가능성은 있으니까.

"그 무지갯빛 핵은?"

"아니요. 이건 전혀……. 그렇지만 이 핵은 약하긴 하지만 '향명음'이 납니다. 거의 들리지 않을 만큼 약하지만요."

향명음? 아, 프레이즈가 낸다는 심장 박동과 비슷한 소리였던가? 그렇다면 이 오벨리스크에 있는 이건 프레이즈란 건가?

내가 묻자 메르가 고개를 가로저었다.

"알 수 없답니다. 가사(假死) 상태의 향명음과 비슷하게 들리긴 하지만요."

"쿠온과 아리스의 이야기에 따르면, 그 슬라임은 수정수(水

晶獸) 아닌가? 이 기둥은 수정수가 죽은 모습과 비슷하군."

네이가 오벨리스크를 올려다보면서 자기 생각을 밝혔다.

수정수. 쿠온이 아리스를 약혼자로 맞아들이기 위해 싸웠던 그건가.

메르, 네이, 리세 이 지배종 세 사람이 만들어 낸 수정으로 이루어진 부하.

쿠온과 우리 아이들이 본 슬라임이 수정수라면, 누군가 그것을 만든 지배종이 있었다는 말인데……

"추측이지만 유라가 제노를 불러냈듯이 무언가를 계획하고 있었을 겁니다. 그 계획이 결실을 보기 전에 자멸했다고 보면 되지 않을까 합니다."

제노. 사신과의 최종 결전 때, 유라가 '결정계^{프레이지아}'에서 불러낸 프레이즈 장군이었던가? 나는 실제로 만난 적이 없지만 지독한 전투광이라 엔데도 궁지에 몰렸었다고 한다. 메르가 처리를 했다고는 하지만.

유라는 돌다리도 두드려 보고 건너는 성격이라고 했지? 몇 가지 대책을 마련해 뒀을 가능성은 있다.

그래 봐야 사신을 진짜 신이라 착각한 시점에 이미, 대책의 대부분은 도움이 되지 않았다고 할 수 있겠지만.

즉, 이건 유라가 남겨둔 유산이란 말인가? 별로 달갑지 않은 유산이지만.

"이 결정체가 수정수라고 한다면, 안에 있는 무지갯빛 핵은 그것과는 별개의 개체란 말일까요?"

"그렇겠지. 말하자면 이 수정수는 몸을 지키기 위한 갑옷이다. 그 갑옷도 이미 죽은 상태긴 하다만."

톡톡, 하고 수정 오벨리스크를 가볍게 두드리며 쿠온이 묻자 네이가 대답했다.

'차원진(次元震)'이 일어났을 때, 또는 낙하하는 충격으로 죽어 버린 걸까?

'차원진' 자체는 이게 일으키지 않았을 가능성이 크다는 생각이 든다. 단순한 우연. 단지 아이들과 같은 곳에 있었기에 말려들었을 뿐인 듯한……

"어?!"

내가 그런 추리를 하는데, 품에 넣어둔 스마트폰이 울렸다. 바빌론 박사였다. 건네주었던 보석 프레이즈의 분석이 끝났나? 역시 일 처리가 빠르다니까.

"네, 여보세요."

《분석 결과가 나왔어. 결론부터 말하자면, 마력을 증폭, 축적, 방출하는 프레이즈의 특성은 있지만 진짜는 아니더군. 가짜라는 말이 딱 맞아. 그렇지만 재미있게도 이것들은 진짜 보석과 큰 차이가 없는 성분과 성질을 가지고 있어. 빨간색은 루비, 녹색은 에메랄드와 구성 성분의 거의 일치해. 추측건대 땅속에서 그런 보석의 성분을 흡수해 증식했겠지. 생명 활동이 멈추면, 열화된 정재 보석이 된다는 말이야.》

어? 잠깐만.

그렇다면 그건 진짜 보석과 크게 다르지 않다는 말이야?

천연 다이아몬드와 인공 다이아몬드 같은 관계겠지만……
혹시 이거 나름 짭짤하게 돈이 되는 게 아닐까?!

그런데 가짜이니…….

아니지. 인공 다이아몬드인 큐빅 지르코니아는 진짜 다이아몬드의 100분의 1의 가치밖에 없지만, 빛의 분산율이 다이아몬드보다도 높아 진짜보다도 아름다운 반짝임을 보인다고 TV에서 본 적이 있었던 것 같아.

반짝임은 인공이 더 아름다워도, 양산이 가능한 보석과 양산할 수 없는 보석이라 가치는 다르겠지만.

이 세계에는 이걸 가짜라고 구별해 낼 수 있는 사람이 사실상 없다. 무속성 마법인 【애널라이즈】라도 사용할 줄 안다면 모르지만…….

팔아 버릴까? 바르 아르부스나 해기병(네레이드)의 개발에 꽤 많은 돈을 써버렸으니…….

겉보기엔 진짜와 거의 구별할 수 없으니 괜찮지 않을까? 멋지게 연마하면 상당히 큰 보석이 된다. 귀족들이라면 다들 가지고 싶어 안달일 텐데…….

머릿속에서 '팔아 버려! 거금을 벌 기회야!' 라는 악마의 목소리와 '안 돼! 가짜를 팔려고 하다니!' 라는 천사의 목소리가…….

머릿속에서 악마와 천사가 치고받고 싸우기 시작했다. 악마여, 거기다! 거기서 오른쪽에다 스트레이트를……!

"아버지? 왜 그러시나요?"

"헉?! 아, 아냐! 아무것도!!"

쿠온의 목소리를 듣고 퍼뜩! 제정신을 차렸다. 이, 일단 이건 뒤로 미뤄두자.

"그래서, 이 무지갯빛 핵은 어떻게 하실 건가요?"

"어떻게 하냐니, 대답하기 힘드네. 이건 잠든 지배종일지도 모르잖아? 위험하지 않을까?"

"물론 그럴 가능성도 있지만 지배종이 모두 위험한가 하면……."

내 의문에 메르가 대답하려고 했을 때, 쩌억! 하고 오벨리스크에 커다란 균열이 생겼다.

뚜욱 부러진 오벨리스크에서 무지갯빛 핵이 지면에 굴러떨어졌다.

그건 순식간에 주변의 대기에서 마소를 흡수해 빠직빠직 증식하기 시작했다.

이건 전에도 본 적이 있어! 유미나의 남동생인 야마토 왕자의 체내에서 핵 상태로 잠들어 있던 메르를 【어포트】로 꺼냈을 때와 똑같다.

"【프리즌】!"

나는 계속해서 증식하는 핵 주변을 【프리즌】으로 둘러쌌다.

【프리즌】은 견고한 결계를 펼치는 마법이지만, 【스토리지】처럼 시간을 멈출 수는 없다.

이미 각성하기 시작한 지배종의 핵은 생명체로 인식되어, 더는 【스토리지】에는 수납할 수 없었다.

무지갯빛 핵에서 증식하는, 역시 무지갯빛의 결정체가 점차 커지며 사람의 모양을 형성했다. 역시 지배종인가?!

사람의 모양으로 증식하는 무지갯빛 결정체는 어느 정도 커지자 성장이 멈추고, 점차 세부적인 모습을 갖추기 시작했다.

생각보다 작네? 쿠온보다 작지 않나?

몸에는 부분적으로 갑옷 같은 옷을 둘렀고, 머리카락은 조금 기다란 푸르스름한 보브커트. 소녀…… 아닌가? 소년? 잘 모르겠다.

"어떻게 된 거지? 이건…… 지배종 아니었나?"

네이가 미간을 찌푸리며 사람의 모습이 된 무지갯빛 결정체를 노려보았다.

"프레이즈에게는 어린 시절이 없습니다. 이미 다 자란 모습으로 태어나지요. 예외가 있다면 저와 엔데의 딸인 아리스뿐……. 이 시점에 이미 평범한 프레이즈라고 볼 수 없어요."

메르가 중얼거리며 말하는 사이에 푸르스름한 머리카락의 어린 프레이즈는 천천히 눈을 떴다. 메르, 아리스와 같은 아이스블루색 눈동자가 우리를 포착했다.

갑자기 눈을 뜬 프레이즈 어린이가 우리한테로 돌진했다

【프리즌】의 벽에 부딪혀 곧장 뒤로 넘어지고 말았다.

우와, 방금 그건 좀 아프겠는데?

머리를 붙들고 일어선 그 아이는 주먹에 결정 무장을 두르고 【프리즌】 벽을 마구 두드리기 시작했다.

물론 【프리즌】은 그런 공격으로는 부술 수 없다. 하지만 안에 있는 아이는 포기하지 않고 미친 듯이 벽을 계속 두드렸다.

이건 좀……. 어리지만 이 아이, 너무 난폭하지 않아?

뭐라고 소리를 지르고 있는데, '내보내 줘!' 라는 의미겠지? 【프리즌】의 효과 탓에 들리진 않지만.

"아버지. 【프리즌】의 소리만이라도 해제해 주시면 안 될까요? 무슨 말을 하는지 알고 싶어서요."

"응? 그건 괜찮지만……."

쿠온의 제안을 받고 나는 소리만 통과하도록 설정을 변경했다.

《n#$/ee※s✗@#m£@!ne£¥e◇s⊒@*≒m✗@desh?≒ə o▽*b?u!▽b?wbə@t@?#sə☆◇h?▽+i%◇+de△▼s$u, h@?$◇ru$∞£d&e?▽əs£☆◇?u◇!》

온갖 비난하는 말이 날아들 줄 알았는데, 내 귀에 날아든 말은 의미를 알 수 없는 말의 나열이었다.

아, 그렇구나. 말이 안 통했던가?

내가 번역 마법 【트랜슬레이션】을 발동해야 하나 생각하는데, 옆에 있던 메르가 내 어깨를 붙들고 흔들었다.

"토야 씨! 저걸 해제해 주세요!"

"어? 아니, 그래도……."

"괜찮으니까요. 어서!"

정말로……? 엄청 난폭하게 굴고 있는데요? 혹시 위험하면 한 번 더 【프리즌】으로 가두면 그만이기야 하지만…….

메르를 비롯한 프레이즈 세 사람은 소녀(소년?)의 말을 이해할 수 있는 듯했다.

메르의 말에 따라 【프리즌】을 해제하자, 보브커트의 아이는 주먹을 허공에 휘두르며 그 자리에서 넘어지고 말았다.

하지만 곧장 일어서 메르의 곁으로 달려오더니 눈물을 흘리며 그 가슴으로 뛰어들었다.

《n#$/ee※s✗@#m£@!》

"하르? 정말 하르 맞아?"

메르가 믿을 수 없다는 듯 놀라는 표정을 지으면서도, 자신에게 안긴 보브커트 아이의 머리를 다정하게 쓰다듬었다.

그 모습을 보는 네이도 놀랍다는 표정을 지었다. 리제도 마찬가지 표정이었다.

"어? 하르 님……? 하지만……."

"향명음이 똑같아…… 정말로 하르 님인가?"

"하르?"

"———하르 님은…… 메르 님의 남동생이다. 그리고 현재, 프레이즈의 '왕'이시지."

"뭐……?!"

네이의 말을 듣고 나는 메르에게 안겨 있는 소년을 깜짝 놀
란 표정으로 바라보았다.

ᴧ 막간극 워터파크 랩소디

"와! 굉장해요!"

"오오! 꽤 공간이 넓군요!"

수영복 차림으로 모인 나의 아내들이 입을 모아 그렇게 말했다. 초대한 각국의 대표자와 그 가족들도 그곳에 펼쳐진 광경에 감탄을 금치 못했다.

이곳은 브륀힐드에 새로 건설한 전천후 실내 워터파크.

파도가 치는 풀장과 물이 흐르는 풀장, 워터 슬라이드 등, 물놀이가 가능한 시설이 모여 있는 놀이공원이다.

물 마법과 흙 마법, 그리고 바빌론 마학(魔學)의 힘을 결집해 만들어 낸 시설이다.

이곳에서 사용되는 물은 모두 거대한 물의 마석으로 충당하고 있으며, 항상 순환하며 깨끗한 수질을 유지하도록 설계되었다.

더러운 물은 슬라임이 정화하는데, 처음에는 슬러지 슬라임을 사용하려고 했지만 박사가 반대했다. 만에 하나 죽으면, 슬러지 슬라임은 무지막지한 악취를 내뿜기 때문이다.

결국 정화력은 떨어지지만 평범한 워터 슬라임을 사용하기로 했다. 약한 정화력은 숫자로 해결할 수 있다.

당연히 수영장과는 격리되어 있어 슬라임은 손님 눈에 띄지는 않는다. 그 덕분에 24시간 내내 깨끗한 물에 들어갈 수 있다.

프리오픈에 초대한 왕족과 그 가족, 우리 아내들은 이 시설을 보고 굉장해, 굉장해를 연발했지만, 아이들은 별로 놀라지 않고 그냥 신나 할 뿐이라 조금 이상한 느낌이었다.

그것도 그럴 수밖에. 이 워터파크는 미래 세계에는 처음부터 있었기 때문에, 아이들에게는 그렇게 진귀한 놀이공원이 아닐 수밖에 없었다.

내가 미묘한 표정을 짓자 나랑 똑같은 수영 팬츠를 입고 옆에 서 있던 쿠온이 쓴웃음을 지었다.

"저희는 몇 번인가 와봤으니까요. 익숙해요."

"음~. 엄청나게 기뻐해 줄 줄 알았는데."

"그래도 가족이 다 같이 오기는 오랜만이라 누나들도 기뻐하고 있어요."

그래? 그럼 다행이지만.

나는 나대로 보란 듯이 꼼꼼하게 만들었는데 아이들의 반응이 약해 불안했지만, 그래도 기뻐한다니 다행이지 뭐.

"어머니! 흐르는 풀장에 들어가자!"

"오오? 정말로 물이 흐르는구먼! 참으로 즐겁겠으이!"

스테프와 스우가 8자 모양인 2인용 튜브를 들고 흐르는 풀장으로 달려갔다.

그 뒤를 이어 각국의 어린 왕자와 공주들이 마찬가지로 튜브를 들고 같이 돌격했다.

참고로 원형 튜브, 대형 튜브, 비치볼 등은 풀사이드에서 대여하고 있다.

"쿠온! 같이 워터 슬라이드 타자!"

그렇게 말한 아리스가 쿠온의 팔을 쭉쭉 잡아당기며 워터 슬라이드의 계단을 올랐다.

"나도……!"

"넌 여기에 있어라. 아이들 방해하지 말고."

두 사람을 따라가려는 엔데를 네이가 꽉 붙들며 말렸다. 그 옆에서 쓴웃음을 지는 메르와 황당한 표정을 짓는 리세.

엔데 일가(라기보다는 메르 일가?)도 워터파크에 초대했다. 지배종 세 사람도 육체 자체는 환영을 두르고 있지만, 수영복은 잘 갖춰 입었다. 어딜 어떻게 봐도 평범한 수영복 차림이다.

"토야 씨? 남의 아내의 수영복 차림을 너무 뚫어지게 보면 안 되지 않을까요?"

"저어, 넵. 죄송합니다……."

생글생글 웃고 있지만 눈은 전혀 웃고 있지 않은 린제를 보고 식은땀을 흘렸다. 내가 그렇게 뚫어지게 쳐다봤나?

각국의 왕가, 대표자의 가족뿐만이 아니라 호위 기사들도 수영복을 입고 경호 중이었다.

수영장에 검을 들고 들어올 순 없으니 다들 빈손이긴 했지만.

호위하는 분들에게는 알기 쉽도록 수영모를 나눠주어 착용하게 했다. 감시원처럼 보이지만, 진짜 감시원은 모두 따로 잘 있었다. 물에 빠진 사람이 없나 감시대에서 잘 살펴보는 중이다. 아이들도 있으니 주의해야지.

"와우~~~!"

워터 슬라이드를 지나 벨파스트 국왕 폐하가 풀장으로 떨어졌다.

이곳의 워터 슬라이드는 몇 종류인가가 있는데, 지금 벨파스트 국왕 폐하가 미끄러져 내려온 워터 슬라이드는 일반적인 구불구불하게 도는 형태다.

코스도 몇 가지로 나뉘어, 단순히 미끄러져 내려오는 형태부터 구불구불한 코스, 소용돌이처럼 회전하면서 떨어지는 코스도 있다.

그 외에도 미끄러져 내려오는 장소가 넓어서 고무보트나 대형 튜브를 타고 미끄러져 내려올 수 있는 커다란 워터 슬라이드도 있다.

그리고 그중에서도 최고를 꼽자면 직각에 가깝게 떨어지는 워터 슬라이드였다.

마치 공중에서 떨어지듯 미끄러져 내려가는 듯한 공포를 느낄 수 있는 워터폴이다. 나도 타봤는데 스릴이 넘쳤다.

물론 안전성에는 만전을 기했지만 그래도 '혹시나…….' 하는 공포와 낙하하는 감각에 가슴이 철렁한다.

그렇게 설명했더니 오히려 흥미가 생겼는지, 목숨 아까운 줄 모르는 사람들이 서로 뒤질세라 워터폴로 몰렸다.

"새, 생각보다 높네……!"

"언제까지 서 있을 작정이야! 얼른 내려가!"

"아니, 좀처럼 각오가…… 앗?!"

워터폴에서 비명과 함께 호위 기사 한 명이 떨어져……. 아니, 미끄러져 내려갔다. 호위 대상의 안전을 확인하기 위해 먼저 내려가 본 듯했다.

워터폴은 결단을 내리지 못하는 사람을 위해, 발밑의 캡슐 안의 발판을 강제로 제거해 출발하도록 설계되어 있다.

직접 기동해 미끄러져 내려갈 수도 있지만, 30초가 지나면 자동으로 발판이 제거된다. 그렇게 하지 않아선 손님이 계속 정체되고 만다. 어물쩍거려선 곤란하다.

워터 슬라이드 구역의 안쪽에는 파도가 치는 풀장, 웨이브 풀이 있다.

마치 바다처럼 파도가 밀려왔다가 빠진다. 이곳도 몇 가지 구역으로 나뉘어 있는데, 구역마다 파도의 크기가 달라진다.

제일 약한 구역은 잔잔한 바다 같아서 어린이도 안전하게 놀 수 있지만, 제일 강한 구역은 마법으로 발생시킨 큰 파도가 밀려온다.

서핑보드를 타고 큰 파도에 올라타 즐겁게 노는 사람은 이그리트 국왕 폐하였다.

"인공적으로 만들었지만, 아주 좋은 파도야!"

이그리트 왕국은 남쪽의 섬나라로, 거대 오징어 마수인 텐터클러가 나오기 전까지는 국왕 폐하를 비롯해 많은 사람이 서핑을 매일같이 즐겼다고 한다. 그래서 그런지 무척 능숙하다.

어? 나? 해보긴 해봤는데 금방 파도에 휩쓸려서 꼴이 말이 아니었어. 이그리트 국왕 폐하가 해보자고 권유했지만 지금은 사양해 두고자 한다.

이것들 외에도 물론 평범한 수영장이나 다이빙용 깊은 수영장, 수구를 즐길 수 있는 수영장도 있다.

하루 종일 즐길 수 있는 물의 낙원, 그곳이 바로 워터파크다.

"아버지, 저기에 노점이 있어요! 같이 가서 먹어요!"

"네네."

"참! 차분하게 좀 행동하세요, 아시아!"

아시아가 손을 잡아끌어 나와 루는 식사 구역으로 가게 됐다.

이곳에는 수영복 차림으로 들어갈 수 있는 식당과 몇몇 노점이 설치되어 있다. 물론 앉아서 먹을 수 있는 테라스석도 있다.

노점에서는 드링크 종류를 비롯해, 빙수, 아이스크림, 핫도그, 꼬치구이 등, 다양한 음식을 팔았다.

이 식사 구역은 수영장 등이 있는 구역과는 독립되어 있고,

음식을 수영장에 가지고 들어가지 못하게 막았다. 아이스크림 같은 음식이 수영장에 떨어지면 큰일이니까.

노점에서 산 아이스크림을 루, 아시아와 함께 셋이서 먹는데, 린네가 흠뻑 젖은 수영복 차림으로 우리에게 다가왔다.

"이런 곳에 있었구나?! 아빠, 같이 워터 슬라이드 타자!"

린네가 그런 말을 하며 나를 쭉쭉 잡아당겼다. 네네. 인기남은 괴롭다니까.

루, 아시아도 함께 린네가 말한 워터 슬라이드를 타러 왔는데, 워터폴이였냐.

쓴웃음을 지으면서 '우리는 린제 씨랑 아래에서 보고 있을게요.' 라고 말하는 루와 아시아. 린제는 참가를 거부했다. 린네의 손에 이끌려 계단을 오르는 나.

역시 높네……

마침 앞에는 미스미드 수왕 폐하가 스타트 캡슐 안에 들어가 있는 상태였다.

'이제 어떻게 해야 하지?' 라고 하듯이 캡슐 안에서 두리번거리던 수왕 폐하기 순식간에 사라졌다. 그리고 '으으으으으오오……!' 하고 멀어져 가는 비명. 앗, 역시 무서워.

"어서, 아빠. 아빠 차례야!"

린네가 쭉쭉 미는 대로 나는 캡슐에 들어갔다.

몇 번을 타도 이 시간은 유쾌하지 않다. 밀폐된 관 같은 공간에서 손이 부딪치지 않도록 신에게 기도하듯 가슴 앞에 두고 양손을 서로 잡았다. 세계신님! 부탁드려요!

'나한테 그런 말을 해 봐야.' 라는 목소리가 들린 기분이 든 순간, 발밑의 바닥이 사라지고 중력에 의한 낙하가 시작되었다.

"크읏······! 아······!"

나는 소리 없는 소리를 지르며 계속해서 떨어졌다. 시간으로 따지면 3초도 되지 않았겠지만, 체감적으로는 더 길게 느껴졌다. 그래도 정신을 차리니 어느새 슬라이드의 옆을 타고 미끄러져 내려가고 있던 나는, 곧장 수영장으로 풍덩 내던져졌다.

뭐냐. 내 의지와는 상관없이 떨어지고 미끄러지고 내던져져 가볍게 공황에 빠지게 되는구나.

일어서자 살짝 현기증이 났을 정도다.

문득 풀사이드를 보니, '으하하! 한 번 더 타야겠군!' 하며 즐겁게 계단을 오르는 수왕 폐하가 보였다.

믿을 수 없어. 좋아하는 사람은 좋아하겠지만, 나는 별로야······.

"꺄~!"

첨벙! 뒤에서 수영장으로 내던져진 린네가 웃으면서 헤엄쳐 다가왔다.

"아빠. 한 번 더 타자!"

"아빠는 이제 못 타겠어. 미안······."

딸이 수왕 폐하와 같은 부류였다.

쳇, 하고 혀를 차며 아시아한테 달려간 린네가 아시아의 손을 억지로 끌며 계단을 올라갔다. 린네는 누군가를 떨어뜨리지 않으면 속이 시원해지지 않는 건가?

축 늘어져 풀사이드에 앉아 있는데, 찰싹찰싹! 하고 누군가가 뒤통수에다 물을 끼얹었다. 윽?! 누구야?!

"아하하하하! 명중이야!"

돌아보니 프레이가 펌프식의 커다란 물총을 들고 있었다.

저 물총도 원형 튜브나 대형 튜브와 마찬가지로 대여할 수 있는 물건이다.

원래는 정해진 구역이 아니면 가지고 들어와선 안 되지만, 오늘은 아는 사람만 들어와 있고 프리오픈이라 특별히 허가해 주었다.

"빈틈!"

"웁푸?!"

나한테 물을 뿌린 프레이가 이번엔 옆에서 쿤이 쏜 물총을 맞았다.

"후후후, 프레이 언니. 제가 개조한 초슈퍼 울트라 물총을 과연 이길 수 있을까요?"

헉, 안 되지! 어린이 장난감을 마개조하지 마. 그리고 초(超)랑 슈퍼는 겹말 아냐?

격렬하게 총격전을 시작하는 프레이와 쿤.

거기에 다른 나라의 어린 왕자, 공주들도 참전. 이렇게 하여 소란스러운 물총 배틀이 시작되었다.

그 틈에 나는 물러나 흐르는 풀장으로 이동했다. 군자는 위험한 곳엔 접근하지 않는다잖아.

"어머, 당신도 도망쳐 왔어?"

흐르는 풀장에서는 린이 우아하게 대형 튜브에 앉아 책을 읽고 있었다.

"그런 데서 책을 읽으면 젖지 않아?"

"이 책은 【프로텍션】이 걸려 있어서 괜찮아. 봐."

린이 책을 풀장에 첨벙 담갔지만, 물은 전혀 책에 스며들지 않았다. 그랬구나.

"이런 데서 아이들을 돌보려니 좀 피곤하지?"

왜 어르신 같은 소릴……. 그런 생각을 했지만 굳이 말하지는 않았다. 린한테는 나이랑 관련된 말을 해선 안 된다. 웅변은 은이요, 침묵은 금이다.

"워낙 힘차게 놀고 있으니……."

다행히(?) 다른 나라의 자제들이나, 할아버지 할머니들도 있어서 우리가 계속 달라붙어 놀아주지 않아도 큰 문제는 없었다.

제노아스 마왕 폐하는 사쿠라랑 요시노한테 멋진 모습을 보여 주겠다고 저기서 다이빙 자세까지 잡고 있고. 앗, 폴라가 밀어서 떨어뜨렸다.

완벽히 배부터 떨어졌는데 괜찮을까? 헉! 둥실 떠올랐는데?!

감시원 기사가 다가가려고 하자 정신이 들었는지 마왕 폐하는 비틀비틀 배를 부여잡으며 풀장 밖으로 올라갔다. 다행히 괜찮은 듯했다. 제일 낮은 다이빙대였으니까.

당연하지만 폴라는 요시노에게 혼이 났다. 마왕 폐하한테 사과하네. 음, 풀장에서 장난을 치면 안 되지.

나는 흐르는 풀장의 흐름을 거슬러 평형으로 헤엄을 쳤다. 응, 역시 이 정도 속도가 좋겠어. 계속 같은 곳에서 머물며 헤엄을 칠 수 있으니까.

풀장의 폭은 상당히 넓어서 다른 사람의 방해도 되지 않았다. 사람이 너무 많아 북적거리면 아무래도 헤엄은 칠 수 없겠지만.

나의 바로 옆에서 산고와 코쿠요가 기분 좋게 물의 흐름에 몸을 맡기고 있었다. 만끽하고 있구나.

응? 저편에서 대형 튜브에 올라타고 이리로 흘러오는 사람들은 메르네 지배종 세 사람이잖아. 어? 엔데는?

"엔데뮤온이라면 저기 있다."

네이가 가리킨 곳을 보니, 엔데가 풀사이드에서 한 방향을 가만히 노려보고 있었다.

혹시나 해서 엔데의 시선을 따라가 보니, 역시나 쿠온과 아리스가 노는 모습을 감시하는 중이었다. 감시라기보다는 응

시 중이었다.

눈썹을 찌푸린 눈초리가 위험해 보여서, 나는 풀장에 흘러 다니던 비치볼을 엔데를 향해 집어 던졌다.

"아얏?! 토야, 무슨 짓이야?!"

"이상한 눈으로 우리 아이를 보지 마. 완전 괴한이잖아."

"괴한?! 괴한은 네 아들이고! 거의 알몸이나 마찬가지인 차림으로 아리스한테 저렇게 달라붙다니! 한 나라의 왕자나 되는 아이가 저토록 파렴치할 수가!"

따지자면 오히려 아리스가 달라붙고 있지 않나?

거기다 두 사람은 약혼자니까 별로 문제도 아니잖아?

"그거랑 이거랑은 별개야! 결혼하기 전까진 깨끗한 교제를 해야지! 그게 상대에 대한 성의 아냐?! 교육을 받은 거야만 거야?!"

"호오. 감히 메르 님을 곁에서 모신 내 앞에서 그런 대사를 하는군. 네가 말하는 깨끗한 교제가 어떤 것인지 여기서 다 털어놔 줄까?"

"그만둬요, 네이. 그래선 저도 피해를 보니······."

당황한 모습으로 메르가 네이를 말렸다. 적어도 깨끗한 교제는 아니었던 모양이다. 결과적으로는 사랑의 도피까지 한 사이니 그럴 만도 한가.

그런데 어린이의 사랑에 부모가 참견하다니 그래도 되나? 아버지라면 더 진중하게······.

"정말? 조금 전에 다른 나라의 남자아이가 토야네 딸한테 말을 걸던데."

"야, 그 자식 어떻게 생겼어? 살짝 따지고 와야겠어."

대체 어떤 놈이야. 우리 딸한테 수작을 부리려는 음흉한 꼬마는! 이·야·기 좀 나눌 필요가 있겠어!!

"참 서로 무척 닮은 사이야."

"유유상종이라고 했던가요?"

"둘 다 딸바보. 도저히 두 눈 뜨고 볼 수가 없어."

"'이 자식이랑 똑같이 취급하지 마!'"

큭, 동시에 말했다! 엔데와 잠시 노려보다가 흥! 하고 서로 고개를 돌렸다.

어? 저기 애슬레틱 구역에서 튜브 다리를 달려서 건너는 사람은 에르제랑 야에네? 힐다도 있어.

참 대단해. 저렇게 발판이 불안정한 곳을 달리다니.

애슬레틱 코스는 풀장 위에 떠 있는 공기가 들어간 벌룬으로 만든 코스다.

건너뛰고 점프하고, 올라가고 내려가고, 사이로 빠져나가며 노는 코스로…… 저렇게 타임어택을 하는 곳이 아닌데…….

"앗?!"

"으앗?!"

두 사람 모두 커브를 돌지 못하고 미끄러져 코스 밖으로 떨어졌다. 사이좋게, 풍덩! 풍덩! 하고 물보라를 올리면서. 튜브가 물에 젖어 있으니 저런 속도로는 커브를 돌지 못할 수밖에……

옆의 풀장에서는 워터 벌룬 안에 들어가 신나게 노는 야쿠모와 에르나가 있었다.

워터 벌룬은 공기가 들어간 투명하고 커다란 공 안에 들어가 물 위를 걷고 구르는 놀이기구다.

공간 마법으로 공기를 받아들일 수 있게 만들어서, 오랫동안 들어가 있어도 산소가 부족해질 염려는 없다.

그런 워터 벌룬이지만, 혼자라면 몰라도 둘이 들어가면 멀쩡히 앞으로 나아가지 못한다. 두 사람은 안에서 데굴데굴 마구 구르고 있었다. 그래도 두 사람은 즐거운 듯했다. 만들길 잘했다.

조금 지쳐서 풀사이드로 올라가 덱체어에 몸을 뉘었다. 그리고 옆에 준비된 트로피컬 드링크를 마시고 한숨 돌렸다.

"후우, 낙원이야."

"하악하악, 정말 맞는 말씀이에요. 여기는 그야말로 파라다이스. 수영복 차림의 어린 여자아이들을 마음껏 바라볼 수 있다니, 너무 최고라 코피가 멈추질 않아요."

내 옆에서 줄줄 흐르는 코피를 티슈로 닦으면서 거친 숨을 내뿜는 '연구소'의 관리인 아틀란티카를 본 나는 몸서리를 쳤다.

헉! 얘는 데리고 오면 안 되잖아!

"안심해. 아틀란티카한테는 절대 접촉을 하지 말라고 말해 뒀으니까."

하악거리며 거친 숨을 내쉬는 아틀란티카 옆에서 덱체어에 누워 있던 바빌론 박사가 전혀 안심할 수 없는 발언을 했다.

그건 그렇고, 그 수영복에 흰 가운 차림은 이상하지 않나?

"접촉하지 않는다고 괜찮은 문제가 아니잖아. 저렇게 코피를 흘리고 있으면 아이들이 무서워하거든?"

"흠. 그럼 종이봉투를 뒤집어씌워 놓을까?"

"그러면 더 무섭잖아!!"

이상한 트라우마라도 생기면 어쩌려고 그래?!

어쩔 수 없다. 【프리즌】으로 여기에서 이동하지 못하게 만들고, 【미라주】로 이 녀석의 모습을 안 보이게 만들어 두자. 아차, 소리도 안 들리게 해둬야지.

"참 잔인하군."

"왜 이런 애를 지상으로 내려보낸 거야……."

"그거야, 이번엔 셰스카를 포함해 바빌론의 '관리인(시스터즈)'들도 편하게 휴식을 취하고 있잖아? 그런데 혼자 따돌리면 안 되잖아?"

음. 그야 그렇긴 한데. '탑'의 관리인인 노엘은 저기 덱체어에 누워서 계속 잠만 자고, '도서관'의 관리인인 팜므는 옆에서 계속 책만 읽고 있잖아. 바빌론에 있나 여기에 있나 무슨 차이야?

"큰일이에요, 큰일!"

내가 마음속으로 그렇게 투덜거리는데, 원피스 수영복을 입은 '창고'의 관리인 리루루파르셰가 후다다닥 우리에게 달려왔다.

"큰일이에요, 마스터! 아얏?!"

앗, 티카한테 걸었던 【프리즌】에 충돌했네……. 【프리즌】은 보이지 않으니까. 덜렁이 속성이 있는 파르셰지만 지금은 내 탓이다. 미안.

"파르셰, 무슨 일이지? 드디어 토야의 바람이 아내들한테 들킨 건가?"

"피운 적 없거든?!"

이 자식, 왜 소름 끼치는 농담을 하는 건지! 해도 되는 농담과 안 되는 농담이 있거든?! 있잖아. 농담이란 다 같이 유쾌하게 웃을 수 있는 걸 말하는 거야!

"그래서? 무슨 일인데?"

"정화조에 넣어 둔 워터 슬라임이 도망쳤어요!"

"뭐어?! 어쩌다가?!"

이 수영장은 워터 슬라임의 정화 덕분에 깨끗한 수질을 유지하고 있다.

그 워터 슬라임이 도망쳤다니 무슨 소리야?

"그게요, 깜빡 바나나 껍질을 밟고 미끄러졌을 때 순간적으로 손을 뻗어 테이블클로스를 잡아당겼거든요. 위에 있던 식기가 와르르 잇달아 쏟아지고 앞에 있던 샴페인도 쓰러져, 그 충격으로 뽀옹! 하고 빠진 코르크 마개가 정화조의 개폐 스위치를 콱 눌러버렸어요."

잠깐, 무슨 버그 장치길래 그래?!

왜 정화조 개폐 스위치가 있는 방에 바나나 껍질이며 식기며 샴페인이 있어?!

"덜렁이 파르세를 추궁해 봐야 소용없는 일이지."

"덜렁이니 뭐니 하는 수준이 아니잖아?"

이건 거의 저주에 가깝다. 그 인격의 원본을 고려하면 이상할 것도 없다는 생각도 들지만.

"그래서? 워터 슬라임은?"

"곧장 정화조를 닫았지만, 몇 마리가 도망쳤어요. 정화 수도를 통해 어딘가 수영장 안으로 갔을 확률이……."

큰일이다. 워터 슬라임은 대체로 겁쟁이라 자신보다 큰 상대를 습격하지는 않는다. 벌레나 작은 동물을 물로 의태해 잡아먹는다.

그래서 손님이 습격당할 염려는 거의 없지만, 수영장에서 슬라임이 발견되면 워터파크의 이미지가 하락하는 일만큼은 피할 수 없다.

손님한테 발견되기 전에 회수해야 해!

나는 【스토리지】에서 스마트폰을 꺼내 검색해 보았다. 나도 참! 물로 의태했는데 【서치】로 검색이 될 리가 없잖아!

내가 풀썩 힘이 빠져 무릎을 꿇자, 파르셰가 박사에게 말을 걸었다.

"박사님, 박사님. 슬라임을 찾겠다면 '창고'에 슬라임 레이더가 있어요."

"아, 그게 있었나. 그거라면 찾을 수 있겠지."

"슬라임 레이더라니 뭔데?"

"슬라임은 종에 따라선 편리하게 사용할 수 있는 마법 생물이니까. 그걸 잡기 위한 마도구가 있어."

실제로【서치】같은 탐색 계열 마법이 없으면 슬라임을 찾기 번거로우니, 그런 마도구가 있어도 이상할 것 없나?

"좋아. 그러면 파르셰는 그 슬라임 레이더를 가져오고……아니! 네가 가면 당연히 부술 테니 티카가 가 줘."

내가 그렇게 말하자 티카는 노골적으로 가기 싫다는 표정을 지었다.

"네에? ……. 전 여기서 여자아이들 관찰을 계속하고 싶은데요……."

"가지고 와주면 이 쌍안경을 쓰게 해줄게."

"당장 가지러 다녀올게요!"

내가【스토리지】에서 꺼낸 쌍안경을 보자마자 쌔앵! 하고 바빌론으로 날아가는 단거리 전이를 사용해 그 자리에서 사라지는 티카. 욕망에 너무 충실한 애야.

"가져왔어요! 쌍안경 주세요!"

"벌써?!"

그리고 너무 필사적이다. 절대 이 녀석은 딸들에게 접근하지 못하게 만들자…….

"이게 슬라임 레이더예요! 자, 어서 쌍안경 주세요!"

하악하악 거칠게 숨을 쉬는 티카에게 괜한 소릴 했다 싶으면서도 약속은 약속이니 쌍안경을 건네주었다. 내 손에서 쌍안경을 파악 뺏어 든 티카는 코피를 흘리면서 수영장에서 즐겁게 노는 여자아이들을 확대해 보더니, '우효~!' 하고 괴성을 질렀다.

……그래도 밖에선 보이지 않게 해뒀으니 존재만 눈치채지 못한다면 다른 해는 없겠지. 일단 【프리즌】에 전이 저해까지 추가해 두자. 변태는 격리해 두는 게 제일이야.

"이게 슬라임 레이더야? 아무리 봐도 선글라스처럼 보이는데."

테가 빨간색이라 무척 화려해 보였다. 장착하면 빨간색, 은색의 거대한 울트라 외계인으로 변신이라도 할 듯한 디자인이었다.

그래도 이 정도면 쓴다고 해도 그렇게까지 이상해 보이진 않으려나……?

나는 바로 슬라임 레이더를 써 보았다. 시야가 선글라스와 마찬가지로 조금 어두워졌다.

"테 옆에 작은 버튼이 있지? 그걸 누르면 이 일대의 지도와 슬라임의 위치를 알 수 있어. 그리고 어디에 숨더라도 슬라임의 위치를 확인할 수 있지."

"정말? 어라?"

눈앞의 풀장 안에 흐릿하게 빛나며 한들한들 흔들리는 물체가 있었다. 혹시 저게 워터 슬라임인가?!

큰일이야! 임금님들 쪽으로 이동하고 있잖아!!

슬라임 레이더를 쓴 채 첨벙하고 풀장으로 뛰어든 나는 열심히 헤엄쳐 슬라임에게 도착하자마자 그 슬라임을 【텔레포트】로 정화조로 이동시켰다.

아슬아슬했어! 몇 센티미터만 더 갔어도 아렌트 성왕에게 슬라임이 접촉했을 상황이었다!

좌아! 나는 물에서 고개를 내밀고 숨을 헐떡였다.

"허억, 허억……. 위, 위험했어……."

"괘, 괜찮나. 토야? 쥐라도 났나? 물에 빠지지 않도록 조심해야지."

"괘, 괜찮아요……. 노, 놀라게 해서 죄송합니다……."

힘이 쭉 빠진 걸음으로 풀사이드로 돌아갔다. 후~. 놀랐다.

천천히 쉬고 싶었는데, 그럴 수는 없었다. 나머지 슬라임이 어디 있는지도 확인해야 하니까.

안경테의 버튼을 누르자, 삑, 하는 작은 소리와 함께 오른쪽 눈의 렌즈에 지도가 표시되었다. 세 개의 빛나는 점이 떠올랐다. 이게 슬라임의 위치구나? 조금 전 한 마리를 포함해 도망친 슬라임은 총 네 마리인가? 나머지는 앞으로 세 마리.

여기서 제일 가까운 곳은…… 파도가 치는 풀장인가?

나는【텔레포트】를 사용해 파도가 치는 풀장으로 전이했다.

여전히 약한 파도가 치는 구역에는 어린이들과 부모님이, 제일 강한 파도가 치는 구역에는 서핑에 흥미가 있는 어른들이 들어가 놀고 있었다.

큭, 하필이면 서핑 구역에 있어!

서핑을 즐기는 손님들의 발밑을 슬라임 레이더로 보니, 파도에 휩쓸리듯이 워터 슬라임이 빙글빙글 물속을 돌고 있었다. 마치 세탁기에 들어가 있는 상태 같다.

저 정도라면 쉽게 발견되지 않을 듯했지만, 파도에 타다가 실패하면 접촉할 우려도 있다. 역시 빨리 회수해야겠어.

그렇다곤 해도 어쩌면 좋을까. 저렇게 빙빙 돌고 있어선【텔레포트】로 정확히 포착하기도 어렵다. 자칫하면 위에 있는 서퍼들을 전이시킬 수도 있다. 역시 직접 접촉해 전이시켜야 할 것 같았다. 좋아!

각오를 다진 나는 풀사이드에 놓아둔 대여용 서핑보드를 들고 파도가 치는 풀장 안으로 들어갔다.

"오, 토야도 파도를 타려고 하나?"

"네, 그렇죠 뭐. 조금만 시험 삼아서요."

햇볕에 그을린 이그리트 국왕에게 우물쭈물 대답하면서 나는 서핑보드를 물에 띄우고 그곳에 엎드렸다.

파도가 대각선 뒤에서 밀려왔다. 상급자 코스인 만큼 파도가 높았다.

나는 파도에 떠밀려 밀려가기 시작한 서핑보드에서 적당한 시점에 일어나 멋지게 파도를 탔다.

높이 치솟은 파도에도 불구하고 멋지게 서핑보드를 타고 질주하는 나였지만, 사실은 이거 【플라이】로 날고 있을 뿐이다. 서핑보드는 발로 누르고 있을 뿐. 이런 파도를 멀쩡히 탈 수 있을 리가 없잖아!

문제의 슬라임이 있는 곳에 도착한 나는 일부러 넘어지며 풀장 안으로 떨어졌다. 그리고 파도에 휩쓸려 보글보글 숨을 쉬면서도 간신히 슬라임에 손을 뻗어 【텔레포트】로 정화조로 전이시키는 데 성공했다. 좋아, 두 마리째 포획 성공!

"아깝군! 타는 법이 좀 이상했지만, 허리를 더 낮추면 조금 전보다 안정적으로 탈 수 있을 걸세!"

힘이 쭉 빠진 모습으로 일어선 나에게 이그리트 국왕 폐하가 조언을 해주었다. 이상하게 타서 죄송합니다. 사실은 타지도 않았지만요. 그건 됐고, 다음. 다음 또 잡으러 가자!

안경테의 버튼을 누르고 지도를 의지해 찾아보니, 슬라임은 이 워터파크에서 제일 긴 코스를 자랑하는 워터 슬라이드 안에 있었다. ……안 움직이네. 어떻게 된 거지?

워터 슬라이드 안에 있다면 물이나 손님에게 휩쓸려 아래로 떨어져야 할 텐데. 소동이 벌어진 것 같지도 않고……. 하여

간 일단 가 보자.

"앗! 폐하도 왔어? ……안경 이상해."

계단을 올라가 보니 롱 워터 슬라이드 앞에 아리스와 쿠온이 사이좋게 나란히 줄을 서고 있었다. 아직도 이걸 타고 있었어?

그리고 나도 이상한 안경이라고 생각은 하지만, 굳이 그런 말은 하지 말아 줬으면…….

"잠깐 점검도 할 겸 왔지. 문제는 없어?"

"특별히 문제는 없어 보이는데요. 무슨 일이라도 있었나요?"

윽, 여전히 우리 아들은 감이 날카롭다니까. 순간 '쿠온한테 도와 달라고 해야 더 순조로울까?' 라는 생각도 했지만, 데이트 중인 아들의 손을 빌리다니 아버지의 체면상 그럴 수는 없었다.

"아니? 아무 문제도 없는데? 자, 순서 돌아왔다."

의심스럽다는 표정을 지으면서도 쿠온은 아리스의 손에 이끌려 코스 안으로 들어갔다.

이 롱 워터 슬라이드는 워낙 길고 높아서 반원형이 아니라 완전히 원통형으로 뒤덮인 코스다. 군데군데 투명한 부분이 있어 바깥 경치를 엿볼 수 있는 구조로 되어 있다.

속도가 붙으면 한 바퀴 회전하기도 한다고 한다. 자칫 안에서 떨어져 다치지 않도록, 그런 부분은 마법으로 안전성을 확보해 두었다.

안전하든 말든 무서운 건 무서운 거지만……. 아닌가? 안전하지 않았다면 더 무섭겠구나.

각오를 다지고 슬라이드 안으로 몸을 날렸다. 레이더는 여전히 지도를 표시해 둔 상태다.

"우오오……?! 꽤 빠르네?!"

좌우로 이동하며 기세 좋게 미끄러졌다. 쿠온이랑 아리스는 이걸 타도 아무렇지 않아? 몸무게에 따라서 미끄러지는 속도가 달라질 수는 있겠지만.

윽, 슬슬 문제의 그곳이다. 대체 어디에…….

미끄러져 내려가는 파이프 안에서 나는 두리번거리며 주변을 살폈다. 응? 코스 앞에 흐릿한 빛이 보여!!

"앗?!"

있다! 파이프의 천장에 들러붙어 있어! 헉! 으악~~~! 발견은 했지만 아무것도 못 한 채 그냥 지나쳐 버렸어! 그래서 너무 빠르다고 했잖아!

빙글빙글 소용돌이치는 듯한 코스에 돌입한 뒤, 마지막에는 쑤욱 풀장으로 내던져졌다.

풀장에서는 먼저 미끄러져 내려온 쿠온과 아리스가 기다리고 있었다.

"아하하! 폐하, 재미있었어?!"

"하하. 그러네. 한 번 더 타야겠어."

천진난만하게 웃는 아리스에게 나는 그렇게 대답하고, 다시 계단을 오르기 시작했다. 어쩌냐. 이번에 못 붙잡으면 또 타야 할 텐데……

각오를 다지고 한 번 더 미끄러져 내려갔다. 이번에는 놓치지 않도록 잘 노리고…… 여기다!

"【텔레포트】!"

이번엔 확실하게 슬라임을 정화조로 보내는 데 성공한 나는 마음이 놓여 맥이 빠진 탈진 상태로 워터 슬라이드를 미끄러져 내려갔다. 왠지 대나무 위를 물이랑 같이 흘러내려 가는 나가시소멘의 소면이 된 기분이다.

아무도 젓가락으로 집어 먹지 않은 인간 소면은 풀장에 다시 풍덩, 하고 내던져지고 말았다.

이미 쿠온이랑 아리스는 어디로 가버렸는지 보이지 않았다. 왠지 허무해…….

자, 이제 한 마리 남았나.

무거운 몸을 물속에서 일으킨 나는 레이더로 지도를 확인했다.

애슬레틱 코스인가. 또 성가시게 생겼네.

조금 전에 에르제와 야에가 뛰어다녔던 애슬레틱 코스로 돌아갔다. 여전히 다들 즐겁게 노는 중이었다. 모두가 이 웃음을 잃지 않도록 얼른 찾아야 한다.

"음~. 어디 있지?"

선글라스 너머의 어둑어둑한 세상을 바라보며 워터 슬라임을 찾았다.

빛나는 곳은…… 저긴가!

벌룬으로 만든 코스 일각에 찰싹 달라붙어 있었다. 얼핏 봐선 물이 고여 있는 모습이랑 다를 바가 없었다. 그래도 저렇게 있다면 쉽게 회수할 수 있을 듯하다.

나는 애슬레틱 코스의 풀장에 들어가 평형으로 슬라임이 있는 곳까지 헤엄쳐 갔다.

거의 다 도착했을 때, 코스를 달리던 손님이 발로 차버려, 슬라임이 마치 수면을 튕기는 물수제비의 돌처럼 물 위를 통통 튕겨 다녔다. 허걱…….

발로 찬 사람은 벌룬을 찼다고 생각했는지 신경도 쓰지 않고 그냥 가 버렸다. 큭, 어디로 갔지?!

두리번거리며 찾아보니, 에르나와 야쿠모가 놀고 있는 워터 벌룬에 들러붙어 있었다. 붙은 곳은 둥근 벌룬 바깥쪽으로, 안의 두 사람은 신나게 둥근 벌룬을 빙글빙글 돌리는 중이었다.

두 사람이 타고 있는 워터 벌룬에 접근해 슬라임을 포획하려고 했는데, 내가 근처에 온 모습을 본 두 사람이 기쁘다는 듯 벌룬을 나를 향해 굴리며 다가왔다. 아냐! 놀러 온 게 아니라고.

"우읍?!"

워터 벌룬에 깔린 나는 물속으로 밀려 내려갔다. 머리 위에 워터 벌룬이 있어서 수면 위로 올라갈 수 없었다.

"푸하!"

물속을 옆으로 헤엄쳐 수면으로 고개를 내민 내가 돌아보니, 에르나와 야쿠모가 타고 있는 워터 벌룬에는 슬라임이 없었다. 어?! 이번엔 어디로 갔지?!

레이더 안경으로 두리번거리며 시야를 확대해 보니, 풀사이드에 올라가 의외로 빠른 움직임으로 멀어져 가는 슬라임을 확인할 수 있었다.

마치 물이 흐르듯이 달리고 있다. 다른 사람에게는 그렇게 보이겠지.

안 돼! 그 앞은……!

워터 슬라임이 가려는 곳은 어떤 시설————— 여자 화장실.

아무리 나라도 그곳에는 들어갈 수 없다. 저곳 안에서 여성들이 슬라임의 존재를 눈치채면 틀림없이 큰 소동이 벌어진다.

이렇게 된 이상 【텔레포트】로 나 자신을 여자 화장실 앞으로 전이시켜 포획을……… 하려고 생각을 떠올린 그때.

흐르는 물로 의태했던 슬라임이 우뚝 움직임을 멈췄다. 어?

"아, 역시 슬라임이었나요."

여자 화장실 앞에 있던 쿠온의 눈이 옐로골드로 빛났다. 저건 【고정의 마안】인가? 쿠온이 마안으로 슬라임의 움직임을 봉쇄했다.

"이상하게 움직이는 물이 있더라니. 아버지의 모습이 이상

했던 이유는 이거 때문이었나요?"

"으, 응. 맞아……."

달려온 나에게 쿠온이 꼼짝 않는 슬라임을 손으로 들고 건네주었다. 나는 바로 【텔레포트】로 슬라임을 정화조로 보내 버렸다.

쿠온은 무슨 일이 있었는지 눈치를 챈 모양이다. 으음, 아버지의 위엄이…….

"쿠온, 기다렸지?"

아리스가 여자 화장실에서 나와서는 또 쿠온의 손을 잡고 어디론가 가 버렸다.

쿠온한테는 들킨 듯하지만, 일단은 미션 성공이구나. 휴우, 일이 커지지 않아 다행이야.

나는 무거운 몸을 이끌고 박사가 있는 곳으로 돌아갔다.

"수고했어."

"너무 피곤해……."

박사에게 레이더 안경을 돌려주고 덱체어에 축 늘어졌다.

프리오픈이란 실제 운영에 들어가기 전에 무슨 문제가 없는지 확인하기 위한 개장이니, 사전에 문제를 파악할 수 있어서 오히려 다행이라고 해야 하나?

"정화조의 개폐 스위치를 패스워드식으로 고쳐줘."

"알았어. 파르셰라면 평소엔 지상에 없으니 문제는 없을 듯하지만."

"혹시 모르잖아. 만약을 대비해줘."

파르셰가 아니라도 누군가가 비틀거리다 스위치를 누르는 일이 있을지도 모르니까. 앞으로는 이런 일이 없도록 말이지…….

"그런데 파르셰는?"

여자아이를 바라보는 데 열과 성을 다하고 있는 티카는 여기 있지만, 이번 문제를 일으킨 원인인 파르셰는 이곳에 없었다. 헉. 설마?! 엄청나게 불길한 예감이…….

"아, 파르셰라면 정화조실을 정리한다며 조금 전에……."

"큰일이에요, 큰일! 정화조실을 정리하다가 깜빡 갈아 놓은 참마를 밟고 미끄러져 손에 들고 있던 베이스기타를 놓치고 말아 세워 둔 접사다리가 넘어지며 마술용 실크해트를 건드렸는데, 그 안에 넣어 뒀던 비둘기들이 놀라서 날아오르다가 정화조의 개폐 스위치를 눌러버렸어요!"

"끄아아아아아아아아아아아아?!"

얘 대체 왜 이래?! 왜 갈아 놓은 참마랑 베이스기타랑 마술용 실크해트가 그런 곳에 있냐고!!

아무 말 없이 슬라임 레이더를 꺼낸 박사한테서 그걸 난폭하게 뺏어 들고 나는 다시 레이더의 스위치를 켰다.

"넌 풀장 출입금지야."

"어째서요?!"

도무지 이유를 알 수 없다는 듯이 되묻는 파르셰. 어째서고 뭐고도 없어.

정화조의 개폐 패스워드 잠금장치는 이중으로 해두자. 다시는 이런 일이 벌어지지 않도록.

후기

『이세계는 스마트폰과 함께.』제28권이었습니다. 즐겁게 읽으셨나요? 또 하나의 졸저인『VRMMO는 토끼 머플러와 함께.』제7권과 동시에 발매되었습니다. 동시 발매된 책도 잘 부탁드립니다.

그리고 이미 이번 권이 발매되었을 즈음에는 애니메이션 제2기의 방송이 시작되었으리라 생각합니다. 즐겁게 감상하고 계신다면 기쁘겠습니다.

2기 방송은 히로인을 모두 등장시키기 위해 원작의 시간 흐름을 많이 변경하게 되었습니다. 그런 요소의 차이점도 즐겨주셨으면 합니다.

그러면 이번에도 감사의 말씀을. 우사츠카 에이지 님. 이번 권의 표지 일러스트, 모두 즐겁고 왁자지껄한 분위기가 무척 마음에 듭니다. 감사합니다.

담당자 K 님, 하비재팬 편집부 여러분, 이 책의 출판에 도움을 주신 여러분에게도 감사를 드립니다.

그리고 항상 '소설가가 되자'와 이 책을 읽어 주시는 모든 독자 여러분에게도 감사의 말씀을 올립니다.

후유하라 파토라

※일본어판 발매 당시 내용입니다.

메르의 남동생이라는 그는 왜 이 세계에 나타났는가.

그리고

새로운 사신의 사도가 마수를 뻗쳐 오는데─.

이세계는 스마트

후유하라 파토라　illustration▪우사츠카 에이지

이세계는 스마트폰과 함께. 28

2024년 04월 15일 제1판 인쇄
2024년 04월 22일 제1판 발행

지음 후유하라 파토라 | **일러스트** 우사츠카 에이지

옮김 문기업

발행 영상출판미디어(주)
등록번호 제 2002-000003호
주소 07551 서울특별시 강서구 양천로 570 NH서울타워 19층
대표전화 02-2013-5665

ISBN 979-11-380-4447-9
ISBN 979-11-319-3897-3 (세트)

異世界はスマートフォンとともに。28
ⓒ Patora Fuyuhara
Originally published in Japan by HOBBY JAPAN Co., Ltd.

리아데일의 대지에서

1~3

사고로 생명유지 장치 없이는 살 수 없는 소녀 '카가미 케이나'는
VRMMORPG 『리아데일』에서만 자유로울 수 있었다.
그러던 어느 날, 생명유지장치가 멈추고 정신을 잃었다 깨어난 케이나는
자신이 플레이한 게임 세계에서 200년이 지난 곳에 있었다?!

현실이 된 게임 세계, 하이엘프 캐릭터 '케나'가 된 케이나는
200년 동안 무슨 일이 있었는지 알아보면서 새로운 세계를 접해 나가는데——.

Ceez 지음 / 텐마소 일러스트

영상출판
미디어㈜

아픈 건 싫으니까
방어력에 올인하려고 합니다
1~12

게임 지식이 부족해서 스테이터스 포인트를 모조리 VIT(방어력)에 투자한 메이플.
움직임도 굼뜨고, 마법도 못 쓰고, 급기야 토끼한테도 희롱당하는 지경.
어라? 근데 하나도 안 아프네…… 그 이전에, 대미지 제로?
스테이터스를 방어력에 올인한 탓에 입수한 스킬 【절대방어】.
추가로 일격필살의 카운터 스킬까지 터득하는데──?!
온갖 공격을 무효화하고, 치사급 맹독 스킬로 적을 유린해 나가는 『이동형 요새』 뉴비가
자신이 얼마나 이상한지도 모르고 나갑니다!

ⓒYuumikan, Koin 2021
KADOKAWA CORPORATION

유우미칸 지음 / 코인 일러스트

영상출판
미디어㈜